Jorge Ibargüengoitia

ZWEI VERBRECHEN

Roman

Aus dem
mexikanischen Spanisch von
Christine Stemmermann

Rowohlt

1. Auflage März 1988

Gesamtherstellung Clausen & Bosse, Leck
Printed in Germany
ISBN 3 498 03206 2

Ibargüengoitia · Zwei Verbrechen

1

Die Geschichte, die ich erzählen werde, beginnt in einer Nacht, in der die Polizei die mexikanische Verfassung verletzte. In jener Nacht gaben die Chamuca und ich ein Fest, um unsere ersten gemeinsamen fünf Jahre zu feiern. Wir sind nicht verheiratet, aber an jenem Nachmittag des 13. April vor fünf Jahren hatte sie sich «mir hingegeben» – auf einem der Zeichentische in der Planungsbehörde. Draußen tobte ein schwerer Staubsturm, selbst das keine zwei Häuserblocks entfernte Denkmal der Revolution schien wie vom Erdboden verschluckt. Ich war technischer Zeichner, die Chamuca trotz ihres Soziologiestudiums als Sekretärin angestellt. Wir machten beide Überstunden, niemand sonst war im Büro.

Wir hatten sechs unserer besten Freunde eingeladen, und fünf von ihnen kamen auch pünktlich um acht, mit Geschenken beladen: Manotas brachte ein Buch von Lukács mit, die Pereiras einen Poncho aus Santa Marta, Lidia Reynoso Keramikteller aus Tzintzuntzan und Manuel Rodríguez zwei Flaschen echten Wodka, die ihm ein Freund in der Sowjetischen Botschaft besorgt hatte.

Die Stimmung war anfangs so herzlich, wie ich es selten erlebt habe. Wir redeten miteinander, tranken, lachten und sangen, als wären wir eine einzige Familie. Manotas kam gerade aus den Ferien zurück. Er erzählte uns von einer entlegenen Bucht ohne Touristen, mit feinem Sandstrand, kristallklarem Wasser und fangfrischen Muscheln. Ich bat ihn um die Adresse, und er schrieb in mein Notizbuch: «vom Hafen von Ticomán mit dem Motorboot zur Halbmondbucht (Hotel Aurora)». Damals ahnte ich noch nicht, welche Bedeutung dieser Notiz noch zukommen sollte.

Um elf servierte die Chamuca uns eine frisch gebakkene Maispastete. Wir begannen gerade zu essen, als Ifigenia Trejo, die wir noch erwartet hatten, vor der Tür stand – mit einem Fremden. Kaum war er über die Schwelle getreten, kühlte die Stimmung ab, als hätte es einen Platzregen gegeben. Ifigenia stellte ihn als «Pancho» vor und uns als «einige Freunde».

Pancho kam mir gleich verdächtig vor: Er hatte einen Goldzahn, ein Doppelkinn und trug Anzug, Hemd und Krawatte. Nachdem er uns die Hand gegeben hatte, fragte er als erstes nach der Toilette. Sobald er draußen war, wandte ich mich an Ifigenia, die auf einem der Tuleholzstühle Platz nahm: «Was ist denn das für einer?»

«Er arbeitet in der Justizbehörde.»

«Warum hast du den mitgebracht?»

«Weil er euch kennenlernen wollte.»

Da das Geschirr nicht reichte, mußte die Chamuca zwei von Lidias Schmucktellern nehmen, um die beiden Neuankömmlinge mit Maispastete zu bewirten. Als Pancho von der Toilette kam, zog er sein Jackett aus, setzte sich neben Ifigenia und stellte den Teller, ohne auch nur zu probieren, auf ein Bücherbord. Den Cuba libre, den ich ihm gab, nahm er an. Er kippte ihn runter, dann einen zweiten und schenkte sich selbst einen dritten ein, ohne zu fragen. Als Lidia Reynoso aufstand, um sich von der Nachspeise zu holen – es gab Kokoskuchen –, nutzte er die Gelegenheit, um den Tuleholzstuhl gegen Lidias Sitzkissen zu tauschen, so daß er den bequemsten Platz im ganzen Zimmer einnahm. Und kaum hatte er sich breit gemacht, fing er an, blöd daherzureden: daß die Sozialisten dogmatisch seien und der Marxismus eine wertlose politische Doktrin, weil er das Streben nach Macht nicht berücksichtige, das jedem Menschen angeboren sei usw.

«Wenn Sie jetzt mit Stalin anfangen und den Konzentrationslagern in der Sowjetunion», unterbrach Olga Pereira ihn, «dann wecken Sie mich auf, wenn Sie fertig sind.»

Olga streckte sich demonstrativ der Länge nach auf dem Sofa aus. Lidia Reynoso, die ihren Ohren nicht traute, flüsterte mir zu: «Aber das ist ja ein Antimarxist!»

Pancho fragte, warum denn bitte die Leute scharenweise aus den sozialistischen Ländern emigrierten, wenn der Sozialismus ein so perfektes System darstelle, und warum dagegen kein Mensch nach Rußland gehe, um dort zu leben.

Die Chamuca antwortete ihm, die Hände unter ihrem weiten Huipil-Hemd zur Faust geballt: «Sie täuschen sich, mein Herr. Sehr viele Leute wandern von überall her in die Sowjetunion ein, nur wird um sie nicht so viel Wirbel gemacht wie um diejenigen, die dem Sozialismus abschwören.» Dann erhob sie sich und verließ das Zimmer.

Manotas rückte mit seinem Schemel vor Pancho hin und begann mit grenzenloser Geduld zu erklären, warum es so schwierig sei, den Menschen ihre kleinbürgerlichen Instinkte auszutreiben.

Ifigenia hatte unterdessen ihr Haar gelöst, um sich Zöpfe zu flechten. Das ist eine Angewohnheit von ihr. Wenn sie zu einer Fete mit einem Pferdeschwanz kommt, flicht sie sich Zöpfe, wenn sie mit Zöpfen kommt, macht sie alles wieder auf, bürstet sich die Haare und geht mit einem Pferdeschwanz nach Hause. Jedenfalls hinterläßt sie immer vier oder fünf lange und dicke pechschwarze Haare als eindeutigen Beweis ihrer Anwesenheit. Wie ich sie so, den Mund voller Haarnadeln, mit erhobenen Armen dasitzen sah, merkte ich, daß ihr das dumme Geschwätz ihres Begleiters etwas peinlich war, aber lange nicht peinlich genug. Ich bereute, sie eingeladen zu haben.

Pancho saß mit seinem weißen Hemd und dem grünen Glas Manotas gegenüber, der an seinem Zapatabart zupfte und auf seinem dreibeinigen Schemel wie ein dunkler Kaffeesack aussah. Auf dem leuchtendrosa Sofa hatten es sich drei Leute bequem gemacht. An der Wand lag Olga Pereira, groß, schlank, in Bluejeans, sie schaute gelangweilt zur Decke. Neben Olgas bloße Füße hatte sich Lidia Reynoso gesetzt, die die älteste in der Runde war, bereits graue Haare hatte und ein orangefarbenes indianisches Schultertuch trug: ungläubig hörte sie Panchos Reden zu. Am anderen Ende des Sofas, neben Olgas Kopf, hockte Manuel Rodríguez und versuchte im rötlichen Licht der Stehlampe, in der ‹*Kritik des kapitalistischen Staatssystems*› zu lesen, die er aus dem Bücherregal genommen hatte. Carlos Pereira, der sich für Che Guevara hielt (von dem auch ein Bild an der Wand hing), kippelte mit seinem Holzstuhl und rauchte eine Zigarre. Ifigenia machte sich immer noch an ihren Haaren zu schaffen, während ihr berühmter Hintern, der in dunkelgrünen Hosen steckte, über den Sitz quoll.

Die Chamuca erschien mit ihrer Gitarre in der Schlafzimmertür und warf mir einen kurzen Blick zu. Ich verstand, daß sie singen wollte, um der lästigen Diskussion und Panchos dummem Gerede ein Ende zu machen. Ich klatschte Beifall, und die anderen, mit Ausnahme von Pancho, schlossen sich mir an. Vorsichtig setzte sie ihre langen Beine auf, um niemanden zu treten, und bahnte sich einen Weg zwischen den Gästen hindurch bis zur Sofakante. Sie hatte den weiten Huipil ausgezogen und trug nur noch ein besticktes Baumwollhemd. Dabei hatte ich sie gebeten, es nicht in der Öffentlichkeit zu tragen, weil ihre sehr dunklen Brustwarzen durchscheinen. Sie stimmte die Gitarre, schlug, ohne auf die Vorschläge der anderen zu hören, einen vollen Akkord an und begann ihr Lieblingslied zu singen: die Geschichte vom Guerillero Carlos Macías.

Es ist schwer zu beschreiben, was ich fühle, wenn die Chamuca singt. In erster Linie bin ich natürlich stolz darauf, eine so schöne Freundin zu haben: ihr Teint ist dunkel, sie hat sehr große Augen, volle Lippen und herrliche Zähne. Sie trägt prächtige Ohrgehänge, und mit ihrem schönen Körper könnte sie dem mexikanischen Volk ein Denkmal setzen. Doch sie ist auch etwas lächerlich, wenn sie singt. Sie öffnet den Mund weit, schließt die Augen halb und stößt mit gespielter Leidenschaft ihre Klagerufe aus. Ich fühle mich unwohl dabei, sage aber nichts, weil ich finde, daß jeder ein Recht hat, sich auszudrücken so gut er kann. Das habe ich mir zur Lebensregel gemacht.

Wenn ich mich an die damalige Szene erinnere, wie ich in ihren Anblick versunken war, während wir ihrem Gesang lauschten, dann staune ich, damals nicht im entferntesten geahnt zu haben, daß dies die letzte Nacht in unserem Heim sein sollte und daß jene mißlungene Party in unserem geliebten Appartement sich mir so lebendig und schmerzhaft einprägen sollte. Nie hätte ich gedacht, daß das leuchtendrosa Sofa, die Plakate vom Festival in Havanna und die hölzernen Bücherregale, die die Chamuca und ich gezimmert hatten, mir nur noch als Kulissen jener unglückseligen Zusammenkunft im Gedächtnis bleiben sollten und nicht als unsere vertraute Umgebung in einer glücklichen Zeit.

Die Chamuca sang mehrere Lieder und erreichte ihr Ziel: Pancho hörte nicht nur zu reden auf, er schlief sogar ein. Als sie gerade dabei war, ‹*Patrulla guajira*› zu singen, klopfte es an der Tür.

Ich dachte, es wären die Nachbarn, die sich beschweren wollten, weil es schon nach ein Uhr war. Ich ging zur Tür und war erstaunt, daß niemand dort war. Als ich einen Schritt auf den Gang hinaustrat, sah ich in einiger Entfernung die gedrungene Gestalt eines Mannes, der die Hände in den Taschen hielt. Da das Licht im Gang sehr schlecht war – die Hausbesitzerin benutzte Zwanzig-Watt-Birnen –, brauchte ich eine Weile, um das ernste Gesicht von Evodio Alcocer zu erkennen.

Ich war nicht gerade erfreut, um diese Zeit einen weiteren ungebetenen Gast zu empfangen, noch dazu Evodio, dessen aufopferndes politisches Engagement ich zwar bewunderte, dessen Ansichten ich aber nicht teilte. Auch sonst verband mich nicht viel mit ihm, und er gehörte auch nicht zu unserer Gruppe. Dennoch sagte ich: «Evodio, wie schön, dich zu sehen. Komm doch rein.»

Er rührte sich nicht, ja er blieb so regungslos im Gang stehen, als wäre er die Benito-Juárez-Statue. Schließlich hob er die Hand und machte mir ein Zeichen näher zu kommen. Ich schloß die Wohnungstür, damit die Nachbarn nicht von der Musik gestört würden, und ging zu ihm hinüber. Seine Augen waren gereizt, seine Lippen zusammengekniffen.

«Feierst du?» fragte er, als hätte er etwas dagegen.

Chamucas Gesang hallte im Gang wider.

«Die Stimmung ist sehr gut», sagte ich. «Warum kommst du nicht rein?»

«Was sind das für Gäste?»

Ich verstehe nicht, warum ich diese Frage nicht beleidigend fand, aber scheinbar war ich nicht verletzt, denn ich zählte ihm bereitwillig auf, wer alles da war, ohne Pancho zu vergessen, den ich «einen Freund von Ifigenia Trejo» nannte. Er sah auf die marmorierten grünen Fliesen zu seinen Füßen, während er mir zuhörte, und als ich zu Ende war, zuckte er mit den Achseln und sagte: «Ich glaube, es wird gehen.»

«Was wird gehen?»

Statt mir zu antworten, wodurch er uns eine Menge Scherereien erspart hätte, sagte er: «Ich möchte dich um einen großen Gefallen bitten. Kann ich heute nacht bei dir schlafen?»

Wenn mich jemand so direkt um etwas bittet, habe ich selten den Mut, nein zu sagen, aber es ist mir auch nicht recht, so mir nichts, dir nichts ja zu sagen. Ich hätte gern gewußt, aus welchem Grund Evodio bei mir schlafen wollte, doch wir kannten uns nicht gut genug, als daß ich ihn hätte fragen können, was ihn daran hinderte, bei sich daheim zu schlafen. Ich nahm an, er habe mit seiner Frau gestritten, einer neurotischen Argentinierin, die er in Moskau kennengelernt hatte.

«Natürlich kannst du über Nacht bleiben, Evodio», sagte ich.

Mit der größten Selbstverständlichkeit gingen wir gemeinsam hinein, als sei Evodio ebenfalls eingeladen und habe sich nur verspätet. Niemand glaubte unserem Spiel, denn alle Anwesenden, außer Pancho, kannten Evodio genausogut oder schlecht wie ich, aber gut genug, um zu wissen, daß er nicht zu unserem Kreis gehörte und nie an unseren Festen teilnahm. Er mußte Probleme haben, um so spät auf Besuch zu kommen. Die Chamuca legte ihre Gitarre beiseite und begrüßte Evodio mit einer Umarmung und Ausrufen, die keinen Zweifel daran ließen, daß sie ihn nicht erwartet hatte. Pancho wurde munter.

«Hast du Hunger, Evodio?» fragte die Chamuca.

«Ja», sagte Evodio.

Chamuca ging in die Küche, um die Maispastete aufzuwärmen.

«Setz dich, Evodio», forderte Lidia Reynoso ihn auf und klopfte auf den Platz, wo die Chamuca gesessen hatte.

Evodio nahm auf der Sofakante Platz, und ich gab ihm einen Cuba libre. Pancho, der Evodio nicht aus den Augen gelassen hatte, bemerkte: «Wir sind einander nicht vorgestellt worden.»

«Der Herr heißt Evodio Alcocer», sagte Lidia Reynoso.

Das war die einzige Indiskretion. Pancho nannte seinen Nachnamen, ohne daß irgend jemand darauf achtete, und reichte Evodio die Hand.

Als die Chamuca ihm seinen Teller gab, begann Evodio gierig zu essen. Die anderen Gäste standen langsam auf, streckten sich und suchten unter den Möbeln nach ihren Sachen – Olga Pereira vermißte einen Schuh, Ifigenia Trejo ein rotes Seidenband, Lidia Reynoso ihre Handtasche, eine Otomí-Stickarbeit. Dann gab es eine kleine Tragödie. Pancho warf, als er seine Tasche nahm, den Teller aus Tzintzuntzan vom Bücherbord herunter und zerbrach ihn. Er entschuldigte sich bei der Chamuca, überließ es aber mir, die Scherben aufzusammeln und in die Küche zu tragen. Als ich ins Wohnzimmer zurückkam, sah ich, daß Lidia Reynoso den Tränen nahe war.

«Solche Teller sind nicht mehr zu bekommen», klagte sie.

«Ich bin sicher, wir können ihn kleben», tröstete ich sie, obwohl ich die Scherben längst in den Müll geworfen hatte.

Ich mußte unsere Gäste bis zum Haupteingang begleiten, weil Estefanita, die Pförtnerin, nachts immer zweimal abschließt. Als ich in die Wohnung zurückkehrte, war die Chamuca gerade dabei, die gebrauchten Gläser einzusammeln.

«Wo ist Evodio?» fragte ich.

Sie deutete auf die Toilette.

«Er übernachtet bei uns», sagte ich.

«Er hat es mir schon erzählt.»

«Mir blieb nichts anderes übrig, als ihn einzuladen. Ich hoffe, es stört dich nicht.»

«Nicht sehr», entgegnete sie und verließ das Zimmer mit einem Tablett schmutziger Gläser.

Es hatte mir schon gereicht, daß Evodio bei uns schlafen sollte, und nun war auch noch die Chamuca schlechter Laune. Um sie zu besänftigen, half ich ihr, das dreckige Geschirr einzusammeln und im Spülbecken zu stapeln. Dann holte sie Bettzeug aus dem Wandschrank, um Evodio ein Lager auf dem Sofa zu richten. Als er aus dem Bad kam, sagte er: «Ich habe Kopfschmerzen.»

Also holte die Chamuca ein Aspirin aus dem Schlafzimmer und ich ein Glas Wasser aus der Küche. Nachdem Evodio die Tablette geschluckt hatte, zeigten wir ihm, wo er das Licht ausschalten konnte und wünschten ihm gute Nacht.

Im Klo roch es nach Evodio. Ich machte das Fenster auf und schaute auf die Straße hinunter. Es gab nichts zu sehen, nur hier und da ein weggeworfenes altes Papier. Im Lichtkegel der Straßenlaterne konnte man das Ladenschild gegenüber von uns erkennen: CASA DOMÍNGUEZ. STEMPEL.

Als ich ins Schlafzimmer kam, beugte sich die Chamuca gerade nackt über das Bett, um die Tagesdecke abzunehmen. Ich weiß noch, daß mich dieser Anblick sehr erregte und daß ich begann, ihren Hintern zu streicheln, doch sie wies mich zurück.

«Nein», sagte sie, «Evodio kann uns hören.»

Mir wäre das egal gewesen, aber Evodio hätte uns tatsächlich hören können, denn das Kopfende des Sofas war gleich an der Wand. Wir legten uns hin, und ich löschte das Licht. Die Glocken von San Cosme schlugen drei Uhr. Ich schlief sofort ein.

Beim Aufwachen glaubte ich, einen klaren Kopf zu haben, erinnerte mich aber nicht mehr an Evodio, bis ich ihn im Wohnzimmer auf dem Sofa schlafen sah. Er war im Unterhemd und lag auf dem Rücken, auf seiner Lippe saß eine Fliege. Die Luft im Zimmer war zum Schneiden. Ich öffnete das Fenster zum Lichthof und ging ins Bad. Mein eigener Bart, den ich mir seit drei Jahren stehen ließ und an den ich mich eigentlich gewöhnt hatte, erschreckte mich im Spiegel. Ich duschte, dann sah ich zum Fenster hinaus. Ein orange gekleideter Straßenkehrer kam mit seinem kleinen Karren vorbei, und der Besitzer der Casa Domínguez zog das Eisenrollo hoch. Ich fühlte mich niedergeschlagen. Hoffentlich geht Evodio bald, dachte ich.

Dann weckte ich die Chamuca, denn es war Zeit, zur Arbeit zu gehen. Noch ganz schlaftrunken stand sie auf und wäre beinahe nackt aus dem Zimmer gelaufen.

«Vergiß nicht, Evodio schläft im Wohnzimmer», erinnerte ich sie.

Das weckte sie auf. Sie warf mir einen vorwurfsvollen Blick zu und zog sich ihren Morgenmantel über.

«Evodio ist eher dein Freund als meiner», sagte ich.

«Aber ich habe ihn nicht eingeladen, hier zu übernachten», entgegnete sie und verließ das Zimmer.

Wir konnten unmöglich zu Hause frühstücken, weil die Küche voller dreckiger Teller war und Evodio im Wohnzimmer schlief. Ich war drauf und dran, ihn zu wecken und zu sagen, er müsse nun dringend gehen, hielt es dann aber für die elegantere Lösung, uns schriftlich zu verabschieden. Als ich meine Gauchostiefel anhatte, nahm ich ein Blatt Papier und schrieb:

> Lieber Evodio,
> es ist halb neun, und wir müssen schleunigst zur Arbeit. Im Kühlschrank findest Du etwas zum Frühstücken, iß, was Du möchtest. Mach Dir keine Gedanken um den Abwasch und das Bett. Es verabschieden sich mit einer Umarmung
>
> Marcos und die Chamuca.

Damit glaubte ich, Evodio loszuwerden. Während die Chamuca schon in der Wohnungstür stand, legte ich die Nachricht auf das Tischchen neben dem Sofa, so daß Evodio sie sehen mußte, kaum daß er die Augen aufmachte. Dann kam ich nach, und wir zogen möglichst leise die Tür hinter uns ins Schloß.

Wir gingen in eine Imbißbar in der Calle de Ejido, gegenüber der Planungsbehörde. Als mir die Kellnerin den Milchkaffee brachte, fiel mein Blick auf die Zeitung, die der Mann vom Nachbartisch las – ich glaube es war *La Prensa.* «ERSTER GLOBO-BRANDSTIFTER GESCHNAPPT», lautete die Schlagzeile. Der Globo war ein großes Bekleidungshaus, das drei oder vier Monate zuvor gebrannt hatte. Der Fall hatte damals großes Aufsehen erregt und war nie aufgeklärt worden. Als ich hinausging, habe ich die Geschichte gleich wieder vergessen.

Auf der Straße schien die Sonne, und mir war warm. Da erst sah ich, daß ich den Santa Marta-Poncho anhatte, den uns die Pereiras am Vorabend geschenkt hatten. Chamuca, die mein Zögern bemerkt hatte, erklärte: «Du bist noch betrunken.»

Dafür hatte sie Ringe unter den Augen, aber ich sagte nichts. Wir überquerten die vielbefahrene Calle de Ejido und betraten im Laufschritt das Gebäude, in dem sich die Büros der Planungsbehörde befanden. Als wir die Stechuhr erreichten, war es genau neun Uhr. Im vierten Stock verließ die Chamuca den Fahrstuhl mit einem kurzen Gruß. Sie war immer noch böse. Ich fuhr bis zum sechsten, hängte den Poncho an den Kleiderständer neben der Tür zum Büro, setzte mich an den Zeichentisch und zündete mir eine Zigarette an. Ich hatte wenig Arbeit und noch weniger Lust, sie zu erledigen. Von neun bis elf Uhr schaute ich nur zum Fenster raus und betrachtete gedankenverloren das Denkmal der Revolution. Um elf sagte mir ein Kollege, daß ich am Telefon verlangt würde. Ich brauchte einen Moment, bevor ich wußte, wer am Apparat war. Estefanita, die Pförtnerin des Mietshauses, in dem wir wohnten, klang ganz aufgeregt: «Señor Marcos, vier

Männer von der Regierung haben Sie gesucht. Sie fragten nach Ihnen und Ihrer Frau und wollten, daß ich ihnen die Tür zu ihrer Wohnung aufschließe. Ich öffnete ihnen, weil ich dachte, daß niemand da sei, und sie nahmen den Herrn mit, der im Unterhemd im Wohnzimmer schlief. Sie fragten mich, wo Sie und Ihre Frau arbeiten, und ich schwöre Ihnen, Don Marcos, daß ich sagte, ich wisse es nicht, aber ich fürchte, daß sie sicher bald kommen werden. Ich wollte Ihnen nur gleich Bescheid geben.»

«Vielen Dank, Estefanita», sagte ich und hängte ein.

Damit war dieser Abschnitt meines Lebens zu Ende.

Weder ich noch die Chamuca glaubten auch nur eine Sekunde lang, daß man nichts zu fürchten habe, wenn man unschuldig ist. Wir fühlten uns unschuldig, aber die Chamuca ist aktenkundig, weil sie an Demonstrationen teilgenommen hat, und ich gelte als fahnenflüchtig, weil ich mich nie zum Wehrdienst gemeldet habe. Beide haben wir Kontakt zu aktiven sozialistischen Gruppen. Außerdem sind wir davon überzeugt, daß die Polizei jedem, wenn es ihr in den Kram paßt, jedes beliebige Verbrechen anhängen kann.

Noch bevor ich der Chamuca alles erzählt hatte, begann sie schon, ihre Schubladen herauszuziehen und die Sachen, an denen sie am meisten hing, in ihre Tasche zu stecken: einen von Taubstummen gefertigten Schlüsselanhänger, einen Briefbeschwerer mit einem Blümchen darin usw.

Als wir unseren Volkswagen holen wollten, wurden wir um ein Haar geschnappt. Wie immer hatten wir ihn auf einem Parkplatz abgestellt, der einen Häuserblock vom Planungsbüro entfernt lag. Wir hatten schon das Gelände betreten und schauten uns nach dem Wächter um, da sahen wir ihn zwischen den Autos stehen und mit zwei Typen sprechen. Alle drei sahen sie zu unserem VW hinüber. Das genügte. Wir verließen wortlos den Parkplatz und hielten das nächste Taxi an.

«Wohin wollen wir?» fragte mich die Chamuca.

«Zum Busbahnhof Nord», wies ich den Taxifahrer an.

In diesem Moment wurde mir klar, daß ich schon genau wußte, was zu tun war. Die Chamuca sah mich verständnislos an.

«Du fährst für einige Tage zu deiner Cousine nach Jerez», erklärte ich.

«Und du?»

«Ich fahre nach Muérdago, besuche meinen Onkel Ramón und bitte ihn um Geld.»

Niemand in Mexico City wußte, daß die Chamuca eine Tante in Jerez hatte und ich einen reichen Onkel in Muérdago.

«Sobald ich Geld habe», beruhigte ich die Chamuca, die mich ängstlich ansah, «komme ich dich holen, und wir fahren zusammen irgendwohin, bis sich die Aufregung gelegt hat.»

Sie gab mir Adresse und Telefonnummer ihrer Cousine, die mich nicht kannte. Dann zählten wir unser Geld. Wir hatten zusammen vierhundertdreiundfünfzig Pesos, das reichte für das Taxi, einen Fahrschein erster Klasse nach Jerez, eine Fahrkarte zweiter Klasse nach Muérdago, die gefüllten Chilischoten, die die Chamuca in der Cafeteria des Busbahnhofs bestellt, aber nicht heruntergebracht hatte, und für ein kleines Taschengeld: Jeder bekam einundsechzig Pesos.

Wir setzten uns bis zur Abfahrt des Busses auf die Wartebänke.

«Was wirst du deiner Cousine erzählen?» fragte ich.

«Daß ich Krach mit dir gehabt habe. Wenn du dann anrufst, willst du mich um Verzeihung bitten, und wenn du mich abholen kommst, willst du dich wieder mit mir versöhnen.»

Ich wußte ja, daß die Chamuca sehr raffiniert war, aber manchmal dachte ich nicht daran.

«Und du?» erkundigte sie sich. «Was willst du zu deinem Onkel sagen?»

«Ich habe noch keinen blassen Schimmer.»

Der traurigste Moment des Tages kam, als der Bus bei der Abfahrt zurücksetzte und ich Chamucas Gesicht hinter der Scheibe sah. Sie schob das Fenster auf, und ich merkte, daß sie weinte, dann drehte der Bus, und ich verlor die Chamuca aus den Augen. Ich blieb noch eine Weile auf dem leeren Bahnsteig stehen, dann erst merkte ich, daß ich den Poncho aus Santa Marta in der Hand hielt.

2

Meine Ankunft in Muérdago werde ich nie vergessen. Vor den Arkaden blieb ich stehen und sah dem Treiben auf der Plaza de Armas zu, wo die Leute beim Klang der Serenade auf- und abspazierten. Nur zu gern hätte ich mit einem von ihnen getauscht. Ich fühlte mich erschöpft, gejagt und überfordert. Der Tag war hart und aufreibend gewesen, aber das schien mir beinahe gar nichts im Vergleich zu dem, was mir bevorstand: Noch an diesem Abend mußte ich einem alten Onkel gegenübertreten, der mich kaum kannte, mich nicht besonders mochte und mich weder erwartete noch in den letzten zehn Jahren auch nur zu Gesicht bekommen hatte, und ihm die Geschichte auftischen, die ich mir unterwegs ausgedacht hatte.

Auf der Kirchturmuhr war es zehn vor acht. Am liebsten hätte ich die Straße überquert, wäre ins Hotel Universal gegangen, hätte mir ein Zimmer genommen, mich schlafen gelegt und bis zum nächsten Morgen nicht mehr an die bevorstehende Unterredung gedacht. Der Gedanke an die einundsechzig Pesos in meiner Tasche hielt mich zurück, denn da ich kein Gepäck hatte, würde man mich sicherlich auffordern, im voraus zu zahlen. Außerdem wollte ich nicht auffallen, mein Bart und meine Kleidung sahen aber sehr verdächtig aus.

Also gab ich mir einen Ruck, ging durch die Arkaden, bog in die Calle de la Sonaja ein und lief so lange weiter, bis ich vor dem Haus mit dem herrschaftlichen Eingang und den drei Balkonen stand, das meinem Onkel Ramón Tarragona gehörte. Als ich nach dem Türklopfer griff, war meine Hand schweißnaß.

Eine blonde Frau öffnete mir. Wir musterten einander schweigend. Der rotgeschminkte Mund und das ziemlich große Muttermal auf dem Kinn kamen mir irgendwie bekannt vor. Ich stand derjenigen gegenüber, mit der ich überhaupt nicht gerechnet hatte und der ich am allerwenigsten begegnen wollte: Amalia Tarragona de Henry, Nichte meines Onkels Ramón und meine angeheiratete Cousine.

«Was wünschen Sie?» fragte sie, ohne mich zu erkennen.

«Ich bin Marcos», sagte ich.

Geringschätzig betrachtete sie meinen Bart, den Santa Marta-Poncho und meine Gauchostiefel.

«Welcher Marcos?»

Sie hatte mich noch nie gemocht, wie alles, was mit meiner verstorbenen Tante Leonor in Zusammenhang stand. Trotz des Bartes hätte sie mich sehr wohl erkennen können, so wie ich sie trotz der blonden Haare erkannt hatte.

«Ich bin Marcos, El Negro, dein Vetter.»

«Marcos, Marcos González, welch ein Wunder, seit Jahren haben wir uns nicht mehr gesehen, wie du dich verändert hast! Was verschlägt dich in diese Gegend?»

Während sie diese Worte sagte, die wie ein Willkommensgruß klangen, sah ich, daß sie den Fuß hinter die Tür stellte, damit ich sie nicht aufdrücken konnte.

«Ich möchte meinen Onkel Ramón besuchen», sagte ich.

«Oh, da hast du gar kein Glück! Er ist gerade beim Abendessen, und der Arzt hat strengstens untersagt, ihn dabei zu stören, denn es könnte seiner Gesundheit schaden.»

«Ich kann ja später wieder vorbeischauen.»

«Nein, später ist es noch schlechter, dann wird er schon schlafen.»

«Und morgen?»

«Also ganz ehrlich, ich würde dir davon abraten, er könnte sich vor Freude, dich zu sehen, zu sehr aufregen. Weißt du, es geht ihm in letzter Zeit nicht so gut.»

Ich war verwirrt und wußte nicht, was ich antworten sollte. Sie sagte schnell: «Du kannst dir nicht vorstellen, wie leid es mir tut, dich nicht hereinlassen zu können. Also dann guten Abend!» Mit diesen Worten schloß sie die Tür.

Ich stand noch eine Weile wie vor den Kopf gestoßen da. Dann ging ich weiter die dunkle Straße hinunter, statt zur Plaza zurückzukehren. Wo ich nun schon einmal in Muérdago war, mußte ich auch meinen Onkel sehen, und sei es nur, um ihn um Geld für die Weiterfahrt zu bitten. Ich beschloß, über Nacht in dem Hotel zu bleiben und am folgenden Tag einen zweiten Versuch zu wagen. Doch ich wollte nicht auf dem gleichen Weg zur Plaza zurückgehen, aus Angst... ja, aus Angst, Amalia noch einmal zu begegnen. Lieber ging ich um den ganzen Block.

Zum Glück machte ich diesen Umweg, denn als ich um die zweite Häuserecke bog, sah ich einen Mann mit Hut die Tür der Apotheke abschließen. Es war Don Pepe Lara, der Freund meines Onkels.

«Don Pepe», rief ich ihm zu.

Er zögerte einen Moment, winkte aber ab, als ich ihm meinen Namen sagen wollte.

«Verrate mir nicht, wer du bist», bat er, faßte mich bei den Armen und drehte mich mit dem Gesicht zur Straßenlaterne.

Don Pepe ist ein weißhaariger, untersetzter alter Herr. Mit seiner runden Brille und der spitzen Nase sieht er aus wie eine Eule. Nachdem er mir einen Moment lang in die Augen gesehen hatte, entschied er schließlich: «Du bist der Neffe von Leonor. Und du heißt... Marcos.»

Wir lachten beide, er umarmte mich und sagte: «Herzlich willkommen in Muérdago.»

Dann trat er einen Schritt zurück, um mich von Kopf bis Fuß zu begutachten. «Junge, Junge, du siehst ja aus wie Martín Fierro», meinte er.

Deutlicher denn je wurde mir bewußt, wie dringend ich meinen Bart rasieren und andere Kleider anziehen mußte.

«Aber warum hat mir Ramón nicht erzählt, daß du in Muérdago bist?»

«Er hat mich noch nicht gesehen.»

Ich erzählte ihm, daß ich bei Ramón geklingelt, Amalia mich aber nicht hereingelassen hatte. Das wunderte ihn nicht.

«Amalia hat so ihre eigenen Vorstellungen. Sie ist

eine Frau, der man am besten nicht in die Quere kommt», erklärte er. «Ich mache dir einen Vorschlag: übernachte heute bei mir. Morgen warten wir, bis Amalia in ihren Laden gegangen ist, und dann gehen wir gemeinsam zu Ramón. Du wirst sehen, wie sehr er sich über deinen Besuch freuen wird. Und wenn Amalia dann zurückkommt, wird sie es nicht mehr wagen, dich wegzuschicken. Was hältst du davon?»

Der Vorschlag gefiel mir sehr. Don Pepe wollte wissen, ob ich schon zu Abend gegessen und ob ich Gepäck hätte. Dann fragte er, ob ich den Aperitif im Kasino oder bei ihm zu Hause trinken wollte. Ich wollte lieber gleich zu ihm. Er stieß eine angelehnte Tür neben der Apotheke auf, ließ mich in einen Hausflur voller Pflanzen vorgehen, öffnete eine weitere Tür, schaltete das Licht im Wohnzimmer an und rief: «Jacinta!»

Es war eines jener altmodischen Wohnzimmer, wie man sie noch auf dem Land findet, mit einem Piano, dem Bild eines Ahnen, einem Poncho aus Saltillo und einer Schale aus Puruándiro als Wandschmuck, sowie zwei Vitrinen, die eine voller Ton- und Porzellanfiguren, in der anderen standen Cognacflaschen und Gläser. Don Pepe nahm den Hut ab und hängte ihn an den Kleiderständer. Es war klar, daß er ihn nur aufsetzte, um von seinem Haus bis zur Apotheke zu gehen, die keine zwei Meter weit entfernt war. Er holte einen kleinen Schlüssel aus der Tasche und öffnete die zweite Vitrine.

«Was möchtest du, Fundador oder Martell?»

Ich wollte lieber einen Martell. Don Pepe schenkte gerade die Gläser ein, als eine rheumatische Frau das

Zimmer betrat, die eine Schürze über dem schwarzen Kleid trug. Bei meinem Anblick blieb sie auf der Schwelle stehen. «Ach du lieber Gott!» rief sie.

«Aber, was hast du denn?» fragte Don Pepe. «Erkennst du ihn nicht wieder? Das ist Marcos, der Neffe von Leonor und Ramón.»

«Es liegt an dem Bart...» sagte Doña Jacinta.

...und den Gauchostiefeln und dem Santa Marta-Poncho, dachte ich.

«Ob mit oder ohne Bart», sagte Don Pepe, «ich habe ihn sofort erkannt, weil ich ihm in die Augen gesehen habe, er hat dieselben Augen wie seine Tante Leonor.»

Doña Jacinta kam schüchtern lächelnd auf mich zu und gab mir die Hand: «Entschuldigen Sie, daß ich Sie nicht gleich erkannt habe, aber die Leute kleiden sich heute so seltsam, daß es aussieht, als kämen sie geradewegs von den Bergen herunter.»

«Marcos sieht nicht so aus, als käme er von den Bergen herunter, er sieht aus wie ein moderner Mann», schaltete sich Don Pepe ein, und um der Diskussion ein Ende zu machen, fügte er hinzu: «Bring uns Oliven und Käse, mach das Abendessen und außerdem ein Filet mit Kartoffeln, und dann bezieh das Bett im Gästezimmer, denn Marcos schläft heute hier.»

Als Doña Jacinta den Raum verlassen hatte, setzten Don Pepe und ich uns auf ein knarrendes altes Sofa. Er erzählte mir, wie es meinem Onkel seit dem Tod seiner Frau ergangen war. Im ersten Jahr seiner Witwerschaft trug er Schwarz, ging häufig mit Blumen zum Friedhof und hörte als Zeichen seiner Trauer mit dem Billardspielen auf. Im folgenden Jahr tröstete er sich, indem er täglich zwei Flaschen Meskal in einem Zug leerte, während er im Büro auf seinem Drehstuhl saß. Bis schließlich eines Abends Zenaida, seine altgediente Haushälterin, in die Apotheke kam und zu Don Pepe sagte: «Mein Herr liegt auf dem Boden und will nicht mehr aufstehen.» Don Pepe fand meinen Onkel im Büro, wo er bäuchlings auf dem Boden lag und in den Teppich weinte. «Was hast du, Ramón?» fragte er. Mein Onkel hörte zu weinen auf und antwortete: «Ohne Leonor macht das Leben einfach keinen Spaß.» Von diesem Geständnis beunruhigt, erkundigte sich Don Pepe einige Tage später bei Doktor Canalejas, ob er glaube, mein Onkel sei fähig, sich umzubringen. Dieser entgegnete, seiner Ansicht nach sei mein Onkel zu allem fähig.

Doch mein Onkel Ramón brachte sich nicht um; er erlitt einen Schlaganfall, stand schon mit einem Fuß im Grab, konnte aber gerettet werden. An einem Arm und einem Bein gelähmt, kam er im Rollstuhl aus dem Krankenhaus. Doktor Canalejas meinte, daß mein Onkel bei guter Pflege und strenger Diät noch ein Jahr leben könne.

«Daraufhin», sagte Don Pepe, «erschienen die Abkömmlinge des Tugendhaften auf der Bildfläche.»

«Die Abkömmlinge des Tugendhaften» sind die Targonas, die Kinder vom Bruder meines Onkels, meine Vettern und Cousinen. Ich bin der Sohn einer Schwester von Leonor, der Frau Ramóns. Mein Onkel Ramón und meine Tante Leonor hatten keine Kinder.

«Ich will nicht behaupten», fuhr Don Pepe fort, «daß sich deine Verwandten nur um Ramón bemühen, weil sie es auf die Erbschaft abgesehen haben, aber es ist ganz klar, daß sie außer dir die einzigen Anwärter sind. Ramón ist der reichste Mann der Stadt, und sie haben sich nie um ihn gekümmert bis zu dem Tag, als sie erfuhren, daß er nur noch ein Jahr zu leben hätte. Seit er aus dem Krankenhaus gekommen ist, umgeben sie ihn Tag und Nacht mit wachsamster Fürsorge: Amalia ist mit ihrer Tochter zu ihm gezogen, um für ihn zu sorgen. Alfonso kümmert sich um die Geschäfte. Fernando verwaltet die Hacienda, und Gerardo, der sich sonst nicht nützlich machen kann, kommt jeden Nachmittag, um Ramón zu fragen, wie es ihm geht.»

Das Jahr, das Doktor Canalejas meinem Onkel gegeben hatte, war bereits vergangen, und er war immer noch nicht gestorben.

«Jetzt aber», sagte Don Pepe, das Thema wechselnd, «erzähl mir von dir. Bist du verheiratet?»

«Nein.»

Ich hatte beschlossen, die Chamuca nicht zu erwähnen.

«Wie alt bist du?»

«Zweiunddreißig.»

«Du hast recht, dir Zeit zu lassen. Man darf nichts überstürzen. Ich habe erst mit vierzig geheiratet. Das letzte, was ich von dir gehört habe, war, daß du Bergbau in Cuévano studiert hast. Bist du mittlerweile berufstätig?»

«Ich bin beratender Bergbau-Ingenieur», antwortete ich und strich mit diesem Satz fünf Jahre monotoner Arbeit im Planungsbüro aus meiner Vergangenheit.

«Und was mußt du da machen?»

«Ich habe ein eigenes Büro, und wenn eine Minengesellschaft irgendein Gutachten, eine Exploration oder Proben benötigt, nimmt sie mich unter Vertrag. So verdiene ich mein Geld.»

«Wie interessant! Da verdient man sicher gut.»

Ich sah auf meine Gauchostiefel hinunter und beschloß, nicht zu übertreiben.

«Ich habe gerade erst angefangen.»

«Und durch welches Wunder kommst du nach so langer Zeit wieder hier vorbei?»

«Ich wollte mit meinem Onkel ins Geschäft kommen, aber es ist wohl nicht der richtige Moment dazu, wo er jetzt so krank ist.»

«Sag mir, was es für ein Geschäft ist, und ich sage dir, ob es jetzt der Moment dazu ist, es ihm anzubieten.»

«Wissen Sie, was Kryolith ist?»

«Nie gehört.»

«Es ist das Mineral, aus dem Beryllium gewonnen wird, für die Industrie ein sehr wichtiges Material. Die Beryllium-Legierungen sind sehr temperaturbeständig und daher hoch geschätzt. In letzter Zeit steigt der Preis für Beryllium, da es weltweit knapp ist.»

«Das klingt ja spannend! Und weiter?»

«Ich weiß, wo es Kryolith gibt.»

«Und du willst es Ramón verkaufen.»

«Nicht ganz. Ich möchte ihn als Mitgesellschafter gewinnen: Ich sage ihm, wo die Mine ist, und er stellt das Geld zur Verfügung, ich organisiere und leite die Arbeiten, er bekommt sein investiertes Geld zurück, und wir teilen uns den Gewinn.»

«Das klingt fair. Wie soll der Abbau funktionieren?»

«Das ist verhältnismäßig einfach, weil das Bergwerk bereits existiert. Wir müssen nur die nötigen Maschinen mieten und das Mineral herausholen und auf Lastwagen verladen, um es zur Aufbereitung nach Cuévano zu transportieren. Es handelt sich um eine kleine Lagerstätte, die nach sechs Monaten erschöpft sein wird. Deshalb schlage ich die Sache auch nicht einer der großen Gesellschaften vor. Für sie wäre es nicht von Interesse.»

«Wo liegt die Mine?»

«Diese Information möchte ich natürlich nicht preisgeben, denn sie ist schließlich das einzige, was ich zu bieten habe.»

«Wieviel Geld muß man investieren?»

«Eine Million Pesos.»

Don Pepe erhob sich, sah mich sehr feierlich an und sagte: «Es sieht ganz so aus, mein Junge, als wolltest du genau das Richtige vorschlagen. Ramón leidet weniger an seiner Krankheit als an tödlicher Langeweile. Das Geschäft, das du ihm vorschlagen willst, scheint mir eine ideale Abwechslung für ihn zu sein. Es ist interessant und gleichzeitig nicht zu riskant. Ob er eine Million Pesos verliert oder zwei Millionen gewinnt, ist nicht so wichtig, Hauptsache, er wird abgelenkt und denkt nicht mehr an seine Krankheit.»

Als ich noch einmal kurz die Geschichte rekapitulierte, die ich soeben erzählt hatte, war ich ganz stolz auf mich. Ein paar Lügen hatten genügt, um zu begründen, warum ich nach Muérdago gekommen war und meinen Onkel um Geld anpumpen mußte. Auch der Bart, der Poncho aus Santa Marta und die Gauchostiefel hatten plötzlich ihre Berechtigung bei einem, der die Sierras nach Mineralien abgekämmt hat.

Don Pepe legte den Kopf zurück und spähte unter seinen runden Brillengläsern hindurch: «Aber laß dir eines gesagt sein, wenn Ramón an der Kryolithmine interessiert ist, dann ziehst du dir den Haß der Abkömmlinge zu.»

Dieser Gedanke schien ihm zu gefallen.

Doña Jacinta hatte mir ein großes, weiches und schneeweiß bezogenes Bett hergerichtet. Ich legte mich hin und nahm das Buch zur Hand, das Don Pepe mir empfohlen hatte: ‹*Der Heilpflanzengarten*› von Eustaquio Pantoja. Der Autor war – so Don Pepe – Anfang des Jahrhunderts Arzt in Cuévano gewesen und hatte es sich zur Lebensaufgabe gemacht, die Rezepturen der indianischen Schamanen aus dieser Gegend zu sammeln, zu ordnen und in einer verhältnismäßig einfachen Sprache wiederzugeben. Ich erfuhr, wofür man die Tollkirsche verwandte, was die Weinraute bewirkt, und als ich die Hälfte des Textes über Katzenpfötchen gelesen hatte, schlief ich ein. Ich träumte, ich sei in einem sehr großen Flughafen in einer unbekannten Stadt und suchte die Chamuca, ohne sie finden zu können. Da weckten mich die dröhnenden Glocken der Pfarrkirche, die zur Messe läuteten. Ein Streifen Sonnenlicht drang durch die Vorhänge. Die Wände des Zimmers waren strahlend weiß. Ich fühlte mich wohl – bis mir meine Lage wieder einfiel.

Don Pepe, der ein altes Jackett und keine Krawatte trug, diskutierte heftig mit Doña Jacinta im Patio. Er versuchte ihr klarzumachen, daß das Tierchen, welches sie gerade mit dem Besenstiel zerquetschen wollte, völlig harmlos sei, während sie der Meinung war, es handle sich um einen Hundertfüßer mit tödlichem Biß. Als Don Pepe ihr bewies, daß sie sich irren mußte, drückte Doña Jacinta auf ihren Besen und machte dem Tier und der Diskussion ein Ende. Don Pepe wurde rot vor Wut, bemerkte aber gerade in diesem Moment meine Anwesenheit und fragte, ob ich gut geschlafen hätte.

«Ich würde mich gern rasieren», sagte ich. «Könnten Sie mir ein Rasiermesser leihen?»

Sie sahen mich beide so beifällig an, daß ich merkte, sie hatten bereits über meinen Bart gesprochen und ihn beide für überflüssig befunden. Don Pepe erwiderte, er habe ein englisches Messer, das er bei feierlichen Gelegenheiten wie seinem Namenstag oder Heiligabend verwende.

«Geh es holen», wies er seine Frau an, «es ist in meinem Kleiderschrank. Und bring auch die Flasche Kölnischwasser mit.»

Während Doña Jacinta tat, wie ihr befohlen, erzählte ich Don Pepe, daß ich das Buch des Doktor Pantoja sehr interessant fände.

«Du kannst es gern behalten», sagte Don Pepe.

Er zeigte mir einige der Pflanzen, die er in Blumentöpfen zog. «Dies hier ist Baumhaar oder Louisianamoos», erklärte er mir und zeigte auf eine Pflanze mit winzigen Blättern und blauen Blüten. «Es ist äußerst vielseitig verwendbar. Als Schlaftee oder, eingeweicht und in die Nasenhöhlen eingebracht, als Schnupfenmittel. Wenn man es dagegen mit Eberraute mischt und als Tee aufgebrüht einen Tag lang als einzige Flüssigkeit zu sich nimmt, wirkt es abtreibend.»

Er hielt sehr viel von Heilkräutern und bedauerte, daß viele in Vergessenheit geraten waren.

«Die Ärzte heutzutage wissen sie nicht einzusetzen», meinte er. «Sie verschreiben Pharmaka, die viel mehr kosten als Kräuter und dabei oft weniger wirksam sind.»

Er fügte hinzu, daß Doktor Canalejas meinen Onkel auf der Grundlage eines Hausmittels behandle, das wahre Wunder gewirkt habe.

Als mir aus dem Badezimmerspiegel wieder mein gewohntes Gesicht entgegensah, wurde ich ruhiger, fühlte mich jünger und unschuldiger. Und als ich rasiert ins Eßzimmer trat, applaudierten meine Gastgeber.

In der Nähe zankte sich ein Spatzenschwarm, über Muérdago spannte sich der kobaltblaue Himmel der Fastenzeit. Zu unserer Linken waren die rosa Türme der Pfarrkirche zu sehen sowie die zweistöckigen Häuser und die Lorbeerbäume an der Plaza de Armas. Auf der anderen Seite erstreckte sich die Stadt mit ihren flachen Dächern. Nur hie und da ragte ein Turm heraus, eine Kuppel oder eine einzelne Esche. Dahinter lagen die bestellten Felder, und am Horizont konnte man die Sierra erkennen.

Don Pepe und ich hatten uns hinter die Geranienstöcke auf der Dachterrasse gestellt, um das Haus meines Onkels zu beobachten, das nach hinten hinaus an Don Pepes Grundstück angrenzte. Zu unseren Füßen lagen die Hühnerställe, dahinter der Wirtschaftshof, und ganz hinten konnten wir einen Teil des Patios und der Galerie überblicken. Wir wollten sicher sein, daß Amalia das Haus verlassen hatte, bevor wir meinen Onkel besuchten. Don Pepe wußte, daß sie jeden Morgen in ihren Laden ging, ein Damenbekleidungsgeschäft mit dem Namen «Casa Amalia».

«Zwar geht sie nur schnell fragen, ob auch alles in Ordnung ist und streicht das Geld vom Vortag ein, aber damit haben wir schon Zeit genug», erklärte Don Pepe.

Die Hühner fingen zu gackern an, das Türchen des Hühnerstalls öffnete sich und ein Mädchen, dem ein Hund folgte, ging hinein.

«Das ist Lucero», sagte Don Pepe.

Die Tochter von Amalia und dem Gringo, die zehn Jahre zuvor noch ein blasses Kind gewesen war, hatte sich in ein sehr schönes Mädchen verwandelt. Verborgen hinter den Geranien beobachtete ich sie. Ihr Haar hatte einen hellen kastanienbraunen Ton, die Haut ihrer Arme war goldbraun, und auf der Hüfte trug sie einen Korb voll Mais. Sie nahm eine Handvoll Körner heraus und streute sie den Hühnern hin, die sich lärmend über das Futter hermachten. Ab und an scheuchte der Hund ein Huhn auf und jagte es in die Flucht. Lucero bewegte sich anmutig. Als der Mais zu Ende ging, schüttelte sie die Reste mit einem Stoß gegen ihre Hüfte heraus. Dann verließ sie mit dem Hund den Hühnerstall und schloß die kleine Tür hinter sich. Wir richteten uns wieder auf.

«Wie hübsch sie ist!» sagte ich.

«Ja, sie ist hübsch», bestätigte Don Pepe und suchte in der Jackentasche nach seinen Zigaretten.

Wir setzten uns auf die Dachkante und rauchten.

Wenig später hörten wir die Absätze. Abermals gingen wir hinter den Geranien in Deckung. Wir sahen Amalia über die Galerie kommen, kunstvoll frisiert und violett gekleidet. In der Hand hielt sie einen rosa Schirm. Ihre Tochter folgte mit einigen Schritten Abstand.

«Deine Cousine ist die einzige Frau im ganzen Land, die in der Trockenzeit einen Regenschirm mitnimmt», kommentierte Don Pepe.

Sobald wir die Eingangstür ins Schloß fallen hörten, liefen wir die Treppe hinunter.

Mein Onkel Ramón Tarragona saß im Rollstuhl auf der Galerie und las den *Excélsior*. Don Pepe und ich standen mitten im Patio, zwischen den Begonien und den Elefantenohren. (Zenaida, das alte Hausmädchen, hatte uns die Tür geöffnet, mich sogleich erkannt und sich gefreut, mich zu sehen.) «ACHT TERRORISTEN GESCHNAPPT», stand auf Seite eins der Zeitung, die mein Onkel in den Händen hielt. Als er unsere Schritte hörte, ließ er seine Zeitung sinken, und wir sahen sein Gesicht. Die rechte Hälfte meines Onkels war die eines alten, aber lebhaften und sehr intelligenten Mannes, die linke dagegen sah aus wie eine schlecht gemachte, ausdruckslose Kopie der anderen. Auf dieser Seite schien nur das Auge, das mich über den Brillenrand hinweg belauerte, lebendig zu sein.

«Rate, wer das ist!» begrüßte ihn Don Pepe. Ich

stand da, den Santa Marta-Poncho und das Buch des Doktor Pantoja in der Hand, und wußte nicht, was ich als erstes tun sollte: ich wollte lesen, was in der Zeitung stand, ich wollte meinen Onkel näher ansehen, und gleichzeitig wollte ich, daß er mir meine Ehrlichkeit vom Gesicht ablesen konnte; also galt es, ihn mit einem geraden, offenen Blick in die Augen zu sehen, ohne auszuweichen. Der Mund meines Onkels zog schließlich meine ganze Aufmerksamkeit auf sich, als die rechte Hälfte seiner Lippen sich teilte und den Blick auf bläuliches Zahnfleisch und gelbliche Zähne freigab. Ich brauchte einen Moment, bis ich begriff, daß er lächelte.

«Das ist Marcos», sagte er. Seine Stimme war immer noch die alte.

Er hob den rechten Arm, und die Zeitung glitt ihm aus der Hand.

«Er möchte dich umarmen», sagte Don Pepe sehr leise.

Ich stieg unbeholfen die vier Stufen hoch, die den Patio von der Galerie trennten, und umarmte ihn, so gut es ging, trotz der heruntergleitenden Zeitung, dem Rollstuhl, dem Poncho, den ich über dem Arm trug, und dem Buch des Doktor Pantoja. Ich roch nach Schweiß, mein Onkel nach importierter Seife. Er trug eine Krawatte; seine Weste und Hose waren aus Kaschmir.

«Wie geht es dir?» fiel es mir ein, ihn zu fragen.

«Verdammt beschissen, wie du siehst.»

Don Pepe sammelte die Zeitung auf und legte sie auf ein Beistelltischchen.

«Wann bist du angekommen?» erkundigte sich mein Onkel.

«Er ist gerade aus dem Bus gestiegen», sagte Don Pepe.

Wir hatten beschlossen, die Geschehnisse der letzten Nacht nicht zu erwähnen.

«Holt euch ein paar Stühle her», verlangte mein Onkel.

Wir gehorchten und setzten uns. Dann befahl mein Onkel, zu mir gewandt: «Und jetzt berichte. Wie ist es dir ergangen?»

Ich gab die gleiche Geschichte zum besten, die ich am Vortag bereits Don Pepe erzählt hatte. Mein Onkel nahm unterdessen eine Zigarettenspitze aus seiner Weste, steckte sie in den Mund, holte eine Delicado hervor und steckte sie in die Zigarettenspitze, zog ein Feuerzeug heraus und zündete die Zigarette an – alles mit der rechten Hand. Er rauchte, während ich sprach. Don Pepe, der seinen Hut abgenommen hatte, saß auf der Kante eines Schaukelstuhls, stützte die Hände auf die Knie und sah so aufmerksam zu mir herüber, als habe er das alles nicht schon einmal gehört und sei ganz gespannt auf meine Erzählung.

Wieder erwähnte ich weder die Chamuca noch das Planungsbüro. Dafür reicherte ich meine erfundene Tätigkeit mit neuen Einzelheiten an. Ich sagte, daß mein Büro sich in der Calle de Palma befinde, und gab die Namen von drei Unternehmen an, für die ich gearbeitet hätte. Das Interesse, das mein Onkel zeigte, und das Wohlwollen, mit dem er mir begegnete, machten mir Mut.

«Sag mir, wozu du hergekommen bist», unterbrach er mich.

«Um ein Geschäft mit dir zu machen.»

«Ah, ja? Hoffentlich kein schlechtes», meinte er und zündete sich an der Glut der alten eine neue Zigarette an. «Was für ein Geschäft?»

«Weißt du, was Kryolith ist?»

«Nein.»

«Es ist ein Mineral, das...»

«Sag mir nicht, was es ist, sag mir, was es mit dem Geschäft zu tun hat.»

«Ich weiß, wo es Kryolith gibt.»

«Wieviel kostet der Abbau?»

«Eine Million Pesos.»

«Und wenn wir es abbauen, für wieviel verkaufen wir?»

«Zwischen vier und fünf Millionen.»

«Wie lange brauchen wir?»

«Nicht mehr als sechs Monate.»

«Gut. Das Geschäft interessiert mich.»

«Antworte ihm nicht so schnell», schaltete sich Don Pepe ein. «Laß ihn uns erst einmal erklären, wie das Kryolith gewonnen wird.»

«In diesem Fall ist es ganz einfach, weil es bereits einen Stollen bis zur Lagerstätte gibt. Es ist eine verlassene Mine.»

«Liegt sie in Plan de Abajo?» wollte mein Onkel wissen.

«Ja.»

«Desto besser. Falls wir Probleme mit der Lizenz haben sollten, wird uns der Gouverneur, ein Freund von mir, schon einen kleinen Dienst erweisen. Machen wir das Geschäft.»

Ich war genau wie Don Pepe der Meinung, daß wir zu schnell handelseinig wurden.

«Ich muß noch hinzufügen, Onkel, daß vor dieser großen Investition eine sogenannte Kosten-Nutzen-Analyse gemacht werden sollte. Dazu gehört auch eine topographische Kartierung und Gesteinsproben, um eine ungefähre Vorstellung von der Menge des vorhandenen Minerals zu bekommen. Die Zahlen, die ich genannt habe, sind nur ungefähre Schätzungen.»

«Das scheint mir ein sehr vernünftiges Vorgehen zu sein», unterstützte mich Don Pepe.

Mein Onkel machte eine resignierte Geste.

«Gut, dann wird eben eine Kosten-Nutzen-Analyse gemacht.»

Auf diesen Augenblick hatte ich gewartet.

«Sie kostet fünfzigtausend Pesos», sagte ich.

«Wenn ich eine Million bezahlen kann, werde ich auch fünfzigtausend bezahlen können.»

«Aber du wirst sie mir auch geben müssen, wenn die Ergebnisse der Studie zeigen sollten, daß sich die Investition nicht lohnt», warnte ich ihn.

Mein Onkel zögerte einen Moment, bevor er antwortete: «Einverstanden, aber wenn das Gegenteil der Fall ist, machen wir Halbe-Halbe. Abgemacht?»

Ich willigte ein, und mein Onkel verlangte: «Bringt mich ins Büro, dann machen wir gleich den Vertrag.»

Ich schob den Rollstuhl. Don Pepe ging voraus und öffnete uns die Tür zum Arbeitszimmer, einem großen und etwas dunklen Raum, dessen wichtigste Einrichtungsgegenstände ein Rollo-Schreibtisch und ein alter Tresor aus schwarzem Gußeisen waren. In einem Regal standen vier Bücher über Landwirtschaft und eine Verfassung von Plan de Abajo. Außerdem gab es einige hölzerne Aktenschränke, ein Ledersofa und zwei Sessel. Don Pepe und ich schrieben jeder ein Exemplar des Vertrags mit der Hand. Ich verpflichtete mich, meinem Onkel Kryolithproben mit einem Gehalt von mehr als .08 zu liefern, und zwar innerhalb von fünf Tagen nach Vertragsabschluß. Mein Onkel verpflichtete sich, mir zehntausend Pesos als Gehaltsvorschuß zu zahlen, sobald er die Ergebnisse der Analyse und den Beweis dafür erhielte, daß für die betreffende Lagerstätte nicht bereits eine gültige Eintragung im Register des Bergamts bestand. Binnen zehn Tagen würde ich ihm die Kosten-Nutzen-Analyse aushändigen, und er würde mir vierzigtausend Pesos zahlen, egal wie die endgültige Entscheidung ausfallen sollte. Wenn die Mine abgebaut würde, übernähme ich die Leitung, mein Onkel bekäme seine Investitionskosten zurück, und wir teilten uns den Gewinn. Mein Onkel und ich unterzeichneten den Vertrag, Don Pepe und Zenaida – die nicht lesen und nur ihren Namen schreiben konnte, aber nicht erst hören wollte, was im Vertrag stand – signierten als Zeugen.

Als Zenaida wieder gegangen war, drehte mein Onkel am Kombinationsschloß und öffnete den Tresor, doch statt, wie ich vermutet hatte, sein Exemplar des Vertrags darin zu verwahren, holte er eine Flasche Meskal und drei Gläser heraus. Er lachte über mein verblüfftes Gesicht.

Don Pepe erklärte mir: «Doktor Canalejas meint, Ramón könne ruhig ab und zu ein Gläschen trinken;

Amalia dagegen hält jeden Tropfen für lebensgefährlich.»

«Sie läßt mich auch nicht rauchen», sagte mein Onkel und reichte uns mit seiner gesunden Hand die Gläser: «Wie heißt die Mine?» fragte er.

«Covadonga», antwortete ich.

Mein Onkel hob sein Glas: «Also dann auf die Covadonga.»

Wir nahmen alle einen Schluck. In diesem Moment hörten wir die Haustür knarren. Augenblicklich änderte sich das Bild. Mein Onkel und Don Pepe leerten blitzschnell die Gläser. Dann hielt mein Onkel die Zigarettenspitze mit den Lippen fest, zog die Zigarette heraus, schob sie mir geschwind zwischen die Finger, zwinkerte mir mit dem gesunden Auge zu, ließ die Zigarettenspitze in der Westentasche verschwinden und warf sein Exemplar des Vertrags mit einer schnellen Bewegung ins Innere des Tresors.

«Nimm das an dich», sagte er zu mir und zeigte auf das Vertragsdoppel.

Ich faltete es und steckte es in die Hemdtasche. Don Pepe hatte inzwischen Gläser und Flasche in den Tresor zurückgestellt, die Tür geschlossen und die Zahlen verstellt.

«Tut so, als würdet ihr euch unterhalten», sagte mein Onkel.

Wir waren nicht dazu in der Lage. Alle drei horchten wir auf Amalias Schritte, die über die Galerie näher kamen. Amalia blieb, noch von der Sonne geblendet, auf der Schwelle stehen und sah blinzelnd zu uns hinüber.

«Guten Tag. Wer ist da?»

Sie hielt den rosa Schirm in der Hand, den sie natürlich nicht gebraucht hatte. Das violette Kleid betonte die imposanten Formen einer Schönheit aus den Zeiten des Präsidenten López Mateos: birnenförmiger Hintern, schmaler Gürtel und ein wie durch ein Wunder gehobener Busen. Ihr dunkler Hauttyp paßte nicht zu den blondgefärbten Haaren; die Brauen zupfte sie sich, an den Beinen aber waren schwarze Haare. Sie hatte herrliche Augen, war aber kurzsichtig. Nur unscharf erkannte sie drei Gestalten. Sie setzte ein vage freundliches Lächeln auf, so daß ihre sehr kräftigen Zähne zum Vorschein kamen.

«Marcos ist hier», erwiderte mein Onkel Ramón.

Das Lächeln verschwand.

«Ah, hallo. Es riecht nach Zigaretten.»

«Marcos und ich haben viel geraucht», log Don Pepe.

Mein Onkel machte der Störung ein Ende: «Marcos wird einige Tage bei uns bleiben. Sorge dafür, daß das Zimmer der Zwillinge für ihn hergerichtet wird.»

Amalia warf mir einen giftigen Blick zu, meinem Onkel aber antwortete sie lächelnd: «Wie du wünschst», und drehte sich auf dem Absatz um. Wir sahen ihr nach: eine violette Gestalt auf einem Paar Beinen, die mir aus irgendeinem Grund aufreizend erschienen.

Nachdem Don Pepe sich verabschiedet und mein Onkel sich auf sein Zimmer zurückgezogen hatte, blieb ich allein zurück. Unverzüglich ging ich zu dem Tischchen auf der Galerie und schlug den *Excélsior* auf. Auf Seite zwölf fand ich Fotos von all denen, die zwei Tage zuvor bei mir zu Hause gewesen waren – außer von Pancho. Einige sahen wie Verbrecher aus, besonders Manotas. Lidia Reynoso erinnerte an die Heldinnen des spanischen Bürgerkriegs. Ifigenia Trejo wirkte schuldbewußt. Unsere Feier wurde im Text erwähnt: Wir hatten uns in meiner Wohnung versammelt, «um neue Anschläge zu planen». Alle sieben Häftlinge hätten gestanden, daß sie Mitglieder der Vereinigung «Grupo de Liberación Gualterio Gómez» und für den Brand im Kaufhaus El Globo verantwortlich seien. Zwei Mitgliedern der Bande sei die Flucht geglückt, doch rechne man jeden Augenblick mit ihrer Gefangennahme durch die Organe des Sicherheitsdienstes. Weder Chamucas noch mein Name wurde genannt, auch hatte die Polizei offensichtlich der Zeitung keine Fotos von uns gegeben, obwohl sie sicherlich welche in unserer Wohnung gefunden hatte. Die Beamten hätten das Auto der Entflohenen ausfindig gemacht, das diese in der Calle de Edison auf einem Parkplatz stehenließen.

Ich legte die Zeitung auf das Tischchen zurück und ging zum Zimmer der Zwillinge, das ich von früher her kannte. Es lag am Ende des Gangs. Die Tür zu Amalias Schlafzimmer war angelehnt. Ich hörte ihre Stimme: «...Scheinbar will er Geschäfte mit ihm machen.»

Sie telefonierte, während sie gleichzeitig mit der Hand heftig an einem Fleck auf Brusthöhe ihres Kleids rieb. Als sie mich bemerkte, brach sie mitten im Satz ab. Einen Augenblick lang sahen wir einander schweigend an, dann stieß sie die Tür mit dem Fuß zu, und ich ging weiter. Ich hörte sie noch sagen: «Der Negro kam gerade vorbei und hat mich gehört.»

3

Das Zimmer der Zwillinge gehörte ursprünglich zwei Schwestern meines Onkels Ramón, die bereits 1920 in jungen Jahren in derselben Woche an der spanischen Grippe gestorben waren. Ihr Zimmer blieb seitdem unverändert und diente als Unterkunft für Gäste. Ich kannte es, weil ich als Junge zweimal darin gewohnt hatte, als ich in den Sommerferien bei meinem Onkel zu Besuch war: ein Mädchenzimmer mit rosa Tapeten, blaßblauen Bettdecken, dunkelblauen Bettvorlegern und einem Aquarell an der Wand.

Alles war verblichen. Eine Frau hatte eine der Dekken abgenommen und beugte sich gerade über das Bett, um ein Laken aufzufalten. Ich erkannte den hellen Ton ihrer kastanienbraunen Haare und die zarten, leicht gebräunten Arme: es war Lucero.

Sie hatte weder meine Schritte gehört, noch hatte sie gespürt, daß ich auf der Schwelle stand. Plötzlich richtete sie sich auf und öffnete mit einer schnellen Bewegung die Arme, um das Laken fliegen zu lassen. Beide erschraken wir, sie, weil sie meine Anwesenheit bemerkte, und ich, weil mir klarwurde, daß sie sich in eine erwachsene Frau verwandelt hatte. Während sich das Laken über die Matratze legte, gewann sie noch vor mir die Fassung wieder und sagte: «Du bist Marcos.»

«Und du bist Lucero.»

«Du hast mir ein Kartenspiel beigebracht, das Canasta zu zweit heißt.»

«Damals warst du ein mageres kleines Mädchen, das im Gang stand und vor Langeweile weinte.»

Lucero musterte mich von Kopf bis Fuß. «Ich hätte dich nicht wiedererkannt», sagte sie.

Ich legte den Santa Marta-Poncho und das Buch des Doktor Pantoja auf einen Stuhl, um meine Verlegenheit zu verbergen, bevor ich erwiderte: «Ich dich auch nicht.»

«Du hast sehr gut ausgesehen», sagte sie.

«Du schrecklich.»

Sie lachte und begann, die Ränder des Lakens unter die Matratze zu stecken. Ich ging zum Fenster und sah auf den verfallenen Pferdestall hinaus.

«Wann war das?» fragte Lucero.

«Vor zehn Jahren.»

«Und jetzt, findest du mich immer noch schrecklich?»

«Nein», entgegnete ich, nachdem ich sie einen Moment lang betrachtet hatte.

Sie lachte wieder und sagte, während sie weiter das Bett herrichtete: «Ich erinnere mich noch gut an das Spiel, das du mir beigebracht hast. Manchmal spiele ich es.»

«Ich habe es vergessen. Und was machst du jetzt so?»

«Jetzt mache ich das Bett.»

«Abgesehen davon, ich meine, studierst du?»

«Ich spiele Schach mit meinem Onkel.»

«Warum? Das heißt, warum studierst du nicht?»

«Weil ich den Vorbereitungskurs abgeschlossen habe und man in Muérdago nicht weiterstudieren kann. Ich wollte nach Pedrones, um Medizin zu belegen, aber da wurde mein Onkel krank, und meine Mutter und ich mußten hierherziehen, um ihn zu pflegen.»

«Das ist aber schade.»

«Es ist nicht weiter schlimm. Dafür mache ich etwas anderes, ich zeichne.»

«Was denn?»

«Gesichter. Porträts.»

«Und wenn du sie fertig hast?»

«Dann werfe ich sie weg.»

Sie trug keinen Büstenhalter. Ich half ihr, die Decke über das Bett zu breiten.

«Verstehst du dich gut mit meinem Onkel?»

«So gut wie mit niemand sonst, und er liebt mich mehr als alle anderen.»

Ich warf ihr einen bewundernden Blick zu. Das Bett war fertig. In diesem Moment kam Amalia herein.

«Was machst du hier?» fragte sie Lucero.

«Ich habe das Bett bezogen.»

«Das hätte Zenaida erledigen sollen.»

«Sie hat gerade den Tisch gedeckt.»

Während ich noch dem Gedanken nachhing, wie verschieden doch Mutter und Tochter waren, drehte sich Amalia zu mir und sagte:

«Wo ist dein Gepäck?»

«Auf diesem Stuhl», antwortete ich und zeigte auf den Santa Marta-Poncho und das Buch des Doktor Pantoja.

Amalia betrachtete die Sachen einen Augenblick

lang ungläubig, sagte aber nichts. Statt dessen erklärte sie: «Mein Onkel erwartet uns bei Tisch.»

Sie verließ das Zimmer, Lucero zwinkerte mir zu und folgte ihr, ich ging ihr nach.

Am Tisch der Tarragonas hatten schon immer mit Leichtigkeit zehn Personen Platz. Es heißt, mein Onkel sei, als er das Möbelstück beim Tod seiner Eltern erbte, nicht zu überreden gewesen, die ausziehbaren Teile abnehmen zu lassen, um die Tischfläche zu verkleinern. Viele Jahre lang saßen sie meist zu zweit am Tisch: mein Onkel Ramón am oberen Tischende und meine Tante Leonor an seiner Seite. Auch diesmal wirkte der Eßzimmertisch, auf dem ein frisches weißes Tafeltuch lag, riesengroß. Mein Onkel sah aus wie Gott Vater, wie er so vor dem goldgelben Glasfenster am Kopfende des Tisches thronte, vor der Brust eine weiße Serviette. Zu seiner Rechten waren zwei Plätze gedeckt, zu seiner Linken drei. Links in der Mitte saß der Gringo. Der Gringo ist Jim Henry, der Mann von Amalia und Vater von Lucero. Er ist sehr groß, sein Haar ist seitlich gescheitelt, und ein Haarbüschel steht immer hoch. Während der zehn Jahre, die ich ihn nicht gesehen hatte, war er überhaupt nicht gealtert. Und er trug auch immer noch das gleiche Amihemd. Als er mich hereinkommen sah, war er weder erstaunt noch erfreut und gab mir auch nicht die Hand. Unbeirrt zog er seine Serviette aus dem Serviettenring und legte sie auf seinen Schoß.

«Hallo», meinte er.

«Hallo», antwortete ich.

«Für wen ist das sechste Gedeck?» fragte mein Onkel.

«Für meinen Bruder Alfonso», erwiderte Amalia. «Er sagte, er käme zum Essen.»

«Was will er?»

«Ich glaube, er möchte dir guten Tag sagen und sehen, wie es dir geht.»

«Wenn er nach mir sehen und mir guten Tag sagen will, möchte er mich doch bitte vorher fragen, ob ich ihn überhaupt zu sehen wünsche, statt dir einfach zu erklären, er käme zum Essen.»

Amalia biß sich auf die Lippen und versetzte, zu mir gewandt, ziemlich heftig: «Du kommst da drüben hin.»

Ich hatte mich gerade neben Lucero setzen wollen, zur Rechten meines Onkels. Amalia sorgte dafür, daß ich neben dem Gringo saß, auf dem Stuhl, der am weitesten vom oberen Tischende entfernt war. Schließlich nahm sie selbst zwischen dem Gringo und meinem Onkel Platz. Kaum hatte sie sich niedergelassen, da kam auch schon Zenaida mit einer weißen Porzellanterrine herein und stellte sie neben Amalia auf den Tisch. Diese verteilte die Suppe wie folgt: zuerst bekam mein Onkel, dann der Gringo, dann Lucero und zuletzt ich. Es fehlte nicht viel, und sie hätte sich erst noch selbst bedient, bevor sie mir etwas gab. Der Gringo, der aussieht, als habe er einen festgeschraubten Hals und könne den Kopf nicht drehen, ohne den ganzen Oberkörper mitzunehmen, versuchte, mit mir ins Gespräch zu kommen: «Was gibt es Neues in Cuévano?»

«Keine Ahnung. Ich bin schon vor acht Jahren von dort weggegangen und wohne jetzt in Mexico City.»

«Ich verstehe. Und was gibt es Neues in Mexico City?» Und so weiter.

Lucero bestrich eine Tortilla mit Butter, rollte sie zu einem kleinen Happen zusammen und überreichte sie meinem Onkel. Dann machte sie eine zweite zurecht und reichte sie dem Gringo, dann eine dritte und aß sie selber. Ich bekam keine. Es gab eine Nudelsuppe, die, soweit ich mich erinnern kann, genauso serviert wurde wie zu Zeiten meiner Tante Leonor: jeder konnte nach Wunsch kleine Stückchen weißen Käse und fritierte Chilischoten zugeben.

Ich war gerade beim dritten Löffel Suppe, als ein Mann mit sehr buschigen Augenbrauen, aber äußerst dünnem Schnurrbart eintrat. Er war in schreienden Farben kostümiert: avocadogrüner Anzug, strohgelbes Hemd. Als er die Unterarme hob, um uns mit einer Handbewegung zu bedeuten, wir sollten uns keine Umstände machen, blitzte das Gold seiner Manschettenknöpfe, seiner dicken Armbanduhr und zahlreicher Ringe. Gleichzeitig sagte er: «Steht nicht auf, laßt euch nicht stören, eßt ruhig weiter.»

Es war mein Vetter, der Bankier Alfonso Tarragona, allias El Dorado, der Goldjunge. Er ging zum obersten Tischende und wollte die gesunde Hand meines Onkels küssen, doch er bekam sie nicht und mußte sich damit begnügen, die leblose Linke, die auf dem Tischtuch ruhte, aufzuheben und an seine Lippen zu führen. Danach küßte er Lucero, die den Mund voll hatte, auf die Wange und winkte Amalia und dem Gringo einen Gruß zu.

Erst in diesem Moment schien er meine Anwesenheit zu bemerken. Er erkannte mich sofort und tat so, als sei er ganz außer sich vor Freude, mich zu sehen. Mit ausgebreiteten Armen kam er um den ganzen Tisch herum auf mich zu und rief: «Vetter, welche Freude, dich zu sehen! Ist das eine Überraschung!»

Während ich mir den Mund mit der Serviette abwischte und mich erhob, überlegte ich mir, daß Amalia mit ihm telefoniert haben mußte, als sie sagte, «der Negro» sei hier. Wir begrüßten einander wie Generale, Umarmung mit Schulterklopfen und kräftiger Händedruck. Er setzte sich neben Lucero, und ich aß weiter meine Suppe.

Alfonso fragte meinen Onkel: «Wie geht es dir, wie fühlst du dich, ich hoffe, du hast keine neuen Beschwerden?»

«Ich fühle mich weder besser noch schlechter als sonst», gab dieser zurück.

«Das freut mich aber!» sagte Alfonso und fügte zu den anderen gewandt hinzu: «Was die alten Knaben doch für eine eiserne Gesundheit haben. Wie ich sie darum beneide!» Dann zu mir gewandt: «Und du, Marcos, welche günstigen Winde haben dich in diese Gegend verschlagen?»

«Ich bin geschäftlich unterwegs», sagte ich.

«Ah, ich verstehe, und du hast die Gelegenheit wahrgenommen, deinen Onkel Ramón zu besuchen, wo du ihn – wie lange doch gleich? – nicht mehr gesehen hast.»

«Zehn Jahre.»

«Zehn Jahre! Unglaublich! Wie doch die Zeit vergeht! Also warst du nicht in Muérdago, als meine Tante Leonor starb?»

Sie hatten sie also inzwischen befördert. Vorher war sie immer nur «die Frau meines Onkels» gewesen.

«Nein», räumte ich ein.

«Und auch nicht, als mein Onkel krank wurde, nicht wahr?»

«Nein.»

«Dann wirst du hier vieles verändert finden. Jedenfalls freue ich mich, daß du diesmal auf den Gedanken gekommen bist vorbeizuschauen und wir dich einmal wiedersehen.»

Er nahm einen Löffel Suppe, wischte sich den Schnurrbart mit seiner Serviette ab und fragte mich weiter aus: «Wo hast du deinen Wagen abgestellt?»

«Ich bin nicht mit dem Auto, sondern mit dem Bus nach Muérdago gekommen.»

«O je, wie furchtbar. Das ist ja kaum zu glauben. Es muß eine sehr beschwerliche Reise gewesen sein!»

«Wieso bist du nicht mit dem Auto gekommen, hast du keines?» wollte der Gringo wissen.

Der Löffel Suppe, den Alfonso gerade zum Mund führte, blieb auf halbem Weg stehen; Lucero hörte auf, eine weitere Tortilla für meinen Onkel mit Butter zu bestreichen; Amalia und der Gringo beobachteten mich aufmerksam; nur mein Onkel aß ruhig weiter.

«Mein Wagen ist in Mexico City», sagte ich, «in einer Reparaturwerkstatt, weil ich einen Unfall gehabt habe.»

«Oh, wie bedauerlich, was für ein Pech!» sagte Alfonso.

«Was für einen Wagen fährst du?» fragte der Gringo.

«Einen Kleintransporter von *International*», log ich, denn ich konnte schlecht sagen, daß mein Volkswagen beschlagnahmt worden war.

«Und warum einen Kleintransporter?» hakte Alfonso nach. «Hast du eine Schweinezucht, oder was?»

«Ich bin beratender Bergbau-Ingenieur.»

Der Name meines erfundenen Berufs sorgte für ein respektvolles Schweigen, das fünfzehn Sekunden lang anhielt.

«Hast du keinen Zweitwagen?» bohrte der Gringo.

Ich hielt es für klüger, nicht noch einen Wagen und einen Grund zu erfinden, warum ich ihn nicht benutzte.

«Nein», sagte ich.

«Er hat auch kein Gepäck», schaltete sich Amalia ein.

Sie sahen mich einen Moment lang schweigend an, dann begann Alfonso wieder: «Mußtest du Mexico City in aller Eile verlassen?»

Während ich noch nach einer Antwort suchte, richtete mein Onkel das Wort an mich: «Marcos, deine Verwandten wollen unbedingt wissen, warum du nach Muérdago gekommen bist. Such nicht krampfhaft nach Ausreden. Sag ihnen die Wahrheit. Sag ihnen, daß du hier bist, weil ich dich kommen ließ.»

Das Interesse aller, das bisher auf mich gerichtet war, wandte sich jetzt meinem Onkel zu, der sich ganz gelassen eine Gabel voll Nudeln in den Mund steckte. Es waren so viele, daß er die Nudelenden geräuschvoll einsaugen mußte. Als ich bemerkte, daß Luceros nächster Happen für mich bestimmt war, wußte ich, daß das Kreuzverhör vorbei war.

«Wenn du ein frisches Hemd brauchst», sagte der Gringo, «kann ich dir eines leihen.»

«Danke, aber das ist nicht nötig», erwiderte ich, obwohl meines schweißnaß war.

«Wenn du irgendwohin fahren möchtest», erbot sich Alfonso, «aus geschäftlichen Gründen oder um einen Ausflug in die Umgebung zu machen, nimm nicht den Autobus. Geh zur Banco de la Lonja gleich hier vorn an der Ecke, frag nach dem Generaldirektor, das heißt nach mir, und sag dann einfach geradeheraus: ‹Alfonso, ich brauche den Wagen›, dann leihe ich dir auf der Stelle meinen Galaxy.»

Als Zenaida den Hauptgang hereinbrachte, änderte Amalia die Reihenfolge und füllte meinen Teller gleich nach dem meines Onkels.

Später, als die Tafel aufgehoben wurde, zündete sich der Gringo eine Zigarre an, Alfonso und Lucero schoben den Rollstuhl meines Onkels zur Galerie, Amalia aber nahm meinen Arm und sagte mit einem Lächeln, das kokett sein sollte: «Ich nehme an, du hast deinem Onkel nicht erzählt, daß du schon gestern abend in Muérdago angekommen bist, geklingelt hast und ich dich nicht hereingelassen habe?»

«Ich habe ihm nichts davon gesagt und hatte es auch nicht vor.»

«Das ist gut so. Es könnte meinem Onkel schaden, wenn er sich aufregt. Und außerdem ist er an allem schuld, weil er mir nicht gesagt hatte, daß du kommen würdest. Du mußt wissen, daß er strenge Anweisungen gegeben hat, niemanden hereinzulassen, der nicht zur Familie oder seinen engsten Freunden gehört.»

In diesem Moment merkte Amalia, daß sie nicht ganz das richtige gesagt hatte und versuchte, ihre Aussage zurechtzubiegen: «Natürlich gehörst du auch zur Familie, aber...»

«Mach dir keine Gedanken, ich verstehe dich schon.»

Um untergehakt über die Schwelle gehen zu können, mußten wir uns einander nähern, und ich spürte den Druck ihrer Pobacke an meinem Schenkel. Ich weiß nicht, ob es ein Zufall war. Noch lange danach roch mein Hemd an der Stelle, wo es mit ihr in Berührung gekommen war, nach Heliotrop.

Alfonso verabschiedete sich – er sagte, er habe um vier Uhr eine Verabredung mit einem Sonderbeauftragten des Gouverneurs –, bot mir nochmals seinen Galaxy an und fuhr davon. Wir anderen gingen auf unsere Zimmer, «eine kleine Siesta machen». Zenaida und Lucero schoben meinen Onkel in sein Schlafzimmer, das größte und einzige mit Bad, direkt neben dem Büro gelegen. Amalia und der Gringo verschwanden hinter der nächsten Tür; die dritte Tür auf der Galerie führte ins blaue Zimmer, wo Lucero schlief; die vierte ins Zimmer der Zwillinge. Ich ging nicht dort hinein, sondern gegenüber ins Bad.

Es war ein riesiges, weißgekacheltes Badezimmer. Die Toilette stand auf einem Podest, das Waschbecken war einen Meter zwanzig breit, und in der Wanne hatte eine ganze Familie Platz. An einem der Duschhähne hing ein schwarzes Spitzenhöschen. Der Größe nach zu urteilen, gehörte es Amalia. Die Tür schloß, ließ sich aber nicht verriegeln, weil der Schieber abgebrochen war.

Als ich wieder in mein Zimmer zurückkam, leerte ich die Brusttasche meines Hemdes und legte die einundsechzig Pesos und das Doppel des Vertrags, den ich mit meinem Onkel abgeschlossen hatte, auf die Kommode. Ich zog die Gauchostiefel aus, sah, daß in einem meiner Socken ein Loch war und legte mich auf das Bett, das mir Lucero bezogen hatte. Zwei Erinnerungsbilder stiegen in mir auf: einmal sah ich Chamucas verweintes Gesicht im Fenster, als der Bus abfuhr, und dann ihren nackten Körper, als sie die Tagesdecke abnahm und nicht mit mir schlafen wollte, weil sie fürchtete, Evodio könne uns hören. Die Spottdrossel, deren Käfig im Gang hing, stimmte ein Lied an; die Kirchturmuhr schlug vier, eine Wespe flog zum Fenster herein und nach einer kurzen Erkundungstour wieder hinaus. Ich hörte Amalias Absätze auf dem Gang, und die Badezimmertür ging zweimal. Dann war einen Moment lang Ruhe.

Ich weiß nicht, ob es ein leises Geräusch war, was meine Aufmerksamkeit auf die Tür lenkte. Ich sah, wie der Türknauf sich langsam drehte, die Tür aufging und in dem allmählich breiter werdenden Spalt zuerst die blonden Haare, dann die schwarzen Augenbrauen Amalias erschienen. Ich schloß die Augen. Als ich ihre bloßen Füße auf den Fliesen hörte, wußte ich, daß sie ins Zimmer gekommen war. Dann hörte ich nichts mehr. Ich öffnete die Augen einen Spalt weit. Zwischen den Wimpern hindurch konnte ich sehen, daß Amalia das Buch des Doktor Pantoja inspizierte, nicht fand, was sie suchte, es auf den Poncho zurücklegte, sich umsah und einen Schritt in Richtung Kommode machte. Da begann ich mich zu bewegen und versuchte, das Erwachen eines Schläfers nachzuahmen. Amalia blieb stehen, machte kehrt und verschwand. Dann hörte ich, wie sich das Klacken ihrer Absätze entfernte. Noch während ich über den Sinn dieses seltsamen Besuchs nachdachte, schlief ich ein.

Es war fünf Uhr vorbei, als ich wieder aufwachte. Als ich auf die Galerie hinausging, sah ich Amalia mit zwei Männern im Patio stehen. Ich erkannte meine beiden anderen Vettern: Gerardo, den Richter, und Fernando, den Landwirt. Amalia sprach zu leise, als daß ich hätte verstehen können, was sie sagte; Gerardo hörte mit verschränkten Armen zu und runzelte seine buschigen Brauen; Fernando strich nachdenklich über seinen Schnurrbart. Aus der Haltung der beiden schloß ich, daß Amalia ihnen gerade erzählte, was sich am Vorabend und heute bei Tisch zugetragen hatte. Als Fernando mich bemerkte, stieß er Amalia mit dem Ellbogen an, winkte mir einen Gruß zu und lächelte gezwungen; der leutseligere Gerardo hingegen breitete die Arme aus und sagte: «Vetter, laß dich umarmen.»

Die beiden kamen mir entgegen, während ihre Schwester ein Stück zurückblieb, um die Träger ihres Büstenhalters zu richten.

Gerardo ist beleibt, hat graue Haare und ein rosiges Gesicht, Fernando ist dünn und schlaksig; Gerardo trug einen Kaschmiranzug, Fernando eine Lederjacke und Drillichhosen; Gerardo umarmte mich fest, Fernando reichte mir nur die Fingerspitzen.

«Wir haben von Amalia erfahren, daß du ein paar Tage in Muérdago bleiben willst, was mich und Fernando sehr freut, nicht wahr, Fernando?»

«Ja, es freut mich.»

«Du weißt ja, daß es an diesem Ort nicht viel zu unternehmen oder zu sehen gibt, aber wenn du irgendwohin gehen möchtest, kannst du auf mich zählen und auch auf Fernando. Nicht wahr, Fernando?»

«Ja, zähl auf mich, wenn du mich brauchen kannst.»

«Wenn du mal nichts vorhast und dich langweilst, komm zum Gericht, dann können wir ein wenig plaudern oder Domino spielen. Und Fernando kann dir die Hacienda zeigen, nicht wahr, Fernando?»

«Ja, wenn du sie sehen möchtest, nehme ich dich mit.»

«Jetzt sind gerade die Melonen reif», schaltete sich Amalia ein, die sich wieder zu uns gesellt hatte.

Ein Fußball sprang auf, zwei Jungen stürmten in den Patio und begannen zu spielen, ohne sich um die Blumen zu kümmern.

«Das sind meine Söhne», erklärte Gerardo stolz. «Ich bringe sie häufig hierher, damit sie meinem Onkel Ramón guten Tag sagen, denn er ist ganz vernarrt in sie, nicht wahr, Fernando?»

«Ja, er scheint nichts gegen sie zu haben.»

In diesem Augenblick erschien mein Onkel in der Tür seines Schlafzimmers, Lucero und Zenaida schoben den Rollstuhl. Als er die Fußball spielenden Kinder sah, befahl er: «Gerardo, sag diesen Jungen, daß sie woanders hingehen sollen.»

«Kinder, sagt eurem Onkel Ramón guten Tag, und dann könnt ihr heimgehen.»

Die Jungen küßten die gesunde Hand meines Onkels und machten sich auf den Weg, ohne sich von irgend jemandem zu verabschieden. Sie hatten die Vorhalle noch nicht durchquert, da sagte mein Onkel bereits zu Lucero: «Hol einen alkoholgetränkten Lappen und wisch mir die Hand ab.»

Gerardo stellte sich neben mich und erklärte mir leise: «Ich finde es sehr wichtig, daß die Kinder mit dem Alter in Berührung kommen und sich allmählich damit vertraut machen. Bist du nicht auch dieser Meinung, Vetter Marcos?»

Ich pflichtete ihm bei.

«Wißt ihr, wozu ich Lust hätte, Jungs?» fragte mein Onkel, während Lucero seine Hand reinigte. «Den Sonnenuntergang vom Kaninchenberg aus zu sehen.»

Einen Moment lang herrschte Schweigen. Es war offensichtlich, daß meine Vettern von keinem Ort aus den Sonnenuntergang betrachten wollten, doch dann gewannen sie ihre Fassung wieder.

«Ja, das ist eine sehr gute Idee», begann Gerardo, «nicht wahr, Fernando?»

«Wenn mein Onkel gern hinfahren will, fahren wir.»

«Ja, ich will, und ich will auch, daß du mitkommst, Marcos», erwiderte dieser.

Wir trugen den Rollstuhl zu dritt die vier Stufen zwischen der Galerie und der Vorhalle hinunter. Gerardos Wagen stand vor der Tür. Lucero und Zenaida hoben meinen Onkel vom Rollstuhl auf den Vordersitz des Autos, was ganz leicht aussah. Als wir aber, oben auf dem Berg angekommen, meinen Onkel vom

Sitz in den Stuhl befördern wollten, mußten wir drei Männer uns so anstrengen, daß uns der Schweiß auf die Stirn trat.

«Schieb mich da rüber», sagte mein Onkel zu Fernando und wies auf die Abbruchkante.

Mein Onkel gab den Vettern kurze Anweisungen, ohne jemals ein «bitte» hinzuzufügen. Er benahm sich vor ihnen genauso wie in Anwesenheit Amalias, das heißt ganz anders als am Morgen, als er mit Don Pepe und mir allein war: Er machte keine Anstalten zu rauchen und gebrauchte auch keine Kraftausdrücke. Während Fernando und mein Onkel sich entfernten, blieb Gerardo unter dem Vorwand, sich den Schweiß abzuwischen, zurück. In Wirklichkeit aber wollte er mit mir unter vier Augen sprechen.

«Amalia sagt, mein Onkel habe dich gebeten zu kommen. Wie hat er dich denn erreicht?»

Ich merkte, daß ich weiter lügen mußte.

«Er hat mir einen Brief geschrieben», sagte ich, obwohl ich daran zweifelte, daß mein halb gelähmter Onkel überhaupt in der Lage wäre, einen Brief zu verfassen. Aus Gerardos Antwort entnahm ich aber, daß er dies sehr wohl konnte. «Was hat er dir in dem Brief geschrieben?»

«Daß er mich sehen wolle.»

«Weshalb?»

«Keine Ahnung.»

«Aber es muß doch irgendeinen Grund dafür geben, daß mein Onkel dich jetzt plötzlich sehen will, nachdem er dich so viele Jahre lang nicht zu Gesicht bekommen hat. Was könnte denn der Anlaß sein?»

«Da mußt du meinen Onkel fragen, Gerardo, er allein weiß die Antwort.»

«Er weiß sie, aber er wird sagen, das gehe mich nichts an.»

«Der Meinung bin ich auch.»

Wir lächelten beide. Es war ein freundlicher Schlagabtausch.

«Du bist ungerecht, Vetter Marcos», fuhr Gerardo fort, «denn es geht mich sehr wohl etwas an. Sei mal ehrlich: glaubst du nicht, daß es mit der Erbschaft zusammenhängt?»

«Mit welcher Erbschaft?»

«Der, die mein Onkel uns Neffen und Nichten hinterlassen wird.»

«Er hat mir nichts davon gesagt, daß er mir etwas vererben will», entgegnete ich, was zum erstenmal an diesem Tag nicht gelogen war, «hat er dir denn etwas zugesagt?»

«Nicht direkt.» Er schien mich mit seinen Augen zu durchröntgen, bevor er sich entschloß, offen mit mir zu reden. «Aber das versteht sich. Nimm zum Beispiel meinen Bruder Alfonso. Als mein Onkel krank wurde, wies er Alfonso an: ‹Kümmere dich um die Papiere.› Die Papiere sind die Akten meines Onkels, und er hat eine ganze Reihe davon. Alfonso kümmert sich um die Investitionen, zieht die Dividenden ein, zahlt meinem Onkel das für seine Ausgaben Nötige aus und legt den Rest wieder an. Alfonso hat nie eine Kommission verlangt, und mein Onkel hat ihm auch nie einen Centavo dafür angeboten. Was folgerst du daraus? Daß Alfonso, wenn mein Onkel unglücklicherweise stirbt, die Papiere erben wird und mein Onkel sie ihn verwalten ließ, damit er lernt, mit ihnen umzugehen. Das gleiche gilt für Fernando: Er lebt auf der Hacienda, arbeitet von Sonnenaufgang bis Sonnenuntergang, führt die Bücher und ist für den ganzen Maschinenpark verantwortlich. Und mein Onkel zahlt ihm keinen Peso mehr als dem Verwalter: viertausend im Monat. Was hat das zu bedeuten? Daß Fernando den Hof erben wird. – Oder auch meine Schwester Amalia: Mein Onkel hat zu ihr gesagt: ‹Zieh mit deiner Tochter in mein Haus.› Meinst du, das macht ihr keine Umstände? Der Gringo muß allein daheim schlafen. Es ist nur logisch, daß Amalia beim Tod meines Onkels die Casa de la Sonaja erben wird. – Was bleibt schließlich über mich zu sagen? Ich verwalte die Liegenschaften im San Antonio-Viertel. Dort leben nichts als Halunken. Du hast keine Ahnung, wie mühsam es ist, die Mieten einzutreiben, und das, obwohl sie Angst vor mir haben, weil ich Richter bin. Wenn mein Onkel stirbt, lasse ich noch am gleichen Tag die Häuser abreißen und verkaufe den Boden als Bauland für eine Fabrik oder für Bürohäuser, denn das Gelände liegt direkt an der Straße. Verstehst du jetzt, wie die Dinge liegen?»

«Alles ist sonnenklar.»

«Dann hast du's nicht kapiert. Nichts ist klar. In die Berechnungen, die meine Brüder und ich angestellt haben, bist du nicht mit eingegangen. Daher bitte ich dich im Namen meiner Brüder und meiner selbst, uns in Kenntnis zu setzen, sobald du erfährst, was mein Onkel dir vererben wird. Dann wissen wir, was auf uns entfällt, und können uns darauf einstellen. Wollen wir einander nicht wie gute Vettern behandeln?»

«Einverstanden», sagte ich, und wir gaben uns mit einem Lächeln die Hand, um unsere Übereinkunft zu besiegeln.

Fernando hatte den Rollstuhl auf ein Plateau geschoben, von dem aus mein Onkel ganz bequem die Aussicht genießen konnte. Zu seinen Füßen erstreckten sich die fruchtbaren Ländereien der Mancuerna, eingerahmt von kahlen Anhöhen auf der einen und armselige Parzellen auf der anderen Seite.

«...wenn du die Linsen dort geerntet hast», sagte mein Onkel gerade zu Fernando, «säe statt dessen Sorghumhirse, und wenn die Melonen geerntet sind, pflüg den Boden und pflanz Luzerne.»

«Wenn du glaubst, daß es so das beste ist, werde ich es tun», antwortete Fernando.

Mein Onkel wandte sich nach mir um. Der Anblick seiner Ländereien ließ ihn um Jahre jünger erscheinen.

«Was meinst du, Marcos, sind sie nicht ein Kleinod in der Wüste?»

Ich betrachtete den Weizen, der silbern zu schimmern begann, die gleichmäßig wachsende, rötliche Hirse, die Erdbeerbeete und das übrige Land. Das Brummen mehrerer Traktoren war bis zu uns herauf zu hören.

«Sie können sich sehen lassen», erwiderte ich.

«Der Mann, der hier vor dir steht», sagte mein Onkel und zeigte auf Fernando, «verwaltet diese Felder und macht seine Sache nicht schlecht. Der Ertrag hat sich nicht vergrößert, seit er die Leitung übernahm, aber er hat sich auch nicht verringert, und das will schon etwas heißen.»

«Mir kommt kein Verdienst dabei zu», wehrte Fernando bescheiden ab, «man muß nur säen, bewässern und dann ernten.»

Gerardo schaltete sich ein, um mir zu erklären: «Fernando sagt, daß es angesichts des hervorragenden Zustands unmöglich war, einen Fehler zu machen.»

«Man kann immer Fehler machen», stellte mein Onkel fest.

Eine Weile lang betrachteten wir schweigend die Felder, dann zeigte mein Onkel in die Ferne und erinnerte sich: «Jene Eukalyptusbäume habe ich vor dreißig Jahren gepflanzt.»

Wir sahen zu den Eukalyptusbäumen hinüber, bis mein Onkel in eine andere Richtung wies: «Und diese Eschen pflanzte ich vor vierzig Jahren.»

Gehorsam betrachteten wir die Eschen, bis mein Onkel auf etwas in der Luft deutete: «Schaut mal, der Rabengeier.»

Unsere Blicke folgten dem Rabengeier, bis mein Onkel sagte: «Da fällt mir ein, Marcos: für deine morgige Unternehmung ist Alfonsos Galaxy nicht das geeignete Auto. Ich glaube, Fernando leiht dir besser seinen Safari, denn die Straße ist ziemlich schlecht.»

Ich hatte keine Ahnung, welche ziemlich schlechte Straße ich morgen benutzen sollte, da ich mit meinem Onkel keine Fahrt verabredet hatte. Doch er sah mich sehr ernst an, ohne zu zwinkern. Meine Vettern tauschten bedeutsame Blicke aus.

«Welche Straße meinst du?» fragte Gerardo.

«Die Straße, die zu dem Ort führt, wo Marcos und ich unseren Geschäften nachgehen werden», antwortete mein Onkel schnell.

Gerardo sah mich in der Hoffnung auf weitere Auskünfte fragend an, doch Fernando gab sich geschlagen und sagte zu meinem Onkel: «Es ist dein Safari, und du kannst damit machen, was du willst. Wenn du meinst, daß Marcos ihn braucht, um irgendwohin zu fahren, ist das deine Sache. Ich werde ihn morgen um acht Uhr früh vor deine Haustür stellen.»

«Ist es dir um acht Uhr recht?» fragte mich mein Onkel.

«Ich richte mich ganz nach Fernando», erwiderte ich.

«Gut, dann um acht», bestimmte mein Onkel, und damit war das Thema erledigt. «Gehen wir ins Kasino, Poker spielen.»

«Wenn du ins Kasino willst, gehen wir», bekräftigte Fernando und schob den Rollstuhl zum Auto.

Gerardo und ich blieben wieder ein Stück zurück.

«Was für Geschäfte machst du mit meinem Onkel?» erkundigte er sich.

«Frag mich nicht, denn ich kann dir keine Antwort geben. Ich habe ihm bei meinem Ehrenwort versprochen, nicht über diese Angelegenheit zu sprechen, wende dich also an ihn.»

«Er wird sagen, das gehe mich nichts an.»

«Wahrscheinlich hat er recht.»

«Warum behandelst du mich so, Vetter Marcos?»

Paco, der Geschäftsführer des Kasinos, ein untersetzter Spanier, kam meinem Onkel bis ins Foyer entgegen. Er hofierte ihn, als wäre mein Onkel der Besitzer des Hauses. Er ließ eigens den kleinen Salon im Zwischengeschoß öffnen, in dem sich mein Onkel am liebsten aufhielt, holte die Elfenbeinchips, die er im Tresor aufbewahrte, und kam während des Spiels mehrmals vorbei, um zu fragen, ob er mit irgend etwas dienen könne. Mein Onkel trank Mineralwasser, rauchte nicht, fluchte nicht und gewann alle Spiele bis auf eins. Ich war in einer peinlichen Lage, denn der Einsatz betrug für jeden zweihundert Pesos und ich hatte nur noch einundsechzig in der Tasche.

Mein Onkel erzählte einen Witz. Die Lage, in der er sei, erinnere ihn an folgende Geschichte:

«Pepito geht in die Schule, und die Biologielehrerin bespricht die Hyäne: ‹Die Hyäne›, erklärt sie, ‹ist ein Tier, das im öden Hochland lebt, sich von Aas ernährt, sich einmal im Jahr paart und lacht.› – Haben alle verstanden? Gibt es irgendwelche Fragen? Pepito meldet sich und sagt: ‹Eines verstehe ich nicht, Frau Lehrerin, wenn die Hyäne ein Tier ist, das im öden Hochland lebt, sich von Aas ernährt und sich einmal im Jahr paart, was hat sie dann zu lachen?›»

Wir lachten alle, Gerardo bis zum Ersticken.

«Mir geht es genauso», sagte mein Onkel. «Was habe ich zu lachen?»

Fernando mischte und verteilte die Karten.

«Gilt eine Straße mehr als ein Dreier?» fragte ich.

Alle bejahten, doch als ich wenig später eine Straße hatte und mein Onkel einen Dreier, war der Dreier höher zu bewerten als die Straße, und mein Onkel kassierte den Einsatz.

«Im Seven-Cards-Stud, wie wir es gerade spielen, zählt ein Dreier mehr als eine Straße», belehrte mich Gerardo, als er mein unzufriedenes Gesicht sah.

Später hatte ich einen Dreier und mein Onkel eine Straße im Seven-Cards-Stud, und die Straße lag höher als der Dreier, so daß mein Onkel wieder den Einsatz bekam. Ich sah Gerardo fragend an, doch er war zu sehr mit Mischen beschäftigt, als daß er mir eine Erklärung hätte geben können.

Fernando sagte: «Es hat keinen Sinn. Ich passe», und warf die Karten so heftig auf den Tisch, daß ihre Vorderseite zu erkennen war. Ich bin sicher, zwei Paare gesehen zu haben. Dieses Spiel gewann mein Onkel mit einem Paar Achter.

Bei einer anderen Gelegenheit wollte Gerardo, der zwei Damen und zwei Vierer hatte, nicht mehr erhöhen und ließ zwei seiner Karten einfach liegen. Mein Onkel gewann mit einem Dreier.

Ich hatte nur noch sehr wenige Chips, als ich einen Royal Flush auf die Hand bekam. Ich klopfte und setzte nacheinander alles ein, was mir an Spielmarken blieb sowie die fünfzig Pesos, die ich in der Hemdtasche hatte. Meine Vettern hielten eine Weile mit und paßten dann, mein Onkel aber ging bis zum Ende mit, um zu sehen. Er lief rot an, als ich meine fünf Karten Herz aufdeckte.

«Keine schlechten Karten», sagte er und legte zwei Paare auf den Tisch.

Weder Fernando noch Gerardo wagte zu behaupten, daß zwei Paare mehr wären als ein Royal Flush. Ich kassierte den Einsatz. In diesem Moment sagte mein Onkel: «Ich habe keine Lust mehr, gehen wir.»

Nachdem ich meine fünfzig Pesos wieder eingesteckt hatte, blieb mir gerade genug, um die Chips zu bezahlen, die ich am Anfang bekommen hatte. Niemand merkte, daß ich ohne Geld gespielt hatte, worüber zumindest meine Vettern sicherlich empört gewesen wären. Mein Onkel gewann vierhundertfünfzig Pesos, die er in seiner Westentasche verschwinden ließ. Gerardo erwischte beim Ziehen die niedrigste Karte und mußte die Zeche zahlen, dann erhoben wir uns.

Mein Onkel und ich aßen allein im Eßzimmer zu Abend, wir bekamen Milchkaffee und Kekse. Amalia bediente uns, denn Lucero war ausgegangen und Zenaida schrubbte gerade den Küchenboden. Als wir fertig waren, wischte sich mein Onkel den Mund mit der Serviette ab und sagte zu Amalia: «Ich möchte mit Marcos etwas in meinem Büro unter vier Augen besprechen. Bring eine Flasche Cognac für Marcos und für mich ein Mineralwasser und Gläser.»

Ich schob meinen Onkel ins Büro und setzte mich ihm gegenüber in einen der Ledersessel.

«Fühle dich nicht verpflichtet, morgen irgendwohin zu fahren», sagte er. «Ich habe Fernando nur um den Safari gebeten, um deine Vettern zu ärgern. Bestimmt zerbrechen sie sich die ganze Nacht den Kopf darüber, was du und ich für Geschäfte miteinander machen könnten.» Er lachte vor Freude über die Schlaflosigkeit, die er mit seiner List hervorgerufen hatte.

«Wenn der Wagen schon einmal da ist, werde ich ihn auch benutzen. Morgen bringe ich dir die Proben», versprach ich.

Amalia kam mit einem Tablett herein, auf dem eine Flasche Martell mit einem Cognacschwenker und ein

Mineralwasser mit einem Trinkglas standen, und stellte alles auf den kleinen Tisch.

«Du mußt wissen, Marcos», sagte Amalia mit großem Ernst, «daß mein Onkel weder rauchen noch trinken darf.»

«Schließ die Tür hinter dir, wenn du gehst», sagte mein Onkel.

Als Amalia gegangen war, öffnete er den Tresor und holte eins der Gläser heraus, die wir am Vormittag benutzt hatten, um Meskal zu trinken. Er stellte es auf das Tischchen, befahl mir mit einer Handbewegung, ihm einzuschenken, und leerte es in einem Zug, ohne daß ich auch nur Zeit hatte, *«salud»* zu sagen. Er seufzte zufrieden und machte noch einmal die gleiche Handbewegung. Ich füllte sein Glas wieder.

«Ich habe eine Bitte», sagte mein Onkel. «Solange du in diesem Haus bist, möchte ich, daß du jeden Abend deinen Martell verlangst, weil ich den gern nach dem Abendessen trinke, und daß du Delicados, meine Lieblingszigaretten, rauchst. Die Frauen glauben dann, du bist derjenige, der raucht und trinkt, verstehst du? Ich will, daß du den Strohmann spielst.»

«Mit Vergnügen», erwiderte ich.

Später, als Amalia hereinkam, um die benutzten Gläser zu holen, sah ich, wie sie fassungslos auf die halbleere Flasche Cognac und die acht Zigarettenkippen starrte, die im Aschenbecher lagen. Sie sagte nichts.

4

Ich verbrachte eine unruhige Nacht. Mir war so heiß, daß ich mich nackt auszog, die Wolldecken wegschob und mich nur mit dem Laken zudeckte. Als ich schließlich das Fenster öffnete, flogen Moskitos herein. Amalia – die ich mir in einem rostbraunen Morgenmantel und hochhackigen, mit Marabufedern verzierten Pantöffelchen vorstellte – ging viermal ins Badezimmer und weckte mich jedesmal, und alle Viertelstunde schlug die Kirchturmuhr. Ich fragte mich, wie es der Chamuca wohl ergangen war, und jedesmal wenn ich wieder einschlief, träumte ich, sie sei von einem Möbelwagen überfahren worden. Pünktlich um fünf Uhr fing die Spottdrossel zu singen an, um sechs läutete es zur Frühmesse, und die Spatzen begannen, sich wieder zu zanken. Ich beschloß, noch am gleichen Tag mit der Chamuca zu telefonieren. Um sieben stand ich auf, zog meine Hose an, nahm das Handtuch, das Lucero auf einen Stuhl gelegt hatte und ging ins Bad. Amalias Schlüpfer zierte immer noch den Duschhahn, ich hängte ihn an einen Haken und stellte mich unter die Brause. Als ich wenig später in mein Zimmer zurückkam, stand Lucero mitten im Raum.

Ich blieb vor Verblüffung auf der Schwelle stehen. Sie trug einen jener sehr sittsamen Morgenröcke aus

Baumwolle wie früher die jungen Damen in England und blickte mich verlegen an. Ihre eine Hand lag auf der Lehne des Stuhls, über der mein Hemd hing. Plötzlich lächelte sie: «Schließ die Tür.»

Ich gehorchte.

«Ich wollte dir einen Kuß geben», sagte sie und kam auf mich zu. Während ich noch das nasse Frottiertuch in der Hand hielt, umarmte sie mich auch schon und gab mir den perfektesten Kuß meines Lebens. Ich ließ das Handtuch fallen und versuchte, ihr den Morgenmantel auszuziehen. Ihr Körper war herrlich anzufühlen, doch sie wehrte sich plötzlich unerwartet heftig und stieß mich von sich. «Genug jetzt», erklärte sie entschieden und verließ das Zimmer.

Noch ohne zu verstehen, was dies alles zu bedeuten hatte, machte ich ein paar Schritte auf die Frisiertoilette zu und sah mich im Spiegel: ein Mann mit nacktem Oberkörper, dem der Mund offenstand und dessen Hose sich über dem steifen Glied spannte.

Kurz darauf, als ich mir das Hemd überzog, merkte ich, daß die einundsechzig Pesos und der Vertrag in meiner Brusttasche ihre Plätze getauscht hatten.

Mein Onkel tunkte gerade einen Keks in seine Schokolade, als ich ins Eßzimmer kam. Er erwiderte meinen Gruß mit einem Augenzwinkern. Neben ihm stand Amalia und zählte über einem Glas Wasser die Tropfen seiner Medizin ab. Das Gelb ihres Morgenmantels, den ich mir rostbraun vorgestellt hatte, unterstrich den dunklen Ton ihrer Haut – und ließ ihr blondes Haar noch lächerlicher wirken. Als sie die Pipette wieder auf die Flasche geschraubt hatte, lächelte sie mir liebenswürdig zu: «Wie hast du geschlafen?»

«Sehr gut», antwortete ich.

«Ich wette, du hast kein Auge zugetan», sagte mein Onkel, biß in seinen Keks und fügte mit vollem Mund hinzu: «In diesem Haus hat noch nie jemand gut geschlafen in der ersten Nacht.»

Er trank den letzten Schluck Schokolade und wischte sich den Mund mit der Serviette ab. Dann leerte er das Glas mit den von Amalia abgezählten Tropfen, stellte es auf den Tisch zurück und rülpste.

«Diese Medizin», erklärte er, «konnte ich am Anfang nicht ausstehen, aber nachdem ich mich an sie gewöhnt habe, schmeckt sie nach gar nichts mehr.»

«Was ist es?» fragte ich.

«Zafiawasser», erwiderte Amalia. «Es bekommt ihm sehr. Was möchtest du zum Frühstück?»

Ich sagte ihr, worauf ich Appetit hatte, und sie verließ das Zimmer mit dem blauvioletten Glasfläschchen in der Hand, auf dessen Etikett «Farmacia La Fe» stand, der Name von Don Pepes Apotheke.

«Der Safari steht vor der Tür, wie abgemacht», sagte mein Onkel, zog einen Schlüssel aus der Westentasche, legte ihn auf das Tischtuch und schnipste ihn kräftig und zielsicher zu mir herüber. «Der Tank ist voll.»

Erleichtert, meine einundsechzig Pesos nicht für Benzin ausgeben zu müssen, steckte ich den Schlüssel ein.

«Einer der Traktorfahrer hat den Safari von der Hacienda hergebracht, einen Happen gegessen und ist dann zu Fuß zur Mancuerna zurückgegangen», erzählte mein Onkel.

Das waren zwei Stunden Weg.

«Ich bin Fernando und dem Traktorfahrer zu Dank verpflichtet», sagte ich.

«Der Safari gehört mir, und den Traktorfahrer bezahle ich», entgegnete mein Onkel.

«Dann bedanke ich mich bei dir.»

«Stell dich doch nicht so an. Brauchst du sonst noch was?»

Ich überlegte einen Moment, bevor ich antwortete: «Eine Blendlaterne, einen Hammer und einen Meißel.»

«Laß sie dir von Zenaida geben.»

Er steckte die Hand in die andere Westentasche, holte einen Schein heraus und faltete ihn zweimal. Diesen legte er auf die Tischdecke und schnipste ihn zu mir hinüber. Es war ein Tausender.

«Als Vorschuß auf dein Honorar», sagte er, «damit du nicht in Schwierigkeiten kommst.»

«Warum sollte ich in Schwierigkeiten kommen?»

«Lucero hat deine Kleider durchsucht und mir berichtet, daß du nur noch einundsechzig Pesos hast.»

Da kaum jemand auf tausend Pesos herausgeben kann, ging ich vorsichtshalber in die Banco de la Lonja, um den Schein zu wechseln. Die Bank befindet sich in einem alten Eckhaus zwischen der Calle de la Sonaja und der Plaza de Armas, einen halben Block vom Haus meines Onkels entfernt. Ich stellte mich vor einem der Schalter in einer Schlange von drei Leuten an und wollte warten, bis ich an die Reihe kam. Doch noch keine Minute war vergangen, da packte mich eine Hand mit eisernem Griff am Arm. Es war Alfonso.

«Wer wird denn Schlange stehen in einer Bank, wo er Beziehungen hat? Komm mit dort hinüber.»

Wir gingen durch eine kleine Tür hinter den Schalter, durchquerten die allgemeine Verwaltung und gelangten schließlich in Alfonsos Privatbüro. An der Wand hingen zwei stark retuschierte Farbfotos gleicher Größe; eines zeigte den Gouverneur von Plan de Abajo, das andere den Präsidenten der Republik.

«Für den Fall, daß der Präsident mich mit seinem Besuch beehren sollte», erklärte Alfonso, weil er merkte, daß ich die beiden Fotos betrachtete, «halte ich ein größeres Foto von ihm bereit, aber einstweilen lasse ich es so, denn der Gouverneur ist ständig hier.»

Er ließ mich auf einem schmalen Stuhl Platz nehmen, während er es sich in einem geräumigen Sessel hinter dem Schreibtisch mit Tigerpranken bequem machte.

«Was kann ich für dich tun, Marcos?»

«Ich wollte nur das hier wechseln», sagte ich und hielt ihm den Schein hin. Er faltete ihn auseinander, studierte ihn genau, verglich die Nummer mit einer Liste, schien zufrieden und rief: «Elenita!»

Eine Frau mit dunklem Teint und rot geschminkten Lippen betrat das Zimmer. Sie hatte kunstvoll gelocktes Haar und trug ein Kleid, das ihre Reize unterstrich.

«Elenita, darf ich dir meinen Vetter Marcos González vorstellen. Das Fräulein ist Elenita Céspedes, meine Privatsekretärin.»

«Sehr erfreut», sagten Elenita und ich im gleichen Moment.

«Mein Cousin möchte diesen Tausender wechseln, Elenita.»

Er überreichte ihr den Schein und richtete das Wort an mich: «Wie möchtest du ihn gewechselt haben, Vetter Marcos?»

«Acht Hunderter und den Rest in Zehnern», erwiderte ich, zu Elenita gewandt.

«Acht Hunderter und den Rest in Zehnern», sagte Alfonso zu Elenita, als wüßte sie nicht schon Bescheid.

«Ja, Herr Direktor», antwortete sie und verließ das Zimmer.

«Ich umgebe mich gern mit schönen Dingen», bemerkte Alfonso.

Es dauerte einen Moment, bevor ich begriff, daß er Elenita damit meinte.

«Ich habe Fernandos Auto vor dem Haus meines Onkels stehen sehen», fuhr er fort. «Du verschmähst also mein gestriges Angebot, dir den Galaxy zu leihen?»

«Nur weil die Straße, die ich benutzen werde, so schlecht ist. Mein Onkel und ich fürchteten, dein Wagen könnte beschädigt werden.»

«Ich verlange keine Erklärungen von dir, möchte dich aber doch auf zwei Dinge aufmerksam machen. Erstens gilt mein Angebot weiterhin, und zweitens hast du keine gute Wahl getroffen, denn Fernandos Klapperkiste ist überhaupt nicht mit einem Galaxy zu vergleichen, der praktisch von allein fährt.»

Elenita kam mit den Scheinen herein, überreichte sie Alfonso und ging wieder hinaus. Während dieser mir das Geld aushändigte, sagte er: «Der Tausender ist von meinem Onkel, nicht wahr?»

«Ja.»

«Ich habe es an der Seriennummer erkannt.» Er legte eine Pause ein. Unruhig begann ich mich in meinem Sessel zu bewegen. «Fühl dich nicht verpflichtet, mir zu verraten, warum er ihn dir gab. Ich will dir nur zu verstehen geben, daß ich über deine Angelegenheiten im Bilde bin.»

Wir verabschiedeten uns mit falscher Herzlichkeit, und ich bereute beim Verlassen der Bank, sie jemals betreten zu haben. Ich stieg wieder in den Safari, brachte ihn nach mehreren vergeblichen Versuchen schließlich in Gang und fuhr eine Weile kreuz und quer durch Muérdago, bevor ich den Weg nach Cuévano fand.

Die Straße führt zwischen Mesquitbäumen in einer scharfen Kurve den Berg hinunter, wird schmaler und überquert auf einer Brücke den Taleinschnitt, um auf dem gegenüberliegenden Berghang wieder anzusteigen. Diese Gegend heißt, oder hieß, «die Garcías», warum, weiß ich nicht. Oben auf der Anhöhe ist die Abzweigung.

El Calderon
Hotel mit Thermalbad
erstklassiger Komfort!
Internationale Küche!
Ein Ferienparadies!
(10 km)

stand auf dem Schild, das neu war. Der holprige Fahrweg aber war immer noch der alte: Er biegt beinahe in einem rechten Winkel von der Asphaltstraße ab und führt dann zwischen Garambullokakteen den Berg hinauf. In den letzten zehn Jahren oder sogar in den letzten zwanzig hatten weder die Hotelbesitzer noch die Bewohner der Ranchos auch nur die kleinsten Ausbesserungen vorgenommen. Hin und wieder knallten Steine, durch die Reifen hochgeschleudert, laut gegen den Wagenboden, und immer wieder versanken die Räder in Schlaglöchern, die unter dem feinen Staub erst zu spät auszumachen waren. Nach etwa dreihundert Metern sah ich in dem vibrierenden Rückspiegel, daß ein kleines weißes Auto an der Abzweigung stehengeblieben war. Ich fuhr weiter, ohne meine Geschwindigkeit zu verändern.

Auf der Paßhöhe hielt ich einen Moment an, um die Aussicht zu genießen, und betrachtete mit dem komischen Gefühl, das mich immer überfällt, wenn ich hierher zurückkomme, das Tal zu meinen Füßen: Vier gleiche Berge schmiegen sich wie zwei Paar Brüste um einen kreisrunden Talkessel. Am Ausläufer des einen Berges entspringt die berühmte Quelle, die das Thermalbad und die Zuckerrohrfelder mit Wasser speist – und das ist auch schon alles, was diese Gegend zu bieten hat.

«Wie seltsam, hier geboren zu sein!» ging es mir einmal mehr durch den Kopf. «Ich stamme aus einem gottverlassenen Rancho, mein Vater war ein armes Schwein, und mich nennen sie den Negro. Das Große Los habe ich nicht gezogen.»

Kaum war ich im ersten Gang langsam wieder angefahren, sah ich das kleine weiße Auto im Rückspiegel. Es hatte die Hauptstraße verlassen, war in den Fahrweg eingebogen, hinter mir hergefahren und genau wie ich stehengeblieben. Nach einigen Metern verlor ich es wegen der Serpentinen wieder aus den Augen.

«Nichts als Gestrüpp und Kakteen gibt es hier», klagte mein Vater immer, wie mir meine Mutter erzählte, «nichts als Steine.»

Bis er eines Tages nach Pedrones fuhr, um angeblich Schläuche für die Pumpe zu kaufen, und auf Nimmerwiedersehen verschwand. Ich war gerade sieben Jahre alt, als er mich und meine Mutter, die ihn über alles liebte, im Stich ließ.

Unten in der Senke zwischen dem Bergpaar stand immer noch knietief das Wasser, ein ewiger Morast und eine ideale Brutstätte für Moskitos. Vorsichtig umfuhr ich die Schlammpfütze, ohne mich aber darum zu kümmern, ob die Reifen eine Spur hinterließen. Dann bog ich, statt weiter geradeaus in die Richtung der weißen Hotelgebäude und des Grau in Grau der Ranchos zu fahren, linker Hand in einen Saumpfad ein, der womöglich noch heruntergekommener war als der vorige. Er führt um zwei Berge herum und endet schließlich in der kleinen Senke, die die Kuppen auf der gegenüberliegenden Seite bei ihrem Zusammentreffen bilden. Als ich dort angekommen war, hielt ich, stellte den Motor ab und stieg aus.

Alles sah genauso aus wie früher: das verfallene Haus des Spaniers, die vier Eukalyptusbäume und der Stolleneingang mit dem verrosteten Schienenpaar. Ja selbst die Lore schien noch genauso gekippt zu sein wie das letzte Mal, vor zehn Jahren, oder gar das vorletzte Mal, vor zweiundzwanzig Jahren. Als Jungen hatten wir diesen Ort, an den wir immer spielen gingen, «das alte Bergwerk» genannt. Später erfuhr ich, daß die Mine «La Covadonga» hieß.

Ich nahm die Blendlaterne, die mir Zenaida geliehen hatte, ließ Hammer und Meißel unter dem Wagensitz, durchquerte die kleine Senke und stand am Eingang des Stollens. Vor mir öffnete sich ein pechschwarzes, zwei mal zwei Meter großes Loch, bei dessen Anblick mir jede Lust verging, das Bergwerk zu betreten. Als ich das andere Auto näher kommen hörte, überwand ich meinen Widerwillen, zündete die Laterne an und ging in den Tunnel hinein. Es roch noch genau wie früher nach dem Urin von Fledermäusen. Als die Tiere mich bemerkten, begannen sie zu kreischen und umherzuflattern. Der Stollen schien noch in einem guten Zustand zu sein, das Holz der Träger war gesund, die Wände und Decken waren so gut wie trocken. Nach zweiundfünfzig Schritten kam ich zu dem Punkt, wo sich der Tunnel verengte, so daß ich nur noch geduckt oder auf allen vieren vorwärts gekommen wäre. Ich erklärte die Inspektion für beendet und machte mich auf den Rückweg. Draußen hörte man lautes Motorengeräusch, wie von einem Auto, aus dem das letzte herausgeholt wurde. Dann wurde es still. Eng an die Wand gepreßt schob ich mich bis zum Eingang des Tunnels und spähte vorsichtig durch einen Spalt am letzten Träger. Neben dem Safari stand das kleine weiße Auto. Es hatte gewendet, um jederzeit losrasen zu können. Die Wagentür öffnete sich gerade, und ein Mann stieg aus. Es war der Gringo in seinem rot-grünen Amihemd. Er ließ seinen Blick langsam über das verfallene Haus schweifen, über die Eukalyptusbäume, den Abraum, die Lore und die Schienen. Als sein Blick beim Stollen anlangte, macht er halt. Wir sahen uns in die Augen, ohne daß er es merkte. Dann stieg er wieder ins Auto und fuhr mit einer Staubwolke davon.

Ich beschloß, mir Zeit zu lassen. Als das Auto außer Sicht war, verließ ich die Mine, ging durch die kleine Senke und setzte mich im Schatten einiger Wellblechplatten auf die Steinbank vor dem Haus des Spaniers. Zwischen den gelblichen Zacategrasbüscheln waren keine Papierfetzen, leere Büchsen oder andere Anzeichen dafür zu sehen, daß in letzter Zeit jemand hiergewesen wäre. Nur die häufig vorbeiziehenden Ziegenherden hatten deutliche Spuren hinterlassen. Der «Namenlose Berg» mir gegenüber war mit grünsprießenden Akazien und aschgrauen Garambullos bewachsen. Was für eine idiotische Bezeichnung für einen Berg! dachte ich. Die Sonne brannte, nirgends regte sich ein Blatt, der Himmel war stahlblau. Eine Ringeltaube stieß ihren Klageruf aus. Ich beschloß, daß dies das Zeichen zum Aufbruch sein sollte.

Bei den Ranchos hatte sich nichts verändert. Eine Meute wütender, ausgehungerter Hunde folgte dem Wagen und versuchte, in die Reifen zu beißen. Einige Kinder mit aufgetriebenen Bäuchen warfen mir Steine nach. Die Häuser lagen hinter den Feigenkakteen. Colorados Haus war schon von weitem an seinem Zitronenbaum und der kleinen Tür zu erkennen. Ein Mann saß davor auf einem Stühlchen und säuberte Maiskolben. Am Tor erwarteten mich fünf Hunde. Als der Mann mich aussteigen sah, legte er Maiskolben und

Maismühle beiseite, stand von seinem Stuhl auf, kam mir über den kleinen Hof entgegen und gab dem weißen Hund, dem Anführer des Rudels, einen Fußtritt. Er erkannte mich nicht.

«Ich bin der Negro», sagte ich.

Da begann er über das ganze Gesicht zu strahlen, sah erst mich, dann den Safari an und gab mir schließlich die Hand: «Negro, du bist es! Du hast dich so verändert, ich habe dich gar nicht wiedererkannt.»

Ich hingegen hatte vergessen, daß Colorados Gesicht nicht nur rot, sondern auch von Pockennarben überzogen war.

«Laß uns ein paar Schritte gehen», schlug ich vor, «ich möchte etwas mit dir besprechen.»

Er verschloß seine kleine Haustür mit einem Bindfaden, und wir machten uns auf den Weg. Er fragte mich nicht, wohin ich wollte, denn er wußte schon Bescheid. Wenn ich zu den Ranchos zurückkomme, machen wir immer den gleichen Spaziergang: Wir folgen dem alten Pfad, der in einem Bogen um das Thermalbad herumführt, steil ansteigt und zwischen zwei Bergkuppen hindurch in die Talsohle führt. Der Weg durchquert die Sohle in der Mitte – dort, wo das Akaziengestrüpp am dichtesten wächst – und endet an der Quelle.

Das Wasser sprudelt in einem zehn Meter breiten Loch aus der Erde, das sie den Dampftopf nennen. Auf den Boden des Topfes hat noch nie jemand sehen können, denn der aufsteigende Wasserdampf ist kochend heiß. Das Geräusch aber ist unvergeßlich: es klingt, als müßte ein Riese alle drei Sekunden rülpsen. Und so riecht es auch.

Von der Quelle schlängelt sich das Wasser zunächst dampfend durch eine schmale, aber tiefe Rinne. Dann wird das Gelände flacher und der Bach verbreitert sich. Er wird durch einen Teich geleitet, um abzukühlen, bevor er zum Thermalbad und schließlich zu den Zuckerrohrfeldern fließt.

Während wir am Rand des Topfes auf dem glitschigen Boden stehenblieben, fragte mich der Colorado wie jedesmal, wenn ich wiederkomme: «Kannst du dich noch an Nate erinnern, den Betrunkenen, der auf allen vieren an das Loch rankrabbeln wollte und kopfüber reingefallen ist? Wir haben ihn nie wiedergesehen. Der Dampftopf hat nur seinen Hut übriggelassen.»

«Ja, ich erinnere mich an ihn», antwortete ich. «Kommen die Frauen immer noch hierher, wenn sie ein Huhn kochen wollen, und werfen es gerupft an einer Schnur hängend in den Topf?»

«Ja, das machen sie noch immer.»

Dann gingen wir weiter, er voraus und ich hinterdrein. Wir folgten dem Bachbett, bis wir zu dem Kühlteich kamen, blieben auf dem kalkhaltigen Schlamm stehen, und Colorado fragte mich wie immer: «Weißt du noch, wie wir als kleine Jungen hier gebadet haben und einmal so viel Krach machten, daß die Besitzerin den Bademeister rübergeschickt hat? Aber wir haben uns nicht wegjagen lassen. Er ist selber wieder abgehauen, weil wir mit Steinen nach ihm geschmissen haben.»

«Ja, das weiß ich noch genau», antwortete ich.

Wir gingen wieder weiter, betraten das Hotel durch

den Hintereingang, durchquerten die Galerie und den verlassen daliegenden Patio, gelangten zur Veranda und setzten uns in der *Ladies Bar* an einen Tisch. Offensichtlich hatten die neuen Besitzer vergeblich versucht, das Calderón in ein Touristenparadies zu verwandeln. Kein einziger Gast war zu sehen, und niemand stand hinter der Bar. Nach einer Weile hörten wir ein Paar Pantoffeln schlurfend näher kommen, und eine beleibte alte Frau erschien. Sie trug einen Kittel und hatte ein Handtuch über den Schultern, weil ihre Haare naß waren.

«Das ist Doña Petra, die Chefin», erklärte mir der Colorado.

«Was darf's sein?» fragte Doña Petra.

«Zwei Bier», antwortete ich.

«Wenn Sie es sich vielleicht selbst aus dem Kühlschrank nehmen», bat sie, «ich habe mir gerade mit heißem Wasser die Haare gewaschen und möchte mich nicht erkälten.»

Colorado holte das Bier, wir nahmen einen Schluck, und ich begann: «Ich führe Verhandlungen, um das alte Bergwerk wieder in Betrieb zu nehmen.»

«Das ist gut», erwiderte er.

«Nur daß sich einer einmischen und alle Bemühungen zunichte machen will.»

«Das ist schlecht.»

«Ich brauche jemanden, der während der nächsten zwei Wochen Tag und Nacht dort ist und aufpaßt, daß niemand den Stollen betritt oder gar Gesteinsproben entnimmt. Weißt du jemanden, auf den Verlaß ist und der die Aufgabe übernehmen würde?»

«Mich. Zwei Wochen habe ich Zeit. Die Felder sind gepflügt, und ich habe nichts zu tun, bis der Regen kommt.»

«Hast du noch deinen Karabiner?» fragte ich.

«Ja, den habe ich noch immer.»

«Wieviel verlangst du?»

«So viel wie du mir bezahlst.»

«Täglich hundert Pesos?»

«Das ist gut.»

Ich gab ihm zwei Hunderter: «Als Vorschuß.»

«Gut», sagt er und steckte die Scheine ein.

Wir gingen an die Rezeption, um das Bier zu bezahlen. Neben der Empfangstheke stand eine Telefonkabine für Ferngespräche. Ich wollte schon ein Gespräch mit der Chamuca anmelden, überlegte es mir aber noch im letzten Moment, denn ich hatte vor, unter einem falschen Namen, als «Angel Valdés» anzurufen, und neben mir stand Colorado, der wußte, wie ich richtig hieß. Ich zahlte, und wir gingen.

In Cuévano parkte ich den Safari vor den Büros des Bergamts auf dem Platz der Verfassung, kaufte fünf gerade aus Mexico City eingetroffene Zeitungen, klemmte sie mir unter den Arm und betrat das *Flor de Cuévano*.

Ich bestellte einen Kaffee und schaute die Zeitungen genau durch. Die Nachricht über die geschnappten «Terroristen», die am Tag zuvor auf der ersten Seite gestanden hatte, erschien in dieser Nummer des *Excélsior* nur noch auf Seite 18, und keine der anderen Zeitungen hielt sie mehr für erwähnenswert. Der *Excélsior* berichtete praktisch das gleiche wie am Tag zuvor, mit einer Ausnahme, die Namen der Entkommenen wurden genannt, oder besser gesagt ihre Decknamen: «El Negro» und «La Chamuca». Fotos von uns waren keine abgebildet. Unter den gegebenen Umständen sah es also ganz gut für uns aus.

Beruhigt holte ich mein Notizbuch hervor, um die Telefonnummer von Chamucas Cousine herauszusuchen. Das erste, worauf ich stieß, war Manotas Eintragung: «von Ticomán aus mit dem Motorboot zur Halbmondbucht (Hotel Aurora).» Ich nahm dies für einen Wink des Schicksals und beschloß, dort mit der Chamuca unterzutauchen, sobald ich das Geld hätte. Ich gab der Frau an der Kasse die Nummer in Jerez. Sie begann, das Telefonformular auszufüllen: «Mit wem wollen Sie sprechen?»

«Mit Carmen Medina», gab ich Chamucas richtigen Namen an.

«Wer ist der Anrufer?»

«Angel Valdés.»

Als die Frau mir ein Zeichen machte, den Hörer abzuheben, hörte ich die Chamuca mißtrauisch fragen: «Ja, bitte?»

«Ich bin's, Marcos.»

Sie lachte, schluchzte und sprach auf mich ein.

«Wie geht es dir?» fragte ich.

«Ich möchte dich wiedersehen.»

«Aber es geht dir gut.»

«Ja, aber ich möchte dich wiedersehen.»

«Hör zu: Morgen oder übermorgen gibt mir mein Onkel neuntausend Pesos.»

«Was hast du ihm erzählt?»

«Laß mich ausreden: Wenn du dich in Gefahr glaubst oder es in Jerez nicht aushältst, sag es mir jetzt, dann komme ich dich holen, sobald ich das Geld habe.»

«Komm mich holen.»

«Laß mich ausreden: Wenn du nicht in Gefahr bist und noch zehn Tage warten kannst, um so besser, denn mein Onkel wird mir dann noch weitere vierzigtausend Pesos geben, ich hol dich ab, und wir können eine ganze Saison in der Halbmondbucht verbringen, wo Manotas gewesen ist. Weißt du noch, wie begeistert er war?»

«Gut, ich warte noch zehn Tage, dann kommst du mich holen, und wir fahren zur Halbmondbucht.»

«Ausgezeichnet. Ich rufe dich so oft an, wie ich kann.»

«Sag mir, wie du es angestellt hast, daß dein Onkel dir soviel Geld geben will.»

«Ich erstelle ihm ein Gutachten zu einer Investition, von der ich ihm abrate. Aber das Gutachten muß er mir trotzdem bezahlen.»

Sie lachte, ich verabschiedete mich und hängte ein.

Ich verließ das *Flor de Cuévano*, überquerte den Platz der Verfassung, warf die kurz zuvor gekauften Zeitungen in einen Abfallkorb, bog in die Calle del Triunfo de Bustos ein und ging in die «Cueva de Alí Babá», einen Trödelladen. In dem schwach erleuchteten Raum konnte ich unordentlich aufgetürmte antiquarische Bücher erkennen, Votivbilder, wurmstichige Möbel, alte Schlösser, blinde Spiegel und dergleichen mehr. Ein Mann polierte einen Stuhl. Als er mich bemerkte, richtete er sich auf und fragte: «Suchen Sie etwas Bestimmtes?»

«Kryolith», antwortete ich.

Er führte mich zu einem Innenhof mit alten Eisengeräten und Bergen von verschiedenen Gesteinsstükken, die die Leute zu unterschiedlichsten Zwecken verwenden: zur Vervollständigung ihrer Sammlungen, als Dekorationsstücke oder auch als Türstopper. Da ich wußte, was ich suchte, ging ich geradewegs auf einen der Haufen zu: Kryolith ist ein schwerer weißer Stein mit roter Äderung. Ich wählte sechs Exemplare aus, die mir vorzüglich geeignet schienen.

«Das Stück kostet zwanzig Pesos», sagte der Mann.

Ich bezahlte, und er gab mir einen alten Zementsack, um die Steine zu verstauen. Ich brachte den Sack zum Safari und stellte ihn unter den Wagensitz. Dann betrat ich das Bergamt, kaufte eine Luftbildkarte im Maßstab 1 : 50000, auf der das Calderón-Gebiet eingezeichnet war, und beantragte eine schriftliche Bestätigung, daß die Mine mit dem Namen «La Covadonga» in der Gemeinde Las Tuzas keine gültige Eintragung im Register habe. Anschließend kaufte ich mir im «Caballero Elegante», einem Herrenbekleidungsgeschäft, zwei Hemden und vier Paar Socken. Dann wollte ich schon wieder über den Platz der Verfassung zum Auto zurückgehen, als mir eine sehr seltsame Idee kam: Ich kaufte in der Apotheke des Doctor Ballestero sechs Kondome.

In der Calle de la Sonaja, vor der Haustür meines Onkels, erwartete mich das kleine weiße Auto. Beim Einparken drückte ich ihm, nicht ganz unabsichtlich, eine

Beule ins Kotblech. Es war vier Uhr vorbei. Zenaida öffnete mir die Tür und half, die Sachen auszuladen.

«Bevor er sich zur Siesta hinlegte», berichtete Zenaida, «hat Don Ramón mich beauftragt, Ihnen alles zu essen und zu trinken zu geben, was Sie möchten. Womit kann ich dienen, junger Mann?»

Ich sagte ihr, worauf ich Appetit hatte, und wir gingen zusammen hinein. In der Vorhalle trennten sich unsere Wege, sie wollte mit dem Werkzeug, das sie mir am Morgen geliehen hatte, Richtung Wirtschaftshof und ich mit dem Zementsack voller Steine und dem Paket aus dem «Caballero Elegante» zu meinem Zimmer. Ich versuchte, möglichst leise zu sein, denn die Schlafzimmertüren standen wegen der großen Hitze offen. Mein Onkel Ramón schlief, von Kissen gestützt, beinahe im Sitzen in dem großen, eisernen Ehebett. Amalia und der Gringo lagen in Strümpfen stocksteif in ihrem Doppelbett auf dem Rücken, die Arme eng am Körper, während die Füße in rechtem Winkel zu den durchgedrückten Beinen zur Decke hochstanden. Sie sahen aus wie zwei in Hab-Acht-Stellung getötete Soldaten. Lucero lag auf ihrem Bett und las. Sie trug eine Brille. Ich blieb stehen und entzifferte den Titel: ‹*Das grüne Haus*›. Sie schaute mich über ihre Gläser hinweg an und lächelte.

«Hallo», sagte sie.

«Hallo», antwortete ich. «Ich möchte noch einen Kuß.»

«Jetzt nicht», entgegnete sie und las weiter.

Ich ging ins Zimmer der Zwillinge, stellte die Tüte mit den Steinen ab, warf das Paket aus dem «Caballero Elegante» aufs Bett und zog die Luftbildkarte aus der

Tasche, um sie auf der Kommode abzulegen. Doch ich besann mich eines Besseren, steckte sie in die Tasche zurück, nahm das Handtuch und ging ins Bad. Ich ließ mir Zeit. Als ich zurückkam, war eingetreten, was ich erwartet hatte: Der Sack mit den Steinen stand nicht mehr genau am gleichen Platz und enthielt statt der sechs Steine, die ich gekauft hatte, nur noch fünf. Ich holte die Luftbildkarte aus der Tasche, legte sie in eines der leeren Schubfächer der Kommode und stapelte die neuen Hemden und Socken darüber. Dann ging ich wieder hinaus.

Lucero lag immer noch auf ihrem Bett und las. Der Gringo war aufgestanden, hatte es sich in einem der Korbsessel auf der Galerie bequem gemacht und zündete sich gerade eine Zigarre an.

«Hallo!» begrüßte er mich. «Wir haben dich beim Mittagessen vermißt. Wo warst du?»

Wir lächelten uns liebenswürdig an, wie zwei Idioten. Man muß wirklich bekloppt sein, um solche Fragen zu stellen, dachte ich.

«Ich war in Cuévano», erwiderte ich.

«Ach ja? Und was gibt es Neues in Cuévano?»

Ich antwortete ihm gar nicht erst und ging geradewegs ins Eßzimmer.

5

Als ich um fünf Uhr wieder aus meinem Zimmer kam, sah ich Gerardo und Fernando genau in der gleichen Haltung auf der Galerie stehen wie tags zuvor im Patio: Gerardo runzelte die Augenbrauen und hielt die Arme vor der Brust verschränkt, Fernando strich sich nachdenklich über den Schnurrbart. Die schlechten Nachrichten hatte diesmal der Gringo zu berichten, der mit herunterhängenden Armen leise zu ihnen sprach. Amalia machte ab und zu einen Kommentar und unterstrich den Bericht ihres Mannes mit lebhaften Handbewegungen. Genau wie am Vortag sah Fernando mich als erster, den Stoß mit dem Ellbogen bekam aber diesmal der Gringo. Daraufhin drehten sie sich allesamt nach mir um und lächelten. Auch ich lächelte, während ich mir insgeheim dachte: Jetzt wissen sie schon alle vier, daß ich in einem Stollen war und Gesteinsproben mitgebracht habe. Wir begrüßten einander. Gerardos Söhne stürmten in den Patio und spielten diesmal nicht mit einem Fußball, sondern mit einem kleineren Gummiball. Vergebens, denn mein Onkel Ramón sagte sofort, als Zenaida und Lucero ihn aus dem Schlafzimmer schoben: «Gerardo, sorge dafür, daß diese Kinder verschwinden.»

Wieder küßten Gerardos Kinder die Hand meines

Onkels, und wieder mußte Lucero dieselbe mit einem alkoholgetränkten Lappen abwischen.

«Fernando möchte wissen, ob du Probleme mit dem Safari gehabt hast», fragte mich Gerardo und fügte, zu seinem Bruder gewandt, hinzu: «Nicht wahr, Fernando?»

«Ja, ich möchte wissen, ob du Probleme mit ihm gehabt hast», bestätigte Fernando, «vor allem aber, ob ich ihn jetzt wieder mitnehmen kann.»

Mein Onkel kam mir zuvor: «Marcos braucht den Wagen morgen und übermorgen.»

«Es ist dein Wagen, Onkel, ganz wie du möchtest», lenkte Fernando ein. «Ich brauche ihn nicht unbedingt, ich kann ja das Pferd nehmen, Reiten ist gesund.»

Ohne Fernando weiter zu beachten, wandte sich mein Onkel mir zu: «Hast du mitgebracht, worum ich dich bat?»

Er zwinkerte mir zu, ich verstand, daß er die Proben meinte, und bejahte.

«Dann bring es jetzt gleich ins Büro, ich möchte es sofort sehen.»

Dies war eindeutig ein weiterer Trick, um die Tarragonas nervös zu machen.

«Tschüs, Jungs», verabschiedete er sich, während Lucero ihn ins Büro schob.

Als ich mit dem steingefüllten alten Zementsack über die Galerie kam, sah Amalia, gegen die Balustrade gelehnt, zu einer winzigen Wolke hinauf. Der Gringo zündete sich seine Zigarre ein zweites Mal an; Gerardo und Fernando hockten mit übereinandergeschlagenen Beinen in den Ecken des Korbsofas.

Mein Onkel saß hinter seinem Sekretär. Er machte mir ein Zeichen, die Tür abzuschließen, und als ich gehorcht hatte, bedeutete er mir mit einer Handbewegung, die Steine auf die lederne Schreibunterlage zu legen.

«Aber wenn sie das Leder verkratzen», wandte ich ein.

«Das macht nichts.»

Ich legte die Gesteinsproben auf die Unterlage. Mein Onkel schaltete die Schreibtischlampe an, zog eines der oberen kleinen Schubfächer auf und begann darin herumzusuchen. Ich sah die kleine blauviolette Tropfflasche mit dem Etikett «Farmacia La Fe», eine alte Uhr und einige Fotos, die jedoch zu dunkel waren, als daß ich ihr Motiv hätte erkennen können. Eines von ihnen hatte umgeknickte Ecken und trug eine Widmung in kindlicher Schrift: «für Estela». In diesem Moment schloß mein Onkel das Schubfach, weil er gefunden hatte, was er suchte: eine Lupe, wie Juweliere sie benutzen. Er klemmte sie vor sein rechtes Auge, wo er sie noch mit den Gesichtsmuskeln halten konnte, dann nahm er einen Gesteinsbrocken zur Hand und studierte ihn eingehend.

Untätig neben dem Schreibtisch herumstehend, suchte ich nach einer Zigarette und wollte sie gerade anzünden, da befahl mein Onkel, ohne aufzublicken: «Nicht rauchen, sonst kann ich mich nicht konzentrieren.»

Ich steckte die Zigarette, eine Delicado, wieder in das Päckchen zurück und beobachtete meinen Onkel. Während ich zusah, wie er sich über das Stück Kryolith beugte, mir despotisch das Rauchen verbietend, und dieses mit einer Juwelierslinse untersuchte – nie hätte ich gedacht, daß er derlei besaß –, da merkte ich, daß ich ihn richtig gern hatte, obwohl die Chamuca ihn sicherlich «einen Repräsentanten der herrschenden Klasse» genannt hätte.

«Was enthält Beryllium, das Rote oder das Weiße?» wollte er wissen.

«Beides: das Rote ist Berylliumsulfid, und das Weiße sind Karbonate.»

Ich erklärte ihm in groben Zügen, wie diese Gesteine im Tertiär entstanden waren.

«Sehr interessant», unterbrach er mich. Er legte den Stein beiseite, nahm die Lupe aus dem Auge und tat sie in die Schublade zurück, wobei ich noch einmal das Foto mit der Widmung «für Estela» sehen konnte. Dann schloß er das Fach, lehnte sich in seinem Rollstuhl zurück und fragte: «Was ist der nächste Schritt?»

«Man muß die Gesteinsproben daraufhin untersuchen lassen, ob es sich tatsächlich um Kryolith handelt und ob sie wirklich einen Berylliumgehalt von .08 haben.»

«Das laß meine Angelegenheit sein, und du?»

«Ich warte.»

«Worauf?»

«Auf die Ergebnisse und die übrigen neuntausend Pesos. Für die Kosten-Nutzen-Analyse muß ich eine topographische Kartierung vornehmen, Pläne zeichnen und Berechnungen machen. Das heißt, ich brauche Geld, um Meßgeräte, einen Büroraum und einen Wagen zu mieten, mit dem ich regelmäßig zum Stollen fahren kann.»

Mein Onkel sah mich sehr von oben herab an und belehrte mich: «Da täuschst du dich aber. Du mußt weder Meßgeräte noch ein Zeichenbüro mieten, und auch keinen Wagen. Ich werde dir ein Empfehlungsschreiben an den Direktor des staatlichen Vermessungsamtes in Cuévano geben, der dir die nötigen Apparate leihen wird, ohne daß es dich auch nur einen Centavo kostet. Als Wagen wirst du, wie du dir sicherlich denken kannst, den Safari benutzen, und was das Büro angeht, bitte Lucero, dir die Kofferkammer zu zeigen. Wenn sie dort zeichnen kann, sehe ich nicht ein, warum du es nicht auch könntest. Und damit du keinerlei Vorwand mehr hast, die Arbeit hinauszuzögern, gehe ich einmal davon aus, daß es sich bei diesen Proben um Kryolith mit dem versprochenen Berylliumgehalt handelt. Ich zahle dir die neuntausend Pesos jetzt gleich, und du machst weiter.»

Auf dieses Angebot hatte ich gehofft, trotzdem fragte ich: «Wieso bist du so ohne weiteres dazu bereit?»

«Erstens, weil ich tun und lassen kann, was ich will, und zweitens, weil ich alt bin und keine Zeit zu verlieren habe.»

Er öffnete ein anderes kleines Schubfach des Sekretärs, holte neun Tausender heraus und blätterte sie laut zählend einen nach dem anderen auf die Schreibunterlage, neben meine Hand. Mindestens genauso viele Scheine blieben im Sekretär.

«Wieso verwahrst du das Geld in einem Schubfach ohne Schlüssel, wo du doch einen Tresor hast?» fragte ich.

«Weil ich mit all deinen Verwandten Geldangelegenheiten zu regeln habe. Wenn ich den Tresor in ihrer Anwesenheit öffnen würde, sähen sie den Meskal, und dann wäre ich dazu verurteilt, bis an mein Lebensende nur noch destilliertes Wasser zu trinken. Verstehst du?»

Dann mußte ich ihm eine Empfangsbestätigung ausstellen: «Wie durch schriftlichen Vertrag vereinbart…» und so weiter.

«Komm», sagte Lucero und ging mit hoch erhobenem Kopf voraus, beinahe ohne die Arme zu bewegen. Sie hatte sich die Haare hochgebunden, so daß ich ihren Nacken sehen konnte, und der Rückenausschnitt ihres Kleids gab den Blick auf zarten goldenen Flaum frei. Ein Parfum verströmte angenehmen Duft.

Die Galerie und die Vorhalle hinter uns lassend, gelangten wir in den Wirtschaftsflügel. Wir kamen an der riesigen Küche vorbei, über deren gekachelter Herdstelle die Decke schwarz vor fettigem Ruß war. Zenaida war auf einer kleinen Bank eingeschlafen, den Kopf zwischen zwei Pfannen an die Wand gelehnt. In der Vorratskammer standen zwei Säcke Bohnen und eine Kiste Melonen auf dem Boden. In Zenaidas Zimmer brannte eine Votivkerze. Dann ging es noch an zwei geschlossenen Türen vorbei, bis wir schließlich am Ende des Hofs eine feuerverzinkte Tür erreichten, die abgesperrt war. Als Lucero stehenblieb, um aufzuschließen, machte ich einen Schritt nach vorn, umschlang ihre Taille, legte meine Hände auf ihren Bauch und zog sie an mich. Es war ein sehr angenehmes Gefühl. Sie unternahm keinerlei Anstrengung, sich zu befreien, und lachte. Wie ich sie in den Nacken küßte, lachte sie noch mehr. Da geschah etwas, womit ich nicht gerechnet hatte: Ich hatte Luceros Hände nicht gefaßt, und so gelang es ihr, die Tür zu öffnen und einen Hund herauszulassen, den ich erst bemerkte, als er mich biß. Es war der schwarze Hund, der sie in den Hühnerstall begleitet hatte. Vor lauter Schmerz, Überraschung und Schreck lockerte ich meinen Griff, und Lucero machte sich, immer noch lachend, von mir los. Ich versetzte dem Hund einen Fußtritt, worauf er von mir abließ, aber ohne zu winseln. Er wollte gerade wieder angreifen, als Lucero ihm befahl: «Platz, Veneno.»

Ich und der Hund sahen einander wütend an, er jederzeit bereit, mich noch einmal zu beißen, und ich, ihm einen weiteren Fußtritt zu geben.

«Hier entlang», sagte Lucero.

Wir gingen friedlich zu dritt weiter, als hätten weder die Umarmung noch der Kuß, weder der Biß noch der Fußtritt je stattgefunden, überquerten den kleinen gepflasterten Wirtschaftshof und betraten die Kofferkammer. Lucero schaltete das Licht an. Wir standen in einem großen, weißgekalkten Raum mit zwei Fenstern, durch die in der Dämmerung der Hühnerstall meines Onkels und die Geranientöpfe auf der Dachterrasse von Don Pepes Haus zu sehen waren. In einer Ecke standen ein paar Koffer, ohne im Weg zu sein. Neben einem der Fenster befanden sich eine Staffelei, eine Sitzbank und ein kleiner Tisch. Neugierig betrachtete ich das Bild auf der Staffelei: ein mißglücktes Porträt des Gringo. Dann ging ich zu dem Tischchen hinüber, um ein langweiliges Stilleben zu bewundern.

«Sehr schön», sagte ich.

Lucero nahm das Stilleben und drehte es mit der Rückseite nach oben. Ich sah mir den Raum daraufhin an, wie man ihn am besten als Zeichenbüro nutzen konnte – jedes beliebige Zimmer läßt sich durch einen Tisch und eine Lampe in ein Zeichenbüro umwandeln –, dann sagte ich wieder: «Sehr schön.»

Ich bemerkte, daß mich Lucero, während ich das Zimmer betrachtete, begutachtet hatte.

«Du gefällst mir», sagte sie.

Ich wollte schon einen Schritt in ihre Richtung machen, ließ es aber lieber, weil Veneno sofort die Zähne fletschte. Lucero wartete, bis der Hund und ich das Zimmer verlassen hatten, bevor sie das Licht ausschaltete. Während sie das Vorhängeschloß absperrte, fragte ich: «Wann malst du?»

Nicht etwa, weil mich die Antwort interessiert hätte, sondern weil ich möglichst geschäftlich wirken wollte.

«Ich habe keine festen Zeiten. Stört es dich, wenn ich zeichne, während du arbeitest?»

«Im Gegenteil, ich habe gern Gesellschaft.»

Als Lucero auch an der anderen Tür das Vorhängeschloß angebracht hatte – und Veneno somit hinter Schloß und Riegel saß –, wollte ich sie endlich umarmen, als plötzlich Amalias Stimme erklang: «Wie war es, gefällt dir die Kofferkammer, wirst du dort arbeiten können?»

Ihre dunkelblaue Gestalt, die die Form einer stattlichen Acht hatte, kam eilig auf uns zu.

Wie seit dem vergangenen Abend üblich, zogen mein Onkel und ich uns nach dem Essen in sein Büro zurück. Hier geschahen zwei Dinge, die es wert sind, notiert zu werden: Diesmal war es Lucero und nicht Amalia, die das Tablett mit dem Cognac und dem Mineralwasser hereinbrachte. Und statt das Tablett auf dem Tischchen in unserer Reichweite abzustellen wie tags zuvor ihre Mutter, trug sie es bis zum Sekretär, schenkte selbst den Cognac und das Mineralwasser ein und servierte jedem sein Glas. Dazu mußte sie das Zimmer der Länge nach durchqueren und sich zweimal bücken.

Als sie gegangen war, bemerkte mein Onkel: «Ich habe den Eindruck, diese junge Dame winkt dir ganz schön mit dem Hintern zu.»

Er trank drei Gläser Cognac, wie das letzte Mal, und rauchte wie ein Schlot. Dann machte er noch eine aufschlußreiche Bemerkung: «Man könnte meinen, ich würde mich für das Bergwerk begeistern», sagte er, «aber in Wirklichkeit warte ich nur noch auf den Tod.»

In diesem Moment sah er tatsächlich sehr alt und krank aus.

Warum sie wohl «Du gefällst mir» gesagt hat? fragte ich mich, als ich im Bett lag. Wieso hatte sie, wenn ich ihr tatsächlich gefiel, die Hoftür geöffnet und mir den Hund auf den Hals gejagt und dann «Du gefällst mir» gesagt? Und weshalb hatte sie mich heute morgen geküßt? Wollte sie es wirklich, oder fiel ihr nur nichts Besseres ein, als ich sie beinahe dabei erwischte, wie sie mein Hemd durchsuchte? Aber, dachte ich, immer noch wachliegend, selbst wenn sie heute morgen keinen anderen Ausweg sah, als mich zu küssen, dann zwang sie heute nachmittag noch lange nichts dazu, mir zu sagen, ich würde ihr gefallen, wenn dem nicht so wäre. Daraus würde also folgen, daß sie mich anziehend findet und mir heute morgen den Kuß gern gab, wenn auch noch andere Beweggründe im Spiel waren. Andererseits steht dieser Theorie wiederum entgegen, daß sie die Tür geöffnet und den Hund auf mich gehetzt hat, als ich sie im Hof umarmte. Kurzum, diese Frau ist voller Widersprüche.

Ich lag auf dem Rücken in dem einen Bett der Zwillinge und war nur mit einem Laken zugedeckt. In der Dunkelheit konnte ich die weiße, von meiner Erektion gebildete Pyramide erkennen. Was würde die Chamuca sagen, wenn sie mich in diesem Zustand sähe – wegen einer Frau ohne jede politische Überzeugung? Um das vorwurfsvolle Gesicht der Chamuca zu verscheuchen, richtete ich meine Gedanken wieder auf Luceros Kuß und die Umarmung.

Die Kirchturmuhr schlug Viertel nach eins, als ich die Pantöffelchen hörte, die Badezimmertür, die Klospülung, dann wieder die Badezimmertür und das Klappern der Pantöffelchen, das sich langsam entfernte. Ich weiß nicht, warum diese Geräusche mich auf einen sehr riskanten Plan brachten. Wie lange dauert es wohl, bis Amalia wieder tief schläft? fragte ich mich. Es war zu spät, mir in einem Gespräch Klarheit über diesen Punkt zu verschaffen, indem ich mich etwa erkundigte: «Ich leide an Schlaflosigkeit, und du? Schläfst du gut?» Ich dachte wieder an Lucero, ihren Kuß, ihre Bewegungen, als sie das Glas vor mich hinstellte, und den Kommentar meines Onkels. Um Viertel vor zwei verließ ich mein Bett.

Ich weiß nicht, woher ich den Mut nahm, in einem so ehrbaren Haus wie dem meines Onkels Ramón Tarragona nackt auf den Gang hinauszugehen. Ja, nicht nur nackt, sondern mit einer Erektion. Glücklicherweise sah mich nicht einmal die Spottdrossel, denn Zenaida deckt ihren Käfig über Nacht mit einem alten Handtuch zu. Der Mond schien. Ich ging bis zu Luceros Tür und drehte vorsichtig am Türknauf. Noch nie habe ich einen Knauf sich so leise drehen und eine Tür sich so geräuschlos öffnen hören. Desto lauter hämmerte in meinen Schläfen das Blut. Sorgfältig schloß ich die Tür hinter mir. Nach einer Weile konnte ich Lucero erkennen. Sie lag mit ausbegreiteten Armen und gespreizten Beinen auf dem Bauch und nahm das Bett beinahe in seiner ganzen Breite ein. Ihre Hände ruhten neben dem Kopfkissen, das Gesicht war von mir abgewandt. Als ich gegen einen Stuhl stieß, änderte sich ihr Atemrhythmus, während ich die Decken anhob, bewegte sie ein Bein, und wie ich in das Bett schlüpfte, wachte sie auf.

«Keine Angst», sagte ich ganz ruhig. «Ich bin's, Marcos.»

Das war der gefährlichste Moment. Wenn sie schrie, war ich geliefert. Doch sie schrie nicht, ja sie rührte sich nicht einmal. Ich legte eine Hand auf ihre Schulter, und da sie mich nicht wegstieß, begann ich, nach ihrem Körper zu tasten. Sie schlief in einer baumwollenen Strandbluse und einem Höschen. Ohne ihre Stellung zu verändern, ohne sich umzudrehen und mich anzusehen, ließ sie zu, daß meine Hände unter die Bluse drangen, um ihre Brüste zu streicheln, und ich sie an mich drückte, damit sie meine Erektion spürte. Ich war mir sicher, daß Lucero gleich mein sein würde. Da fiel mir ein, daß ich die Kondome im Nachttisch nebenan vergessen hatte, doch ich war so erregt und ihr Körper schien so empfänglich zu sein, daß ich beschloß weiterzumachen. Ich ließ meine Hände in ihren Slip gleiten, streichelte mit der einen Hand ihr Schamhaar, während ich mit der anderen den Gummi ihres Höschens dehnte, um es ihr auszuziehen. Da veränderte Lucero plötzlich ihre Lage und preßte die Beine zusammen.

Und dabei blieb es. Vergeblich bedeckte ich ihren Körper bis zu den Fußspitzen mit Küssen. Dann tat ich so, als hätte ich das Interesse an ihr verloren, und drehte ihr den Rücken zu. Schließlich kniete ich mich auf das Bett, faßte ihre Beine und versuchte, sie mit Gewalt auseinanderzubringen. Beide gebrauchten wir unsere ganze Kraft, und sie blieb Sieger. Als der Zweikampf zu Ende war, lagen die Decken in einem Haufen auf der Erde, ich keuchte, und Lucero lag zusammengekauert da wie ein ungeborenes Kind, mit geschlossenen Augen, in Hemd und Hose. Ich stieg aus dem Bett, rannte wieder gegen den Stuhl, öffnete die Tür und hörte zum erstenmal Luceros Stimme: «Gute Nacht», sagte sie.

Ich war kurz davor, die Tür zuzuknallen, besann mich aber eines Besseren und schloß sie leise. Ich ging ins Bad, um zu pinkeln. Unmöglich konnte ich in diesem Zustand wieder in mein Zimmer zurückkehren. Da verfiel ich auf einen Plan, der noch riskanter war als der vorherige. Eigentlich war es gar kein Plan, denn bevor ich ihn überhaupt gefaßt hatte, führte ich ihn auch schon aus. Es war eher ein unwiderstehlicher Impuls. Bevor ich mich versah, stand ich auch schon in Amalias Schlafzimmer. Wie anders wurde ich hier empfangen! Als Amalia merkte, daß jemand durch das Zimmer stolperte, schaltete sie das Licht an. Sie trug ein Nachthemd, in dessen tiefem Ausschnitt der Ansatz ihrer riesigen Brüste zu sehen war. Um den Kopf hatte sie ein Tuch gebunden, das ihre Frisur schützen sollte. Ihre Pantöffelchen, die tatsächlich mit Marabufedern verziert waren, standen neben dem Bett. Sie sprach viel, aber leise. So weit ich mich erinnern kann, sagte sie in etwa: «Was ist los?... Marcos, was hast du?... Was möchtest du?... Oh, heilige Jungfrau Maria!... Sieh nur, in welchem Zustand du bist!... Du bist ja verrückt!... Und meine Ehre!... Oh, wie wunderbar!...»

Danach war sie Gott sei Dank still.

Es war noch dunkel, als ich wieder in mein Zimmer zurückging, und Zenaida hatte den Käfig der Spottdrossel noch nicht abgedeckt. Ich legte mich in mein Bett und schlief tief und fest, bis mich die Glocken weckten, die zur Acht-Uhr-Messe läuteten. Als ich die Augen aufschlug, war ich äußerst niedergeschlagen. Wie unglaublich dumm ich mich benommen hatte! Daß ich der Chamuca untreu geworden war, schien mir nicht so wichtig, denn sie wußte ja nichts davon, und selbst wenn es ihr jemand erzählte, würde sie es nicht glauben können. Viel schwerwiegender war, daß mein Onkel oder Lucero möglicherweise gehört hatten, was im Zimmer nebenan vor sich ging. Erschaudernd stellte ich mir vor, welches Bild sich mir im Eßzimmer gleich bieten könnte: Mein Onkel würde mir mit kaum verhohlenem Grimm entgegensehen, weil ich die Ehre seines Hauses befleckt hatte, Amalia hielte, rot vor Scham, die Tropfflasche in der Hand, um die Medizin abzuzählen, und Lucero hätte völlig verweinte Augen. Dann bliebe mir nichts anderes übrig, als unverzüglich das Haus zu verlassen. Der Spaß hatte mich vierzigtausend Pesos gekostet.

Doch wenn dem nicht so wäre und weder mein Onkel noch Lucero etwas gemerkt hatten? Das Haus meines Onkels war alt und hatte sehr dicke Wände: Adobeziegel und jeweils zwei Schichten Putz, Glattstrich und schließlich Tapete – eine Mauerdicke von beinahe einem Meter. Ich konnte mich nicht erinnern, vom Zimmer der Zwillinge aus je mehr gehört zu haben als Amalias Absätze auf dem Flur.

Ich vergegenwärtigte mir noch einmal die Ereignisse der letzten Nacht und die dabei entstehenden Geräusche. Das Bett ächzte, und wir hatten es heftig miteinander getrieben: ich hatte gekeucht, Amalia hatte Schreie ausgestoßen und endlich jenes eigenartige, langgezogene Stöhnen, das dem Muhen einer Kuh glich. Was den Geräuschpegel anging, waren meine Zweifel also keineswegs beseitigt, doch ich kam zu dem Ergebnis, daß ich immerhin eine sehr befriedigende Nacht verbracht hatte. Im schlimmsten Fall würde ich eben das Haus verlassen müssen. Und wennschon. Ich würde die beinahe zehntausend Pesos, die mein Onkel mir bereits gegeben hatte, mitnehmen und die Chamuca in Jerez abholen. Wir würden zusammen zur Halbmondbucht fahren und so lange im *Hotel Aurora* bleiben, bis uns das Geld ausging. Dann könnte man weitersehen.

Als ich auf den Gang hinaustrat, verließ auch Lucero gerade ihr Zimmer. Ihr Blick zerstreute all meine Bedenken: Offensichtlich war sie weder wegen dem böse, was in ihrem Zimmer geschehen war, noch hatte sie eine Ahnung davon, was sich bei Amalia zugetragen hatte.

«Wie war die zweite Nacht?» erkundigte sie sich lächelnd und entfernte sich, ohne meine Antwort abzuwarten, mit wiegenden Hüften. Ich mußte daran denken, was mein Onkel am Abend zuvor gesagt hatte: «Diese junge Dame winkt dir ganz schön mit dem Hintern zu.»

Als ich ins Eßzimmer kam, hatte mein Onkel bereits gefrühstückt und benutzte gerade seinen Zahnstocher. Er hörte auf, als er mich sah, und zeigte wortlos auf den verschlossenen Briefumschlag, der neben meinem Platz auf dem Tisch lag. Ich erschrak.

Ob er etwas gemerkt hat und mich schriftlich auffordert, sein Haus zu verlassen, um es nie wieder zu betreten? schoß es mir durch den Kopf.

Ich wollte schon den Umschlag öffnen, da erhob mein Onkel Einspruch: «Pfoten weg, er ist nicht für dich, sondern für den Direktor des Vermessungsamtes in Cuévano. Ich habe ihm geschrieben, daß du mein Neffe bist und ich ihn bitten möchte, dir die nötigen Meßgeräte zu leihen.»

«Danke, Onkel», erwiderte ich erleichtert und ließ den Brief auf dem Tisch liegen. «Ich werde heute gleich hinfahren.»

In diesem Moment betrat Amalia den Raum. Wie anders eine Frau doch auf einen wirkt, wenn man mit ihr geschlafen hat! Ich fand sie gar nicht mehr so lächerlich. Sie hatte blauen Lidschatten aufgelegt, sich die Wimpern getuscht und ein leichtes weißes Kleid angezogen. Sie stellte mir die gleiche Frage wie ihre Tochter: «Wie war die zweite Nacht?» erkundigte sie sich. Meine Antwort, sie sei sehr gut gewesen, erwiderte sie mit einem kehligen Lachen. Dann fragte sie: «Was möchtest du frühstücken?»

Später erzählte sie mir, daß sie das mexikanische Frühstück persönlich zubereitet, die Eier gekocht, die Bohnen gebraten und die Tortillas für mich aufgewärmt hätte. Und sie war es auch, die mir das Essen hereinbrachte.

«Ich habe sie noch nie so aktiv erlebt», bemerkte mein Onkel, als sie gerade das süße Brot holen ging.

Amalia kam zurück, setzte sich mit an den Tisch und erzählte, sie habe süße Vögelchen auf dem Feld gesehen. «Sie sind ganz klitzeklein, ihre Köpfchen und ihre Flügel sind beinahe schwarz, und die kleine Brust ist kaffeebraun.»

«Das sind Schwalben», unterbrach sie mein Onkel, der ihren Ausführungen ungläubig zugehört hatte.

Tatsächlich wollte Amalia Schwalben beschreiben: Sie hätten ihre Nester im Gebälk und bewegten beim Fliegen nur ab und an die Flügel, bisweilen ließen sie sich auch einfach gleiten. Amalia war ganz verwundert, daß sie so viele Jahre lang nicht gewußt hatte, wie Schwalben aussahen, obwohl sie schon oft welche gesehen hatte. Mir war ihr Verhalten und ihr herzhaftes Lachen, bei dem ich ihren Gaumen sehen konnte, sympathisch. Mein Onkel aber beobachtete sie schweigend. Ich füllte eine Tortilla mit Ei und gebratenen Bohnen und dachte beim Hineinbeißen: Amalia ist nicht gerade helle, aber sehr menschlich. – Hier bringt mich keiner weg, bevor mein Onkel mir nicht die restlichen vierzigtausend Pesos gegeben hat.

Mein Onkel bat mich, da ich sowieso nach Cuévano fuhr, Don Pepe Lara mitzunehmen, der dort einiges zu erledigen habe und auch die Mineralproben ins Labor bringen sollte.

Als ich mit dem Safari bei Don Pepe vorfuhr, stand er schon in der Tür und wartete auf mich. Für seinen Ausflug in die Hauptstadt hatte er einen dunkelgrauen Anzug gewählt und einen neueren Hut als den, den er normalerweise aufsetzte. Die Kryolithproben trug er in einem Sisalsack, der sauberer und ansprechender aussah als der alte Zementsack, in dem ich sie verstaut hatte. Doña Jacinta kam herbei, um sich so feierlich von ihm zu verabschieden, als unternähme er eine weite Reise und führe nicht nur in die nächst größere, gerade vierzig Kilometer entfernte Stadt.

«Gott schütze euch!» rief sie, als der Wagen anfuhr.

Als wir ein gerades Straßenstück erreichten, stellte ich Don Pepe die Frage, die ich mir für eine solche Gelegenheit aufgehoben hatte: «Wer ist oder war Estela?»

Er drehte den Kopf und betrachtete forschend mein

Gesicht. Noch nie hatte er einer Eule so ähnlich gesehen. Meine Frage war ihm offensichtlich unangenehm, und er wußte nicht, wie er mir antworten sollte.

«Woher kennst du diesen Namen?» wollte er wissen.

Ich erzählte, daß ich, als mein Onkel am Tag zuvor eines der Schubfächer seines Sekretärs öffnete, ein Foto mit der Widmung «für Estela» gesehen hatte.

Als füge er sich ins Unvermeidliche, antwortete Don Pepe: «Estela war deine Tante Leonor.»

«Meine Tante Leonor?»

«Sie nannten sie so, dort, wo sie arbeitete.»

«Wo arbeitete meine Tante Leonor denn?»

«Ich dachte, das wüßtest du.»

Ich wußte nichts, hatte es aber schon immer seltsam gefunden, daß meine Tante Leonor, eine einfache Frau aus einem Rancho, meinen Onkel Ramón geheiratet hatte, der schon als junger Mann ein reicher Grundbesitzer war. Meine Mutter hatte mir in diesem Punkt immer ausweichend geantwortet. «Deine Tante Leonor», war ihre gleichbleibende Auskunft, «ging nach Cuévano, um dort zu arbeiten, und dann lernte sie Don Ramón kennen.» Obwohl mir nie jemand gesagt hatte, womit Tante Leonor ihr Brot verdiente, dachte ich immer, sie sei Verkäuferin in einem Stoffgeschäft gewesen.

«Arbeitete meine Tante in einem Bordell?» fragte ich.

Don Pepe hob die Schultern so hoch er konnte, als wollte er seine Ohren vor dieser Frage schützen.

«So darfst du es nicht nennen. Es war eher ein Gästehaus.»

«Wo junge Damen wohnten...»

«Genau.»

«Und Herren sie besuchen kamen.»

«Hör zu, Marcos. Deine Tante Leonor ist eine Frau, die ich mein Leben lang sehr bewundert und geschätzt habe.»

«Auch ich habe sehr schöne Erinnerungen an sie, und deshalb bitte ich Sie, mir zu sagen, wo sie arbeitete.»

Don Pepe kauerte sich in seinen Sitz, als ob er fröstelte, blickte starr geradeaus und erzählte die Geschichte meiner Tante: «Sie kam nach Cuévano, um in einem Haus im Malaquitas-Gäßchen zu arbeiten, das einer gewissen Señora Aurelia gehörte. Dort lernte Ramón sie kennen und verliebte sich in sie. Die beiden heirateten und lebten glücklich miteinander, bis deine Tante tragischerweise starb, was das größte Unglück war, das deinem Onkel widerfahren konnte. Bei dem Foto, das du im Sekretär liegen sahst, muß es sich um eine der Aufnahmen handeln, die ihr die anderen Mädchen zum Abschied schenkten, als sie nach Muérdago ging. Dort wohnte sie dann in dem Haus, das Ramón ihr im San José-Viertel kaufte.»

Don Pepes Erklärungen schockierten mich nicht, sie ließen meine Tante Leonor nur noch interessanter erscheinen. Auch wurde mir einiges klarer. Trotzdem sage ich mir seit diesem Tag, wenn etwas nicht gut läuft und mich die Melancholie überkommt: «Ich stamme aus einem gottverlassenen Rancho, mein Vater war ein armes Schwein, mich nennen sie den Negro, und die einzige aus der Familie, die es zu was gebracht hat, fing als Hure an. Das Große Los haben wir nicht gezogen.»

6

Ich parkte den Safari wieder vorm Bergamt, und wir gingen zu Fuß die Avenida Campomanes hinauf. Als wir die Kreuzung erreichten, gab mir Don Pepe zum Abschied die Hand: «Vielen Dank, daß du mich mitgenommen hast, Marquitos.»

Ich schlug vor, einen Treffpunkt zu vereinbaren, um von dort aus in einigen Stunden zusammen nach Muérdago zurückzufahren. Doch er wollte lieber den Bus nehmen, weil er verschiedenes zu erledigen hatte und nicht wußte, wann er fertig sein würde. Das war mir auch recht, obwohl ich gern mit dem Alten zusammen bin. Wenn er dabei gewesen wäre, hätte ich schlecht auf dem Rückweg einen Abstecher zum Bergwerk machen können. Wir verabschiedeten uns, und er ging die Calle del Turco hinunter, als wolle er zum Unigelände, wo auch das Labor für Gesteinsanalysen ist. Ich überquerte den Platz der Freiheit und betrat das Verwaltungsgebäude.

Mein Onkel hatte in Cuévano erstaunlich viel Einfluß. Ich brauchte der Angestellten an der Pforte nur seinen Brief zu zeigen und schon empfing mich zwei Minuten später der Direktor des Vermessungsamtes persönlich. Auch blieb dieser nicht etwa hinter seinem Schreibtisch sitzen, sondern kam mir bis zur Tür seines

Büros entgegen. Ingenieur Requena, ein Alter mit vorstehendem Oberkiefer, war mein Lehrer in der Bergschule gewesen. Er tat so, als könne er sich an mich erinnern: «Sie waren einer unserer besten Studenten», sagte er. Das stimmte natürlich nicht.

Wir setzten uns, er erkundigte sich nach dem Befinden meines Onkels, ich erwiderte, es gehe ihm «den Umständen entsprechend ganz gut», und tat, als wüßte ich genau Bescheid. Nachdem er den Brief aufmerksam gelesen hatte, meinte er: «Don Ramón kann ich nichts abschlagen und Ihnen somit auch nicht. Welche Geräte benötigen Sie?»

Ich überreichte ihm eine Liste, die nichts Ausgefallenes, sondern die für jede gründliche Kartierung nötigen Geräte enthielt. Ingenieur Requena stellte mir mehrere Fragen. Er war sichtlich neugierig, was mein Onkel vermessen lassen wollte. Ich gab ihm zu verstehen, daß es um die Größe und die Grenzen einiger Felder ginge. Die Mine und das Kryolith erwähnte ich mit keinem Wort, weil er genausogut wie ich weiß, daß für die genaue Einschätzung eines Vorkommens Sondierungsbohrungen erforderlich wären – und die könnte ich kaum fälschen. Meine frei erfundenen Antworten schienen Ingenieur Requena zufriedenzustellen; denn er füllte schließlich eine Anweisung für das Gerätemagazin aus und unterschrieb.

Noch ganz stolz auf meine geschickten Lügen, ging ich ins Magazin, um die Geräte abzuholen. Da mußte ich feststellen, daß der Angestellte, der sie mir aushändigen sollte, niemand anderes als ein gewisser Malvidio war, der früher ebenfalls in der Planungsbehörde beschäftigt gewesen war. Zuerst erkannte er mich nicht, weil er mich noch nie ohne Bart gesehen hatte, doch als er meinen Namen auf dem Zettel las, rief er, sofort die Verbindung herstellend: «Negro, was für eine Überraschung!»

Ich tat so, als freute auch ich mich über das Wiedersehen, und wir umarmten einander. Dieser Scheißkerl, dachte ich, ist der einzige, der mich identifizieren kann, wenn meine Personenbeschreibung in der Zeitung steht, was nicht mehr lange dauern wird. Nur er weiß dann, daß Marcos Gonzáles, alias El Negro, der in der Planungsbehörde arbeitete und von der Polizei gesucht wird, augenblicklich in Plan de Abajo mit Geräten kartiert, die er sich vom Direktor des Vermessungsamtes aushändigen ließ. Malvidio, der rote Haare hat und mir noch nie sympathisch war, lud mich zu sich nach Hause zum Essen ein, was ich mit beinahe unhöflicher Bestimmtheit ablehnte. Wenn er mich verpfeifen will, dachte ich, tut er es so oder so, egal, ob ich nun bei ihm zu Hause war oder nicht. Also stoße ich ihn lieber vor den Kopf und erspare mir dafür seine Gesellschaft.

Malvidio war gekränkt, befahl aber dennoch zwei Gehilfen, mir den Theodolit, die Markierungsstangen, die Meßlatten und das Stativ zum Auto zu tragen.

Ich gab ihnen zwanzig Pesos, und sie gingen zufrieden davon. Nachdem ich den Theodolit im Kofferraum eingeschlossen hatte, ging ich die Zeitungen aus Mexico City kaufen und nahm sie mit ins *Flor de Cuévano*, wo der Kaffee, nebenbei bemerkt, noch genauso schlecht war wie zu meiner Studienzeit. Erleichtert stellte ich fest, daß sie kein Wort über die Chamuca, mich und den Brand im Globo verloren. Ich erhob mich und meldete bei der Frau an der Kasse ein Ferngespräch nach Jerez an. Abermals wollte Angel Valdés mit Señorita Medina verbunden werden.

«Wie geht es dir?» fragte ich die Chamuca.

«Du fehlst mir immer noch.»

«Hab ein wenig Geduld. Alles läuft sehr gut, und in acht Tagen ist es vorbei. Dann gibt mir mein Onkel das Geld, ich komme dich holen, und wir fahren zusammen zur Halbmondbucht.»

Plötzlich wurde mir klar, daß die Chamuca schon seit vier Tagen nur die einundsechzig Pesos hatte und in Verlegenheit sein mußte.

«Noch heute schicke ich dir Geld», versprach ich. «Tausend Pesos.»

Sie bedankte sich und klang erleichtert. Als ich ihre warme und ehrliche Stimme so nah hörte, wurde mir bewußt, wie affektiert Amalia und Lucero waren, und ich fühlte mich mehr denn je zu ihr hingezogen. «Ich liebe dich», versicherte ich ihr. «Sag mir, daß du mich liebst.»

«Ich liebe dich», antwortete sie.

Wir nahmen Abschied, dann hängte ich ein. Gerade wollte ich die Kabine verlassen, als mir ein Mann draußen auf der Straße auffiel.

Ist das Pancho? schoß es mir durch den Kopf.

Mir lief es kalt den Rücken hinunter. Während die Frau an der Kasse zusammenrechnete, wieviel ich ihr schuldig war, ging ich zur Eingangstür hinüber und sah gerade noch, wie der Mann die Straße überquerte. Er sah tatsächlich Pancho ähnlich. Pancho war aber, soweit ich mich erinnern konnte, dicker als er. Ich bezahlte das Gespräch und den Kaffee, ging zu meinem Tisch zurück, um die Zeitungen mitzunehmen, und warf sie am Platz der Verfassung wieder in den Abfallkorb, bevor ich ins Auto stieg und davonfuhr. Erst als Cuévano schon weit hinter mir lag, wurde mir klar, daß ich über dem Schreck, den mir der falsche Pancho einjagte, vergessen hatte, Chamuca die tausend Pesos zu schicken. Ich wollte eine Geldanweisung auf ihren Namen ausstellen lassen, die sie bei der Zweigstelle in Jerez einlösen sollte. Nun mußte ich es auf den nächsten Tag verschieben, weil ich nicht rechtzeitig in Muérdago sein konnte, bevor die Banken um halb zwei schlossen.

Am Bergwerk war weit und breit niemand zu sehen, doch als ich aus dem Wagen stieg und in Richtung Stollen ging, hörte ich plötzlich jemanden hinter mir «He!« rufen.

Ich zuckte zusammen, drehte mich um und sah, daß der Colorado sich im Haus des Spaniers verschanzt hatte. Mit ein paar Steinen hatte er in einem der Fenster eine Schießscharte errichtet, aus der der Karabiner hervorsah. Er selbst war von seinem kleinen Stuhl aufgestanden, stand im Türrahmen, hatte gerade ein Stück von dem Zuckerrohr, das er in der Hand hielt, ausgekaut und spuckte es aus. Ich ging zu ihm hinüber, und wir schüttelten uns die Hände.

«Hilf mir die Sachen ausladen», bat ich.

Wir nahmen die sperrigen Geräte gemeinsam aus dem Auto und stellten sie im Haus des Spaniers in einem Zimmer ab, das noch teilweise überdacht war.

Ich behielt nur den Theodolit im Wagen, den ich jedesmal in seinem Koffer mitnehmen wollte, damit alle sahen, daß ich ernsthaft arbeitete. Als wir mit Schleppen fertig waren, sah Colorado eine Weile zu Boden, bevor er mir gestand: «Es ist einer gekommen, und ich hab's ihm gegeben.»

«Hat es ihn arg erwischt?»

«Es geht. Ich habe auf sein Bein gezielt und ihn am Arm getroffen. Er hat nicht schlecht geblutet, aber er ist trotzdem in sein Auto gesprungen und mit Vollgas davongefahren.»

Er zeigte mir die getrockneten, beinahe schwarzen Blutflecken im Zacategras.

«Ist es ein großer Kerl mit einem rot-grünen Amihemd und einem langen Hals gewesen?»

«Ja, der ist es gewesen.»

«Und hatte er ein kleines weißes Auto?»

«Ja, so eins hatte er.»

Amalia, dachte ich, hatte also trotz unserer gemeinsamen Nacht und dem besonderen Frühstück dem Gringo brühwarm weitererzählt, daß ich mit Don Pepe nach Cuévano fahren sollte. Daraus hatte der Gringo gefolgert, daß morgens niemand am Bergwerk sein konnte.

Ich gab dem Colorado weitere zweihundert Pesos.

Ich kam rechtzeitig zum Essen nach Muérdago zurück. Gringos Auto stand vor der Tür, was nichts Gutes bedeuten konnte. Ich holte den Theodolitkasten aus dem Kofferraum und betätigte den Türklopfer.

Zenaida öffnete mir. «Sie sind im Gang», erklärte

sie. Alle sahen mir entgegen, vorwurfsvoll, wie ich meinte. Der Gringo hatte sein rot-grünes Hemd gegen ein grün-rotes eingetauscht und trug eine Armschlinge. Er saß mit einer Leidensmiene im Schaukelstuhl. Amalia stand an seiner Seite und hatte die Hand auf seine Schulter gelegt, wie um einen Teil des Schmerzes auf sich zu nehmen.

«Was hast du mit deinem Arm gemacht?» fragte ich den Gringo.

Er knirschte mit den Zähnen, während Amalia mir antwortete: «Denk dir, er wollte einen Hund verjagen, stolperte und hat ihn sich böse verrenkt.»

Als ich merkte, daß sie mich nicht zur Rede stellen wollten, atmete ich auf. Kaum hatte ich mich beruhigt, wurde mir bewußt, daß auch die anderen drei Tarragonas anwesend waren. Alfonso lehnte, diesmal ohne Jackett, mit verschränkten Armen an der Balustrade. Gerardo und Fernando saßen auf dem Korbsofa und rauchten. Obwohl halbleere Tequilagläser und ausgesaugte Zitronenschnitze dem Ganzen einen geselligen Anstrich gaben, war die Atmosphäre gespannt. Ich bückte mich, um den Theodolitkasten abzustellen – alle hatten ihn mit Befremden angesehen, aber niemand fragte, worum es sich handelte. Als ich mich wieder aufrichtete, stand Lucero mit einem Glas Tequila und einem Teller voll Käsestückchen in der Eßzimmertür. Sie reichte mir das Glas und bot mir lächelnd den Käse an. In diesem Moment wurde mir klar, daß das Auffälligste an dieser Zusammenkunft das Fehlen meines Onkels war.

«Wo ist mein Onkel?» fragte ich.

Alle Augenpaare wandten sich von mir ab. Einen Moment lang war es totenstill, bevor Amalia mir, nach einem fragenden Blick auf ihren Bruder, antwortete: «Er ist in seinem Büro.»

«Er hat eine Unterredung mit Herrn Doktor Zorilla», fügte Alfonso hinzu.

«Wer ist Doktor Zorilla?»

«Er ist der bekannteste Notar der Stadt», entgegnete Gerardo.

Ich setzte mich in einen der Korbsessel. Lucero verteilte den Käse. Der Gringo änderte stöhnend seine Haltung. Fernando begann, nervös mit dem Fuß zu wippen, mußte aber aufhören, weil das Sofa knarrte. Alfonso ging wortlos auf und ab. Amalia kümmerte sich um das schmutzige Geschirr. Kaum tippte einer von uns die Asche von seiner Zigarette, wollte sie auch schon den Aschenbecher raustragen. Lucero brachte immer wieder neuen Käse herein.

«Sie sind schon zwei Stunden da drin», stellte Gerardo mit einem Blick auf seine Armbanduhr fest.

Man hätte glauben können, die Familie vermißte ihren Schoßhund.

Ich stand auf und ging ins Eßzimmer, um mir noch ein Glas Tequila zu holen. Lucero kam herein und schob sich zwischen mich und die Anrichte.

«Ich schenke dir ein», sagte sie und nahm mir die Flasche weg.

Sie füllte mein Glas mit Tequila, nahm es mir aus der Hand, probierte und gab es mir mit einem Lachen zurück. Wir blieben eine Weile so, sie gegen die Anrichte gepreßt, ich gegen ihren Körper, und sahen uns schweigend in die Augen. Glücklicherweise kam niemand in diesem Moment herein.

Als wir wieder hinausgingen, wurde mein Onkel gerade von drei weißhaarigen Männern auf die Galerie geschoben. Alle vier lachten über den Witz mit der Hyäne. Wie ich meinen Onkel kannte, hatten sie sicherlich einigen Meskal getrunken. Die aufgeräumte Stimmung der alten Herren stand in krassem Gegensatz zu dem gezwungenen Lächeln auf den Gesichtern meiner Vettern. Als mein Onkel mich bemerkte, stellte er mich gleich seinen Freunden vor: «Das ist Marcos, mein Neffe, von dem die Rede war.»

Anscheinend hatte er ihnen nichts Schlechtes über mich erzählt, denn sie begrüßten mich freundlich. Doktor Zorilla hielt eine Ledermappe unter dem Arm; Doktor Canalejas trug einen hochgezwirbelten Schnurrbart. Den dritten kannte ich schon: Es war Paco vom Kasino. Amalia bot ihnen einen Aperitif an, doch sie lehnten dankend ab und verabschiedeten sich. Wir horchten auf, als Notar Zorilla sich noch einmal umdrehte und mit einem Klopfen auf seine Aktentasche zu meinem Onkel sagte: «Dieses Dokument werde ich noch heute registrieren lassen.»

Das Testament, dachten wir, war also aufgesetzt. Als die alten Herrschaften gegangen waren, fragte Alfonso beflissen meinen Onkel: «Wie ging es mit dem Notar, gab es keine Schwierigkeiten?»

«Überhaupt keine», antwortete mein Onkel. «Alles lief wie am Schnürchen.»

Dann wollte er wissen, was in dem Koffer war, und ich holte den Theodolit heraus.

«Das geht auch dich etwas an», sagte mein Onkel zu Fernando. «Wir wollen die Gelegenheit nutzen, daß wir einen Apparat und einen Ingenieur hier haben. Da können wir endlich einmal die Mancuerna vermessen lassen. Mach mit Marcos einen Termin aus und nimm ihn mit zur Hacienda, er soll uns sagen, wieviel er dafür verlangt.»

«Wenn du eine Vermessung für notwendig hältst, machen wir eine Vermessung.»

Von dem Testament war nicht mehr die Rede.

Nach dem Essen wollte der Gringo, der sich scheinbar immer noch schlecht fühlte, nach Hause, statt wie gewöhnlich zusammen mit Amalia seine Siesta zu halten.

«Aber du kannst doch in diesem Zustand nicht Auto fahren», protestierte Amalia.

Meine anderen Vettern waren gegangen, ich war der einzige gesunde Mann im Haus.

«Dann soll er sich von Marcos heimfahren lassen», bestimmte mein Onkel.

So fanden wir beide – der Gringo, der nicht von mir nach Hause gebracht werden wollte, und ich, der ich ihn nicht nach Hause bringen wollte – uns in dem kleinen weißen Auto wieder. Der Gringo sagte mir, wie ich fahren sollte, dann fragte er: «Weißt du, wieso ich nach Muérdago gekommen bin?»

«Nein.»

«Dreimal darfst du raten.»

«Ich habe keine Ahnung», wehrte ich ab.

«Ich suchte den Schatz von Pancho Villa.»

«Tatsächlich?»

Man muß ganz schön bekloppt sein, dachte ich, um den Schatz von Pancho Villa an einem Ort zu suchen, wo Pancho Villa nie vorbeigekommen ist.

«Ja. Ich hatte Gründe anzunehmen, er befände sich in einer kleinen Kirche in Comales», sagte der Gringo.

«Und war er dort?»

«Nein. Aber weißt du, was ich dafür in Muérdago gefunden habe?»

«Ich habe dir doch schon gesagt, daß ich keine Ahnung habe.»

«Ich habe Amalia gefunden.»

«Ich verstehe», antwortete ich, obwohl ich überhaupt nicht wußte, wie ich dieses Gespräch zu verstehen hatte. Als wir vor seiner Haustür angelangt waren, befahl mir der Gringo mit einer Kopfbewegung: «Komm.»

«Danke, aber ich habe noch viel zu tun.»

«Ich möchte dir meine Waffensammlung zeigen.»

Ich ging mit hinein und sah mir seine Waffensammlung an. Der Gringo hatte Jagdgewehre und Jagdflinten aller Größen und Kaliber. Er erklärte mir, welche Waffe sich dazu eignete, Wild aus der Nähe zu schießen, welche, um aus der Ferne zu zielen, und mit welcher man am besten ein Täubchen erledigte.

«Gehst du gern auf die Jagd?» fragte er.

«Überhaupt nicht», antwortete ich.

«Nächsten Sonntag gehen wir zusammen am Río Bagre Riedschnepfen schießen.»

Ich hätte ihm am liebsten geantwortet, daß ich Schnepfen nicht mal in Soße mochte und gern darauf verzichtete, ihnen am Río Bagre hinterherzujagen, ganz zu schweigen von seiner Gesellschaft. Doch ich traute mich nicht und protestierte nur schwach: «Ich glaube, ich werde nicht kommen können.»

Es hatte fast den Anschein, als ob der Gringo zwar Spanisch konnte, aber nur verstand, was er verstehen wollte, denn er verabschiedete sich unbeirrt: «Ich komme dich Sonntag früh um sieben abholen.» Er fügte noch etwas hinzu, was ich nicht recht zu deuten wußte, doch es lief mir kalt den Rücken hinunter: «Ich vergesse nie etwas», sagte er.

Noch am gleichen Tag räumte ich die Kofferkammer auf und baute sie zu einem Zeichenbüro aus. Ich stellte einen zusätzlichen Tisch hinein, den ich in der Vorratskammer gefunden hatte, und eine Stehlampe, die im Wohnzimmer herumgestanden hatte. Zenaida schrubbte den Boden, wischte Staub und half mir, die Sachen zu tragen. Als sie gegangen war, machte ich mich an die Arbeit.

Ich hatte folgendes vor: Als erstes wollte ich einen Polygonzug in das Luftbild einzeichnen – eine Sache von einer halben Stunde; dann Meßpunkte rekonstruieren und im Feldbuch eine Tabelle mit Meßergebnissen eintragen – ein Tag Arbeit. Anschließend wollte ich an Hand der Daten einen Lageplan des Covadonga-Stollens anfertigen. Dieser Plan sähe dann so ähnlich aus wie die Luftbildkarte, würde aber Hunderte von zusätzlichen Details enthalten, die dort nicht vorkämen, geschweige denn in der Wirklichkeit. Drei Tage Arbeit. Schließlich wollte ich noch an Hand der Daten des Feldbuchs mehrere Bogen Kästchenpapier mit undurchsichtigen Rechnereien füllen, wie zum Beispiel

Einfallswinkel und Volumenberechnungen, aus denen sich ergäbe, daß es sich zwar um ein gutes Kryolithvorkommen handle, aber höhere Investitionen erforderlich wären als erwartet. Ein Tag Arbeit. Die Schlußempfehlung, die ich meinem Onkel geben wollte, war, nicht zu investieren. Er würde mir sicherlich dafür dankbar sein, daß ich ihn vor einem schlechten Geschäft gewarnt hatte, und mir die vierzigtausend Pesos aushändigen, die mir vertraglich zustanden. Dann ginge ich die Chamuca abholen, und wir würden zusammen zur Halbmondbucht fahren, wo wir ein halbes Jahr im *Hotel Aurora* verbringen könnten.

Ich hatte den Polygonzug fertig und begann gerade mit der Tabelle im Feldbuch, als ich Schritte über den gepflasterten Hof näher kommen hörte und jemand an die angelehnte Tür klopfte.

«Herein», rief ich in der Hoffnung, es sei Lucero.

Alfonso kam ins Zimmer, hinter ihm, im Hof, standen Gerardo und Fernando. Obwohl er sah, daß sich auf dem Tisch vor mir die Papiere türmten, fragte er: «Hast du sehr viel zu tun?»

«Ziemlich.»

«Das macht nichts. Erledige das ein andermal, wir müssen etwas Wichtiges mit dir besprechen. Komm mit uns ins *California*.»

Das *California* war ein langgestreckter Saloon, in dessen grünlicher Beleuchtung die Kunden wie Leichen aussahen. Ein Wandbild zeigte eine Wüste mit Kakteen, man saß in Ledersesseln, und auf dem Boden standen die größten Spucknäpfe, die ich je gesehen habe. Ein Gitarrentrio sang und spielte pausenlos.

Meine Vettern wollten einen Longdrink. Gerardo warnte mich: «Bestell bloß nichts Importiertes, sonst drehen sie dir wer weiß was an.»

Ich verlangte einen Cuba libre. Als die Getränke kamen, nahmen wir einen Schluck, dann begann Alfonso endlich.

«Ich hatte gehofft», klärte er mich auf, «mein Onkel würde sein Testament dem Notar diktieren, denn ich habe eine Vertrauensperson in Zorillas Kanzlei, die mir unverzüglich seinen Inhalt mitgeteilt hätte. Leider war dem nicht so. Es sieht ganz so aus, als habe mein Onkel heute morgen eigenhändig sein Testament geschrieben und versiegelt. Und die drei Zeugen bestätigten mit ihrer Unterschrift, daß er das Testament aus freiem Willen und im vollen Besitz seiner geistigen Fähigkeiten gemacht hatte. Doch auch sie kennen den Text nicht. Dem Register ist nur zu entnehmen, daß sich das Testament meines Onkels in einem versiegelten Umschlag in Zorillas Tresor befindet.»

«Das heißt», schaltete sich Gerardo ein, «wir sind genauso schlau wie vorher: wir wissen, daß mein Onkel sich entschieden hat, aber wir wissen nicht wie und können auch niemand danach fragen.»

«Außer meinen Onkel», meinte Fernando.

Die drei warteten gespannt auf meinen Kommentar, ich suchte verzweifelt nach einer Phrase, die mich zu nichts verpflichtete, und da mir nichts Besseres einfiel, sagte ich: «Ich verstehe.»

«Wie wir das letzte Mal über diese Angelegenheit gesprochen haben», fing Gerardo wieder an, «hatte ich dich gebeten, uns Bescheid zu geben, sobald du eine

Ahnung hättest, was mein Onkel dir vererben wollte, damit wir uns darauf einstellen können. Was hast du für Neuigkeiten?»

«Keine», erwiderte ich. «Mein Onkel hat mir nichts gesagt.»

«Einmal ganz abgesehen davon, was mein Onkel sagt», mischte sich Alfonso ein. «Was glaubst du, wie groß dein Anteil an der Erbschaft sein wird? Sag es uns gleich, denn meine Brüder sind bereit, dich auf der Stelle auszuzahlen. Nenn einen Betrag.»

In diesem Moment hätte ich hundert-, zweihundert- oder dreihunderttausend Pesos sagen sollen, dann hätte ich ein, zwei oder drei Jahre mit der Chamuca im *Hotel Aurora* in der Halbmondbucht verbringen können. Doch mir kamen starke Zweifel. Vielleicht könnte ich ja auch eine Million verlangen. Oder sollte ich nicht doch lieber warten, bis mein Onkel starb? Ich begann also wie ein Kleinbürger zu rechnen, und das lähmte mich.

«Ich weiß nicht», zögerte ich. «Ich muß es mir erst noch überlegen.»

«Überschlaf es, und gib uns morgen als erstes Bescheid», entschied Alfonso. «Es ist alles ganz einfach. Wir geben dir das Geld, und du unterzeichnest dafür eine Erklärung, in der du auf deine Ansprüche verzichtest.»

«Vorausgesetzt natürlich», betonte Gerardo, «du verlangst einen Preis, der uns vernünftig erscheint.»

«Wobei wir natürlich berücksichtigen», fügte Fernando hinzu, «daß mein Onkel dir vielleicht auch gar nichts vererbt.»

Als Fernando das sagte, begriff ich, daß ich so gut wie sicher nicht leer ausgehen konnte. Denn warum sonst würden die drei vor mir sitzen, dachte ich, und versuchen, mir meine Erbschaft abzukaufen?

Als ich nach Hause zurückkam, spielte mein Onkel im Büro mit Lucero Schach. Sie war eindeutig dabei zu gewinnen. Als mein Onkel mich sah, atmete er erleichtert auf und sagte: «Wie gut, daß du wieder hier bist, ich muß etwas mit dir besprechen. Lucero, wir spielen die Partie ein andermal zu Ende. Bring Marcos jetzt erst einmal eine Flasche Cognac.»

Lucero stellte das Schachbrett in eine Ecke und verließ das Zimmer.

«Du bist mit deinen Vettern einen trinken gewesen, stimmt's?» fragte mein Onkel, als wir allein waren.

«Woher weißt du das?»

«Lucero hat dich mit ihnen weggehen sehen, und jetzt hast du ganz glasige Augen.»

Lucero kam mit dem Tablett herein, stellte es auf den Sekretär und schenkte meinem Onkel Mineralwasser und mir ein Glas Cognac ein. Sie beugte sich zweimal nach vorn, um uns die Gläser zu geben und ihren Hintern zu betonen. Kaum hatte sie das Zimmer verlassen, leerte Ramón mein Glas mit einem Zug.

«Ich hatte schrecklichen Durst», stellte er fest und ließ sich noch einmal einschenken.

«Warum stellst du dir nicht eine Flasche Cognac in den Tresor?» fragte ich.

«Das wäre witzlos. Es macht mir keinen Spaß, allein zu trinken.»

Dann öffnete er den Tresor, holte eines der gebrauchten Gläser heraus und gab es mir. Als ich wissen wollte, was er mir so dringend sagen mußte, antwortete er: «Nichts weiter», er hätte nur so einen Durst gehabt.

«Ich möchte dir eine heikle Frage stellen», wagte ich mich vor.

«Mal sehen, ob ich Lust habe, sie zu beantworten.»

«Es geht um folgendes: Meine Vettern haben mir angeboten, mir meinen Anteil an der Erbschaft abzukaufen.»

«Langsam, langsam: welchen Anteil an welcher Erbschaft?»

«Sie glauben, du hättest mir in dem Testament, das du heute geschrieben hast, etwas vermacht.»

«Ach ja?»

Ich sah ihm prüfend ins Gesicht, doch nichts verriet mir, ob die Vermutung meiner Vettern richtig oder falsch war.

«Sie bieten mir einen gewissen Geldbetrag», fing ich wieder an, «damit ich auf meine Ansprüche verzichte und ihnen nicht in die Quere komme.»

«Das ist keine schlechte Idee. Ich glaube, ich würde an ihrer Stelle dasselbe tun.»

«Ich möchte dir gleich zwei Fragen stellen: erstens, ob ich meinen Anteil verkaufen soll, und zweitens, falls dies der Fall sein sollte, wieviel ich verlangen kann.»

Mein Onkel antwortete, ohne zu zögern: «Ich würde dir raten zu verkaufen. Verlange einen Preis, der dir sehr hoch erscheint, und geh so wenig wie möglich von ihm runter. Ich kann dir versichern, daß du in jedem Fall gewinnst, egal, wieviel sie dir zahlen.»

Ich hatte gefürchtet, dieses Gespräch könnte schmerzlich für meinen Onkel sein, doch es erwies sich als viel schmerzlicher für mich: Er hatte mir zu verstehen gegeben, daß mein Anteil an der Erbschaft nur in der Vorstellung meiner Vettern existierte und er mir keinen Centavo vermachen würde.

Ich träumte von Zahlenkolonnen, den Nummern der Meßwerte und der anvisierten Punkte, von Entfernungen, Neigungswinkeln und Kompaßrichtungen. Erst als ich die Augen aufschlug, wußte ich wieder, daß ich mich im Zimmer der Zwillinge befand. Mir war sehr heiß, besonders am Rücken. Ich fühlte mich, als trüge ich einen schweren Mantel. Seltsamerweise war da auch zwischen meinen Rippen und der Matratze etwas Hartes, das aber nicht mein Arm sein konnte.

Hände, die nicht mir gehörten, streichelten mein Geschlecht, und eine Zunge begann in mein Ohr zu dringen. Jemand legte sich auf mich. Ich wollte gerade «Lucero, Geliebte!» flüstern, als ich merkte, wie schwer das auf mir ruhende Gewicht war.

«Amalia, Geliebte!» sagte ich.

Ein feuchter Kuß zeigte mir, daß ich richtig geraten hatte.

7

Am Tag darauf, Freitag, dem 18. April, schrieb ich morgens um halb elf den folgenden Eintrag in mein Tagebuch. Ich füge ihn hier ein, weil er einen guten Eindruck von meiner damaligen Stimmung vermittelt:

Mein Onkel Ramón muß glauben, daß ich mich in den Bergen hier durchs Gestrüpp schlage und den Theodolit hinter mir herschleife, das Fernglas scharfstelle und versuche, mit der Lupe zu erkennen, was der Nonius anzeigt, daß ich lange Zahlenreihen in mein Feldbuch eintrage usw. Doch da täuscht er sich. Ich stehe bis zu den Hüften im Kühlteich, während ich diese Zeilen schreibe. Der Theodolit ist in seinem Kasten und liegt friedlich zusammen mit meinen Kleidern im Schatten eines Mesquitstrauchs. Ich sitze nackt auf einer Art Schlammthron vor einem Fels, der aus dem Wasser herausragt und der mir als Schreibpult dient. Eigentlich wäre es der ideale Ort, um nachher das Feldbuch fertigzustellen, aber ich habe die Luftbildkarte in der Kofferkammer vergessen. Schade.

Der Kühlteich liegt mitten im Talkessel, rings um mich ragen die vier gleich großen Bergkuppen, der Nuckel, der Buckel, die Titte des Nordens und der Namenlose Berg. Die Namen wußte ich zwar noch, aber

Colorado mußte mir wieder sagen, welcher Berg welcher ist. Das gibt meiner Arbeit erst ihre rechte Glaubwürdigkeit. Ich weiß jetzt auch, daß der Stollen in den Ausläufer des Namenlosen Bergs hineingetrieben wurde, die Quelle unten an der Titte des Nordens entspringt, das Hotel und die Ranchosiedlung aber auf dem Sattel zwischen dem Nuckel und dem Buckel liegen.

Das Wasser des Kühlteichs stinkt genau wie früher nach Schwefel, und auf dem Grund wachsen immer noch die Schlingpflanzen, die wir uns als Jungen um den Kopf gebunden haben, um Meeresungeheuer zu spielen. Das Schilf und die Akaziensträucher müssen sehr gewachsen sein, denn früher konnte uns die Hotelbesitzerin von ihrem Fenster im zweiten Stock aus sehen, inzwischen aber trennt eine dichte Pflanzenmauer das Hotel vom Kühlteich.

Ich habe heute nichts weiter vor, als die Zeit totzuschlagen, denn man erwartet von mir, daß ich morgens das Haus verlasse, um kartieren zu gehen. Es ist eine wohlverdiente Ruhepause, nach den Anstrengungen der letzten Nacht. Wer hätte sich je träumen lassen, daß ich die Chamuca, der ich immer treu gewesen war, mit einer Frau reiferen Alters betrügen sollte – Amalia muß schon an die Fünfundvierzig sein und war mir immer nur lächerlich erschienen! Seit ich sie näher kenne, finde ich Geschmack an ihr. Ehrlich gestanden weiß ich die Art und Weise, wie sie mich gestern weckte, sehr zu schätzen.

Später fuhr ich nach Cuévano und holte mir im Bergamt die Bestätigung, daß für die Mine La Covadonga in der Gemeinde von Las Tuzas, Plan de Abajo, nicht bereits ein gültiger Eintrag im Register besteht. Die schnelle Bearbeitung meines Antrags verdankte ich zweihundert Pesos, die ich dem Archivvorstand zusteckte, der mich erst zwei Monate lang warten lassen wollte, bevor er geruhte, die Akten zu überprüfen. Der Bestätigung war zu entnehmen, daß «der Spanier» José Isabel Tenazas Archundia hieß und gar nicht aus Spanien, sondern aus dem mexikanischen El Oro stammte. Er habe Manganerze abgebaut. Hoffentlich, dachte ich, zeigt mein Onkel diesen Wisch niemand, der was von Bergbau versteht. Der könnte ihm gleich sagen, daß Beryllium nie mit Mangan zusammen vorkommt.

Ich kaufte wieder die Zeitungen aus Mexico City, las sie abermals im *Flor de Cuévano*, und wieder stand nichts über den Globo-Brand drin. Als ich schon aufgestanden war, um bei der Frau an der Kasse ein weiteres Gespräch mit der Chamuca anzumelden, sah ich plötzlich in einer Ecke des Cafés den Mann sitzen, der Pancho so ähnlich war, oder vielmehr, bei genauerer Betrachtung, Pancho selbst sein mußte. Glücklicherweise hatte er mich von seinem Platz aus wahrscheinlich nicht sehen können. Ich mußte mich zusammennehmen, um nicht auf der Stelle davonzurennen. Nachdem ich noch schnell einen Geldschein auf den Tisch gelegt hatte, ging ich geradewegs zum Auto zurück und beruhigte mich erst wieder, als ich Cuévano hinter mir gelassen hatte. Dann wurde mir klar, daß die Polizei, falls sie sich in der Planungsbehörde meinen Lebenslauf besorgt hatte, mich mühelos mit Cuévano in Verbindung bringen konnte, weil ich dort die Bergschule besucht hatte. Ich beschloß, lieber nicht mehr dorthin zurückzukehren. Muérdago war dagegen sicher – außer wenn Pancho, falls es sich um ihn handelte, auf die Idee gekommen wäre, meine ehemaligen Lehrer auszufragen, und diese Spur ihn zum alten Requena geführt hätte, der ihm den Brief meines Onkels zeigen würde. Das war unwahrscheinlich. Trotzdem wurde die Sache brenzlig. Ich brauchte dringend Geld, um mit der Chamuca im *Hotel Aurora* an der Halbmondbucht untertauchen zu können. Da fiel mir ein, daß ich über dem zweiten Schreck, den mir Pancho eingejagt hatte, abermals vergessen hatte, Chamuca die tausend Pesos zu schicken. Und es war Freitag, zehn nach eins.

Amalia hatte Zenaida angewiesen, meinen Platz am Tisch zu ändern. Ich saß nun nicht mehr neben dem Gringo, sondern auf der gegenüberliegenden Seite, neben Lucero.

«Damit ich dich besser sehen kann», erklärte Amalia mir den Grund der neuen Sitzordnung, als wir allein waren. «Wenn du mit auf der linken Seite sitzt, verdeckt mir der Riesenkopf meines Mannes die Sicht.»

Die neue Sitzordnung hatte Folgen, von denen Amalia nichts ahnen konnte: Lucero schlüpfte unter dem Tischtuch aus ihrer Sandale und streichelte mit den Zehen mein Bein. Sie gab mir mehr Tortillas als gewöhnlich, bis mein Onkel protestierte: «Warum hat Marcos schon zwei und ich nur eine?»

«Wie geht es deinem Arm?» fragte ich den Gringo.

«Besser», antwortete er. «Ich denke, er wird am Sonntag wieder so weit in Ordnung sein, daß wir Schnepfen schießen können.»

«Ich hatte ganz vergessen, daß wir auf die Jagd gehen wollten», gestand ich.

«Denk lieber dran», warnte mich der Gringo und fügte abermals hinzu: «Ich vergesse nie etwas.»

Und wieder war mir bei diesem Satz sehr seltsam zumute.

Ich werde eine Million verlangen, dachte ich, während ich die Tür zum *California* aufstieß. Aber wenn sie mir Hunderttausend bieten, nehme ich auch die.

Meine Vettern saßen in einer Ecke und wurden von einem Mariachi-Ensemble umringt, das gefühlvoll «Laß mich, wie ich vorher war» sang. Alfonso winkte mich zu sich. «Hör nur. Ist das nicht wunderbar?» meinte er.

Nur die Ruhe, sagte ich mir. Solange sie die Sache nicht ansprechen, sagst du auch kein Wort davon. Tu so, als hättest du vergessen, wozu du hergekommen bist. Es ist ja noch die ganze Nacht zum Verhandeln Zeit.

Ich merkte, daß meine Vettern schon eine ganze Weile da sein mußten. Sie waren zwar noch nicht betrunken, aber bereits in sehr sentimentaler Stimmung.

«Laß mich, wie ich vorher war» erzählt die Geschichte eines Mannes, der von der Liebe enttäuscht worden ist, weil die Frauen nicht so sind, wie er sie sich wünschte. Als seine Geliebte ihn verläßt, fleht er, sie solle ihn so zurücklassen, wie er war, bevor er sie kannte, «ohne Liebe, ohne Schmerz, ohne alles».

«Oh, Mama!» rief Gerardo aus.

Als die Sänger zu einem anderen Tisch weitergingen, beugte sich Gerardo zu uns vor und sagte in vertraulichem Ton: «Ich will euch etwas erzählen, euch beiden, weil ihr meine Brüder seid, und dir, weil du mein Vetter bist, aus der Hauptstadt kommst und ein Mann von Welt bist.»

Ich dachte, er käme auf die Erbschaft zu sprechen, doch statt dessen erzählte er uns, was ihm einmal in La Cañada, einem Ort in der Nähe von Muérdago, zugestoßen war. Der dortige Richter war erkrankt, und er hatte sich aus Freundschaft damit einverstanden erklärt, ihn eine Zeitlang zu vertreten und in einigen dringenden Fällen Recht zu sprechen. Bei seiner Ankunft in Cañada war er geradewegs ins Gericht gegangen und hatte bereits hinter dem Schreibtisch des Richters Platz genommen, als die Sekretärin mit den Akten hereinkam.

«Soll ich euch die ganze Wahrheit sagen?» fragte er uns. «Ich fühlte mich wie ein Mondkalb, als ich sie sah. Wo machen sie nur Frauen wie diese, dachte ich. Und wo verstecken sie die, daß ich nie eine von diesem Kaliber zu Gesicht bekommen habe, als ich noch ein Junggeselle war?»

Sie hieß Angelita und war zweiundzwanzig Jahre alt. Als er sie drei Tage kannte, machte ihr Gerardo folgenden Antrag: «Ich weiß nicht, ob sie schon gebunden sind, Angelita, aber ich möchte sie besitzen.»

Sie war unverheiratet, wohnte bei ihrer Mutter und sagte, sie sei ungebunden. Mein Vetter Gerardo besaß sie noch in der gleichen Nacht in einem Motel an der Strecke nach Pedrones.

«Angelita ist, um ehrlich zu sein, keine sehr gebildete Frau, aber die Stunden, die ich mit ihr in dieser und den folgenden Nächten verbracht habe, gehören zu den schönsten meines Lebens.»

Sie waren sehr glücklich bis zu der Nacht, als Gerardo, vom Motel zurückgekehrt, das Nachttischlämpchen neben dem Ehebett anzündete, um sich zu entkleiden, und sah, wie friedlich seine Frau schlief.

«Sie hatte mir meine Lüge geglaubt, daß ich wegen einiger sehr langwieriger Gegenüberstellungen erst spät nach Hause kommen könne. Und wie ich sie so in ihrer Arglosigkeit daliegen sah, da sagte ich mir: Schäm dich, du bist ein gemeiner Schuft. Diese Frau hat dir sechs Kinder und zwanzig Jahre häuslichen Friedens geschenkt. Sie hat dich geduldig gepflegt, als du deinen Säuferwahn hattest. Sie ist deine wahre Gefährtin! Wißt ihr, was ich beschloß, Jungs? Ich wollte gleich am nächsten Tag mein Verhältnis mit Angelita beenden.»

«Da hattest du recht, Bruder», sagte Fernando. «Ehebruch bringt nur Scherereien.»

Damals, so war der Erzählung zu entnehmen, ging auch Gerardos Zeit in La Cañada ihrem Ende entgegen, und einer der Gründe für seine Entscheidung waren sicherlich die dreißig Minuten Weg von Muérdago nach La Cañada gewesen.

«Am nächsten Tag», fuhr Gerardo fort, «ließ ich Angelita ins Archiv gehen, folgte ihr und schloß die Tür ab. Dann erklärte ich: ‹Was immer zwischen uns gewesen ist, Angelita, ist nun vorbei. Du bist noch jung, und ich möchte deiner Zukunft nicht im Wege stehen.› Ich bot ihr tausend Pesos an, um sie über die Trennung hinwegzutrösten, und was glaubt ihr, was sie mir antwortete? Ich sei ihr fünftausend schuldig, weil sie Jungfrau gewesen sei, als ich sie kennenlernte.»

«Oh, dieses Hurenweib!» rief Alfonso außer sich.

«Ich habe ihr die fünftausend gegeben», fuhr Gerardo fort.

«Das war falsch», sagte Fernando. «Eine Frau, die bei der Liebe an Geld denkt, verdient keinen Centavo.»

«Ich weiß, daß sie das Geld nicht verdiente, aber ich wollte verhindern, daß sie eines Tages zu meiner Frau ginge und ihr erzählte, was in dem Motel an der Strecke nach Pedrones geschehen war.»

«An deiner Stelle», sagte Alfonso, «hätte ich einen Strafantrag gestellt: Ich bin Richter, und Señorita Soundso versucht, mich zu erpressen. Du hättest ihr so einen Schreck eingejagt, daß sie dich nicht mehr belästigt hätte.»

«Das Schlimmste habe ich euch noch gar nicht erzählt«, begann Gerardo wieder. «Jetzt hat Angelita einen Verlobten, sie kommen oft zusammen nach Muérdago, und manchmal sehe ich sie vor dem Gericht durch die Arkaden spazieren.»

«Das könnte ich nicht ertragen», rief Fernando. «Ich würde rausrennen und sie beide erschießen.»

«Wenn ich sie am Arm eines anderen sehe, merke ich, daß ich sie immer noch liebe, und es gibt mir einen Stich, als bohre sich ein Dolch in mein Herz.»

«Bruder, das ist falsch», sagte Alfonso, «noch dazu, wo du weißt, daß diese Frau nichts wert ist.»

«Wer hätte je ahnen können», schloß Gerardo, «daß

ich mit siebenundvierzig Jahren ein Sklave meiner Leidenschaft werden sollte!»

«Musik!» verlangte Alfonso.

«Sie sollen ‹Sie ging vorbei› spielen», bat Gerardo.

Die Mariachis kamen zu unserem Tisch herüber und sangen nicht nur «Sie ging vorbei», sondern auch noch zahlreiche andere Lieder. Ich stand vom Tisch auf. Gerardos Erzählung hatte mich in Unruhe versetzt, weil ich schon einigen Rum getrunken hatte, vor allem aber, weil mich manches an seiner Erzählung an mich selbst erinnerte. Ich ging zur Theke und bat den Barkeeper, ein Gespräch nach Jerez anzumelden. Da er meine Vettern kannte, wagte ich nicht, unter einem falschen Namen anzurufen.

«Das versprochene Geld ist noch nicht unterwegs», begann ich, als die Chamuca am Apparat war, «aber morgen schicke ich es dir dafür gleich telegrafisch.»

«Wo bist du?» wollte sie wissen.

Mir wurde klar, daß sie die Mariachis hören konnte, die gerade «Nicht, weil ich dich nicht lieben würde, ich liebe dich von ganzem Herzen...» sangen.

«Ich schließe einen sehr wichtigen Handel mit meinen Vettern ab», erwiderte ich.

Das Gespräch war ein Reinfall. Ich merkte, daß die Chamuca genug vom Warten hatte und den Eindruck gewinnen mußte, ich würde mich in Muérdago bestens amüsieren.

Als ich an den Tisch zurückkam, war Gerardo in einen Zustand tiefer Melancholie versunken. Fernando half ihm auf die Beine und begleitete ihn nach Hause. Ich blieb mit Alfonso im *California* zurück, immer noch in der Hoffnung, über den Verkauf meiner Erbschaft zu verhandeln. Ich wurde enttäuscht, denn es war die Nacht der Sekretärinnen, und Alfonso wollte der seinen ein Morgenständchen bringen, obwohl es erst halb zwölf war.

«Für Elenita, die du auch kennengelernt hast.»

Mir wurde klar, daß ihre Beziehungen über das Geschäftliche hinausgingen.

Er heuerte drei Mariachis an, ließ den Kellner zwei Flaschen Bacardi, Eis, Gläser und Limonade ins Auto laden und bezahlte die Rechnung, meinen Anruf inbegriffen. Wir fuhren mitsamt den Flaschen, den Gitarren und den Sängern in seinem Galaxy bis zu einer spießigen Wohnsiedlung, «Die Höhen von Muérdago» genannt. Alfonso und ich blieben beim Wagen, in einer dunklen Straße, und tranken Bacardi mit Limonade, während die Mariachis zwanzig Meter weiter vorn unter einem Fenster im Kolonialstil Aufstellung nahmen, hinter dem, laut Alfonso, Elenita schlief. Als erstes sangen sie «Morgenstunde», dann «Geh nicht auf die Straße, Kind, denn wenn der böse Wind, schönes Kind, mit deinem Kleide spielt...»

Da fuhr ein Auto vorbei, und einer der Insassen grüßte: «Guten Abend, Herr Generaldirektor!»

«Scheibenkleister!» fluchte Alfonso, als das Auto weitergefahren war. «Seine Frau ist eine Freundin meiner Frau und wird ihr sicherlich brühwarm erzählen, daß ihr Mann mich auf den Höhen von Muérdago gesehen hat, wie ich jemandem ein Ständchen brachte.»

Er gab den Sängern durch Zeichen zu verstehen, daß sie ihr Lied möglichst schnell beenden sollten. Sie gehorchten und ließen eine Strophe weg. Dann mußten wir schnell in den Galaxy einsteigen, und Alfonso fuhr uns bis ans andere Ende der Stadt, wo er vor einem häßlichen Neubau haltmachte.

«Du bist uns immer herzlich willkommen», sagte er beim Aussteigen zu mir und dann zu den Sängern gewandt: «Laßt hören, Jungs. Ein kleines Ständchen für meine Frau Gemahlin.»

Sie sangen wieder «Geh nicht auf die Straße, Kind, denn wenn der böse Wind...»

Sehr mit sich zufrieden, erklärte mir Alfonso: «Wenn mich jetzt jemand fragt, was ich auf den Höhen von Muérdago zu suchen hatte, dann kann ich sagen, ich sei bis ans andere Ende der Stadt gefahren, um ein Trio für meine Frau anzuheuern.»

Als ich endlich wieder zu Hause war, hatte ich gründlich die Nase voll von meiner Verwandtschaft. Amalia inbegriffen. Ich zog im Flur meine Gauchostiefel aus, schlich mich so leise wie möglich in mein Zimmer und sperrte die Tür ab. Ich schlief tief und fest, bis mich ein leises Geräusch weckte. Jemand versuchte, meine Tür zu öffnen. Wer kann das sein, Amalia oder Lucero? dachte ich. Nehmen wir einmal an, ich mache auf, und Amalia steht vor der Tür. Angeschmiert. Aber wenn ich nicht aufmache, und es ist Lucero? Dann bin ich erst recht angeschmiert. Das Problem löste sich von allein, weil die Unbekannte vor der Tür aufgab. Doch das Rätsel blieb bestehen. Wer ist das bloß gewesen, Amalia oder Lucero? ging es mir durch den Kopf. Dann schlief ich wieder ein.

Am nächsten Morgen stand ich gerade unter der Brause und wusch mir die Haare, als sich die Badezimmertür öffnete. Ich schob den Duschvorhang ein Stück zur Seite und sah Amalia, ganz in Weiß. Einen Moment lang dachte ich, sie hätte gemeint, daß niemand im Badezimmer sei und würde gleich wieder gehen, wenn sie merkte, daß ich duschte. Doch dem war nicht so. Amalia schloß die Tür, ging geradewegs auf die Dusche zu, öffnete den Vorhang und kniete sich vor mich hin. Ich hatte kaum Zeit, die Hähne zuzudrehen, um sie nicht vollzuspritzen. Erst wollte ich meine Hände auf ihren Kopf legen, doch ich war tropfnaß und hätte ihr die Frisur verdorben. Schließlich hielt ich mich an der Vorhangstange fest und dachte: Diese Frau bringt mich noch um den Verstand, aber ich finde sie phantastisch.

Mein Onkel trank gerade seine Schokolade, als ich ins Eßzimmer kam. «Habt ihr tüchtig gesoffen?» fragte er.

«Es geht.»

«Zum neidisch werden. Und, hast du verkauft?»

«Nein.»

«Das war richtig. Es wäre nicht zu deinem Vorteil gewesen.»

«Hast du nicht gestern gesagt, daß ich verkaufen sollte und daß ich dabei nur gewinnen könne, egal wieviel mir meine Vettern zahlten?»

«Stimmt. Aber wie kommst du darauf, daß ich immer die Wahrheit sage?»

Ich wußte nicht, was ich ihm antworten sollte und beobachtete nur stumm sein Gesicht, um herauszubekommen, ob er mich vielleicht in diesem Moment auf den Arm nahm.

«Fernando kommt heute vorbei und nimmt dich zur Mancuerna mit, daß du uns sagen kannst, was du für ihre Vermessung verlangst», wechselte mein Onkel das Thema.

Soll das etwa mein Schicksal sein, dachte ich, hier in der Hoffnung auf eine Erbschaft herumzuhängen und topographische Karten zu erfinden?

Lucero betrat das Eßzimmer. Sie trug Jeans, eine helle Bluse und keinen BH. Ich glaube, mein Onkel und ich warfen ihr die gleichen Blicke zu.

Amalia kam mit der Medizin herein, und während sie und mein Onkel irgend etwas besprachen, ging Lucero zu mir hinüber und sagte ganz unschuldig: «Ich habe heute nacht versucht, in dein Zimmer zu kommen, aber die Tür ging nicht auf.»

Je mehr sich meine Lage komplizierte, desto schuldiger fühlte ich mich und desto dringender wollte ich der Chamuca das Geld schicken, um mein Gewissen zu beruhigen. Deshalb beschloß ich, während Fernando gegen den Safari gelehnt vor der Tür stand und auf mich wartete, lieber eine Unvorsichtigkeit zu begehen, als die Geldsendung nochmals zu verschieben.

«Bevor wir zur Mancuerna rausfahren», begrüßte ich ihn, «muß ich erst noch ein Telegramm aufgeben.»

Ich fuhr zum Telegrafenamt, und Fernando kam nicht nur mit rein, sondern blieb auch noch neben mir stehen, während ich den Namen der Chamuca und ihre Adresse in Jerez einsetzte, den Betrag von tausend Pesos ausschrieb und in Zahlen eintrug und die im Preis inbegriffene Botschaft von sechs Worten hinzufügte: DU BIST ALLES, WAS ICH LIEB.

«An deine Freundin?» fragte Fernando, der auf das Blatt geschielt hatte.

«Nein, an einen Gläubiger, dem ich tausend Pesos schulde.»

«Hast du nicht geschrieben: ‹Du bist alles, was ich lieb?›»

«Das ist alles, was ich lieh», korrigierte ich und drehte das Blatt um.

Als wir zum Safari zurückgingen, kam mir Fernando zuvor und setzte sich ans Steuer. «Jetzt fahre ich», sagte er und fügte erklärend hinzu: «Ich kenne den Weg zur Mancuerna besser als du.»

Jedenfalls blieben wir im Schlamm stecken, als wir das trockene Flußbett des Río Bronco durchqueren wollten. Und da Fernando am Steuer saß, war ich es, der aussteigen und schieben mußte. Keine fünfzehn Meter von uns entfernt waren drei Landarbeiter damit beschäftigt, einen Lastwagen mit Sand zu beladen. Statt mir zu helfen, hörten sie mit ihrer Arbeit auf und sahen zu, wie ich rot anlief vor Anstrengung. Einer von ihnen fand das Schauspiel so lustig, daß er zu lachen anfing. Als ich den Wagen endlich aus der Schlammpfütze gebracht und auf festen Boden befördert hatte, drehte ich mich um und rief: «Fickt doch eure Mütter!»

Sie gaben mir keine Antwort und rührten sich nicht von der Stelle. Während ich wieder in den Safari stieg, sprang Fernando auf der anderen Seite aus dem Wagen und ging zu den Landarbeitern hinüber.

«Jungs», sagte er, «denkt dran: der, der euch beleidigt hat, ist zwar in meinem Wagen mitgefahren, aber ich bin es nicht gewesen. Ich habe es euch gegenüber nie an Respekt fehlen lassen.»

Als Fernando wieder eingestiegen war und den Wagen anließ, verlangte ich: «Sag mir eins, Fernando, war ich im Recht oder war ich nicht im Recht, als ich es ihnen gegeben habe?»

«Du warst im Recht», antwortete er. «Aber vergiß nicht, daß du nur kurz hier bist und dann wieder verschwindest. Ich dagegen lebe hier und möchte nicht, daß mir einer von den dreien eines Tages eine Kugel verabreicht, bloß weil du sie in ihrem Stolz gekränkt hast. Deshalb wollte ich sie besänftigen.»

Meine Wut über diese Szene erklärt, warum ich auf seine nächste Frage so gereizt reagierte.

«Meine Brüder haben mich beauftragt», fing er an, «mich nach dem zu erkundigen, was wir gestern aus den Augen verloren haben: Wieviel willst du für deinen Anteil an der Erbschaft?»

«Bevor ich euch meinen Anteil verkaufe, stifte ich ihn lieber den Nonnen vom Divino Verbo!» entfuhr es mir.

Er sah mich mit dem gleichen Gesichtsausdruck an wie kurz zuvor die Landarbeiter. Ich bereute meine Entgegnung sofort und sollte sie später noch viel mehr bereuen. Hätten mir meine Vettern damals Geld gegeben, und ich wäre mit der Chamuca ins *Hotel Aurora* in der Halbmondbucht gegangen, dann hätte das Unheil noch abgewendet werden können.

Am Nachmittag begann ich in der Kofferkammer

mit der Geländekarte. Um halb sechs kam Lucero herein, setzte sich, ohne mir auch nur Hallo zu sagen, ganz still an ihre Staffelei und zeichnete, wie ich vermutete, mein Porträt in mehreren Versionen. Ich tat so, als merkte ich nichts und vermied vor allem, das Ergebnis zu betrachten. Als ich den Polygonzug so weit eingezeichnet hatte, zitterten meine Hände. Meine Erregung war beinahe unerträglich groß. Ich nahm den Plan vom Tisch, rollte ihn sorgfältig auf und legte ihn zusammen mit dem Feldbuch beiseite. Dann nahm ich einen sauberen Bogen Zeichenpapier und breitete ihn auf dem Tisch aus. Lucero sah, ohne mit Zeichnen aufzuhören, von Zeit zu Zeit zu mir herüber und biß sich auf die Unterlippe. Ich ging zur Tür, sperrte ab und schob den Riegel vor, damit Veneno, der im Patio schlief, nicht hereinkommen konnte. Dann blieb ich hinter Lucero stehen, legte meine Hände auf ihre Schultern und sagte: «Komm.»

Sie stand auf, folgte mir in die Mitte des Zimmers und ließ sich gefügig Sandalen, Hose, Höschen und Bluse ausziehen.

«Setz dich hierhin», sagte ich und zeigte auf das frische Papier, das ich auf dem Zeichentisch ausgebreitet hatte. «Und jetzt nimm die Beine hoch und lege sie auf meine Schultern.»

Sie gehorchte. Alles klappte so gut, daß es mir nichts ausmachte, daß sie beim Orgasmus die Beine so heftig zusammenpreßte, als wolle sie mich ersticken. Sie stöhnte genau wie Amalia.

(Sonntag früh)

Von allen Möglichkeiten, seinen Sonntagvormittag zu vertun, ist es wohl die idiotischste, mit dem Gringo am Río Bagre Riedschnepfen schießen zu gehen. (Die Riedschnepfe ist ein Wasservogel, der sich von Moskitos ernährt, nach Schlamm schmeckt und in Plan de Abajo als eine Delikatesse gilt. Wie ihr Name sagt, verschwindet diese Schnepfe, wenn sie sich verfolgt fühlt, im Ried oder auch im Wasser, taucht ein Stück weiter weg wieder auf, um schnell wieder zu verschwinden – und der Jäger, in die Irre geführt, schießt daneben.)

Ich sitze auf einem Stein im Schilf und halte die Flinte, die mir der Gringo geliehen hat. Vor mir fließt träge der Fluß, der an dieser Stelle seine zwanzig Meter breit ist. Das Wasser ist braun wie Milchkaffee. Gringos Theorie zufolge werden die Schnepfen am gegenüberliegenden Ufer zwischen den Köhlersträuchern und Weiden auftauchen. Der Gringo sitzt auf einem Stein etwa zwanzig Meter flußaufwärts und ist beinahe ganz vom Schilf verdeckt. Sein Arm ist immer noch verbunden, er trägt ihn aber nicht mehr in der Schlinge. Ich hoffe, er kann sein Repetiergewehr, eine sieben Millimeter Automatik, schon wieder halten. Eine völlig idiotische Idee, Schnepfen mit einem Gewehr schießen zu wollen, mit dem man mühelos ein Wild umlegen kann. Hoffentlich drückt der Gringo nicht vor mir ab, denn er schießt sicher daneben und verscheucht die Schnepfen, die man entweder gleich trifft oder nie.

Ich habe Hunger. Der Gringo kam mich schon abholen, als ich noch nicht mal fertig angezogen war und ließ mir keine Zeit zum Frühstücken. Außerdem ist mir heiß, weil sich unter dem Santa Marta-Poncho, der noch vor kurzem ein angenehmer Schutz war, jetzt bei der stärkeren Sonne eine höllische Hitze entwickelt. Ich ziehe ihn lieber aus und nehme ihn als Unterlage.

Da sehe ich auch schon die Schnepfen. Sie sind zu viert und schwimmen flußaufwärts, das heißt, sie kommen zuerst an mir und dann am Gringo vorbei. Das ist ein Vorteil. Nur ist mir ein Baumstamm im Weg, der aus dem Wasser rausragt und mir die Sicht versperrt. Also schleiche ich mich vorsichtig fünf Meter flußabwärts, wo das Ried noch dichter ist. Die Schnepfen haben nichts gemerkt, sie sind mit den Moskitos beschäftigt. Arme Schnepfen. Ich lege die Flinte an und schieße. Beinahe gleichzeitig höre ich den Gringo losballern. Der Idiot hat gleich fünf Schüsse mit seiner Automatik abgegeben. Zwei Schnepfen sind auf der Strecke geblieben, die anderen beiden abgetaucht. Im Eifer des Gefechts steige ich ins Wasser, um die Beute zu holen, und mache mein einziges Paar Hosen naß. Während ich mich durch das Ried zurückkämpfe, merke ich, daß die beiden Tiere, die ich in der Hand halte, eine Ladung Schrotkugeln abbekamen, also ich sie getroffen habe.

Als ich aus dem Schilf hervorkomme, sehe ich den Gringo mit dem Rücken zu mir auf dem Pfad stehen. Wie er meine Schritte hört, dreht er sich um und ist bei meinem Anblick wie vom Schlag getroffen.

«Wo warst du?» fragt er.

Ich erzähle es ihm. Er ist außer sich.

«Du hättest mir Bescheid geben müssen, bevor du deinen Posten wechselst. Es hätte einen Unfall geben können.»

Als ich meinen Santa Marta-Poncho hole, den ich auf dem Stein liegen gelassen hatte, sehe ich, daß er drei runde Löcher hat. Ich sage nichts.

Lucero servierte die Schnepfen in Blätterteig. Sie waren so stark gewürzt, daß sie nicht ganz so scheußlich schmeckten. Ich sagte, sie seien vorzüglich, hätte aber ehrlich gestanden alles andere lieber gegessen als diese Tiere. Mein Onkel aß mehr als die Hälfte der Pastete und spülte reichlich mit Wein nach, den ihm Amalia sonntags gestattete. Er fragte mich spöttisch, um den Gringo zu ärgern: «Und was machte Jim, während du die Schnepfen erlegt hast?»

Der Gringo biß die Zähne zusammen und preßte die Lippen aufeinander, als wolle man ihm mit Gewalt eine Kichererbse in den Mund stecken.

Nachmittags ging Lucero in die Stadt, und ich konnte eine Weile ungestört in der Kofferkammer arbeiten. Es wurde schon langsam dunkel, als die Tür aufging und Amalia ins Zimmer kam.

«Komm», sagte sie, «ich möchte dir etwas Herrliches zeigen.»

Ich folgte ihr mit der Verwirrung, die ich immer in ihrer Nähe empfinde. Ihre Pfennigabsätze – ich bin sicher, daß ein Tritt mit ihnen einen Schädel durchbohren kann – bleiben, wenn Amalia über den gepflasterten Hof geht, abwechselnd hängen und gleiten wieder ab. Sie sind wirklich lächerlich. Ihre Beine dagegen, die zwar behaart sind, aber sehr schöne Formen haben, rufen gemischte Gefühle in mir hervor: einerseits stoßen sie mich ab, andererseits üben sie einen lasziven Reiz auf mich aus. Ihre Äußerungen wiederum sind so grotesk, daß sie mich damit rührt. Heute nachmittag zum Beispiel kam ich irgendwie darauf, sie zu fragen: «Warum hast du den Gringo geheiratet?»

«Weil mich schon immer alles, was amerikanisch ist, fasziniert hat», war die Antwort.

Ich verachte mich dafür, daß mich dieser Unsinn rührt, vor allem aber dafür, daß ich nicht den Mut habe, ihr zu sagen, was für einen Blödsinn sie erzählt. Es gelingt mir also weder, Amalia als meinesgleichen zu akzeptieren, noch sie wirklich abzulehnen.

Sie führte mich zu der ersten Tür auf der Galerie, die immer abgeschlossen war und zu der sie den Schlüssel in der Hand hielt. Sie sperrte auf, und wir betraten das Wohnzimmer. Es lag im Halbdunkel, weil die Fensterladen geschlossen waren.

«Sieh nur», sagte sie und schaltete das Licht an. «Ist er nicht wunderbar?»

Sie hatte mir den Kristalleuchter mit seinen zwölf Lichtern zeigen wollen, den meine Tante Leonor nie brennen ließ, weil er ihrer Meinung nach zuviel Strom verbrauchte.

«Es ist ein Mordsapparat», sagte ich.

«Wenn ich seine Lichter blitzen sehe, fühle ich mich wie im Märchen», vertraute mir Amalia an.

Dann machte sie ihn wieder aus, schloß die Tür ab, und wir liebten uns auf dem Boden.

«Kommst du heute nacht in mein Zimmer?» fragte sie mich zwei Stunden später, während sie die Flaschen auf das Tablett stellte, um sie ins Büro zu tragen.

«Ich glaube, das ist unmöglich, ich muß noch viele Stunden arbeiten», erwiderte ich.

Ich verbrachte die Nacht mit Lucero.

8

Ich werde einige Tage wegbleiben», erklärte ich meinem Onkel beim Frühstück.

«Was hast du vor?»

«Ich will in der Nähe des Bergwerks bleiben.»

«Was versprichst du dir davon?»

«Ich kann da besser arbeiten. Sonst verliere ich zuviel Zeit mit Hin- und Herfahren.»

«Schön und gut, aber was ist dann mit mir?» wollte mein Onkel wissen. «Mit wem soll ich nach dem Essen meinen Cognac trinken?»

Er war mir wirklich böse, daß ich ging.

Vor der Haustür standen meine Vettern und warteten auf mich.

«Komm mit ins Kasino», befahl Alfonso. «Wir haben etwas mit dir zu besprechen.»

Schweigend machten wir uns auf den Weg. Fernando und Gerardo gingen voraus, Alfonso und ich hinterdrein. Alfonso trug eine Aktenmappe. Alle Leute, die uns auf der Straße begegneten, grüßten uns. Im Kasino öffnete uns Paco höchstpersönlich den Spielsalon und ließ uns Milchkaffee servieren, das einzige, was es zu dieser frühen Stunde schon gab.

Noch während wir den Zucker umrührten, ergriff Alfonso das Wort: «Fernando zufolge hast du behauptet, du würdest deinen Anteil an der Erbschaft eher den Nonnen von San Vicente stiften...»

«...vom Divino Verbo», korrigierte Fernando.

«...vom Divino Verbo stiften, als ihn uns, deinen Vettern, zu verkaufen, die wir ihn gern erworben hätten.»

«Selbstverständlich nur, wenn du einen vernünftigen Preis verlangst», stellte Gerardo klar.

Ich wollte sagen, daß ich meine Meinung geändert hätte und verkaufen wollte, aber meine Vettern ließen mich nicht zu Wort kommen.

«Dein Verhalten schädigt uns», sagte Fernando.

«Und erscheint uns sehr egoistisch», fügte Gerardo hinzu.

«Doch wir haben beschlossen», fuhr Alfonso fort, «es zu respektieren und dir eine andere Variante anzubieten, die dich vielleicht mehr interessieren wird.»

Sie machten mir folgenden Vorschlag: Da wir vier zusammen mit Amalia die einzig möglichen Erben meines Onkels Ramón waren, sei es sehr einfach, für klare Verhältnisse zu sorgen: Wir brauchten nur alle fünf eine Übereinkunft zu unterzeichnen und beim Notar zu hinterlegen, in der wir uns verpflichteten, beim Tod meines Onkels alles, was er uns fünf vermachte, zusammenzuzählen und in fünf gleiche Teile zu teilen.

«So sind wir sicher», schloß Alfonso, «daß jeder der Unterzeichner an dem Tag, an dem uns mein Onkel unglücklicherweise verlassen wird, in den Besitz von Gütern kommt, deren Wert sich auf rund dreieinhalb Millionen Pesos beläuft. Was hältst du davon?»

Ich hätte das Geld lieber bar auf die Hand gehabt,

sagte aber dennoch: «Abgemacht.» Meine Vettern waren mit dieser Antwort zufrieden. Alfonso öffnete die Aktentasche und holte mehrere Blätter heraus. Es waren sechs Exemplare der Übereinkunft, die er mir soeben vorgeschlagen hatte. Ich sah, daß eine der Parteien bereits unterzeichnet hatte. «Amalia Tarragona de Henry», stand in grüner Tinte auf jedem Bogen, in der ungelenken Schrift einer schlechten Klosterschülerin. Ich weiß nicht, warum ich über diese Schriftzüge gerührt war, statt empört zu sein. Amalia hatte wahrscheinlich die Übereinkunft bereits unterzeichnet, als sie mir den Kristalleuchter zeigte, und mir dennoch kein Wort davon gesagt. Ich holte meinen Füller aus der Tasche und unterschrieb auf jeder Seite und am Ende der sechs Verträge. Meine Vettern taten es mir nach.

«Jeder von uns bekommt ein Exemplar», erklärte Alfonso, «und das sechste erhält Zorilla, damit er den Vertrag noch heute beurkunden lassen kann.»

Ich steckte meine Kopie ein, verabschiedete mich von meinen Vettern und ging zur Toilette. Ich war gerade beim Pinkeln, als Paco, der Leiter des Kasinos, sich an die Schüssel neben mir stellte.

«Sie sind der Erbe», behauptete er.

«Wie, der Erbe?»

«Ja doch. Ramón erledigte zwar alles im geheimen, aber ich schließe überall in der Stadt Wetten ab, daß Sie der Alleinerbe sind. Machen Sie auch mit? Um tausend Pesos.»

«Nein, danke.»

Auf der Fahrt zum *Calderón* sagte ich mir: Ich stamme aus einem gottverlassenen Rancho, mein Vater war ein armes Schwein, mich nennen sie den Negro, die einzige aus meiner Familie, die es zu was gebracht hat, fing als Hure an, und jetzt habe ich auch noch durch eine einzige Unterschrift vierzehn Millionen Pesos verspielt. Das Große Los habe ich nicht gerade gezogen.

«Die Señora ist angekommen», begrüßte mich Zenaida strahlend, als ich nachmittags noch einmal in die Calle de la Sonaja zurückkam und sie mir die Tür aufmachte.

Ich wagte nicht, sie zu fragen, welche Señora sie meinte. Ich fühlte mich wie ein Seiltänzer, der bei seiner Akrobatik auf dem Hochseil plötzlich merkt, daß er keinen Halt mehr hat und kopfüber nach unten stürzt.

Auf der Galerie bot sich mir folgendes Bild: Mein Onkel saß in seinem Rollstuhl und der Gringo im Schaukelstuhl. Zwar zeigten ihre Sitzgelegenheiten nicht in die gleiche Richtung, doch ihre Blicke trafen sich an ein und demselben Punkt, den braungebrannten Beinen der Chamuca, die in einem der Korbsessel saß und ein gelbes Kleid trug, das ich nicht kannte. Sie hatte es sich, wie ich später erfuhr, von einem Teil der tausend Pesos gekauft, die ich Idiot ihr zwei Tage zuvor geschickt hatte.

Die Chamuca drehte sich nicht um, sondern hörte gespannt meinem Onkel zu, der wieder einmal den Witz mit der Hyäne zum besten gab. Amalia und Lucero dagegen, die ich noch nie so einträchtig auf dem Korbsofa sitzen sah, richteten ihre Aufmerksamkeit weder auf die Beine der Chamuca noch auf die Geschichte meines Onkels, sondern auf mich. Ich gebe zu, daß mir die Galerie noch nie so lang erschienen war.

Als mein Onkel die Pointe erzählt hatte, begannen die Chamuca und der Gringo schallend zu lachen, ich zwang mir ein Lächeln ab, Amalia und Lucero aber blickten mir mit unvermindertem Ernst entgegen. Nachdem sie gebührend gelacht hatte, erhob sich die Chamuca, ging zu mir hinüber, umarmte mich und küßte mich auf den Mund.

Dann sagte mein Onkel: «Du hast zwei unverzeihliche Fehler gemacht, Marcos. Erstens hättest du deine Frau von vornherein mitbringen sollen, und zweitens hättest du rechtzeitig zu ihrer Ankunft wieder hier sein müssen. Im übrigen, herzlichen Glückwunsch, sie ist sehr sympathisch.»

Ich wagte nicht, zu Lucero und Amalia hinüberzusehen, und sagte nur zur Chamuca: «Schön, daß du gekommen bist, aber ich hatte dich nicht erwartet.»

«Ich wollte dich so gern wiedersehen.»

«Amalia», befahl mein Onkel, «laß das andere Bett im Zimmer der Zwillinge herrichten.»

Amalia erhob sich und flüsterte mir im Vorbeigehen zu: «Du herzlose Kreatur.»

Es wurde ein fürchterlicher Tag. Beim Mittagessen verteilte Amalia das Essen wieder in veränderter Reihenfolge. Ich bekam als letzter. Danach wollte mein Onkel der Chamuca das ganze Haus zeigen, und wir mußten ihn sogar bis zum Hühnerstall schieben. Als ich einen Moment mit Lucero allein war, fragte ich: «Bist du mir böse?»

«Nein», erwiderte sie. «Ich bin nur traurig.»

Nachmittags setzten sich die drei Frauen auf die Galerie und sprachen über Modefragen und die Vorzüge, in der Provinz zu leben. Danach fuhren wir alle, in zwei Autos, zum Kaninchenberg, um den Sonnenuntergang zu betrachten. Meine Vettern kamen zum Abendessen, um die Chamuca kennenzulernen. Nach Tisch ließ mein Onkel eine Gitarre aus dem Kleiderschrank hervorholen, und die Chamuca sang ‹*Patrulla guajira*›. In der Nacht versuchte ich mit ihr zu schlafen und versagte.

Am darauffolgenden Tag zogen die Chamuca und ich ins *Hotel Calderón*.

(Donnerstag, 24. April)

Vor mir auf der Tischtennisplatte des Hotels liegt meine fertige Arbeit. Die sehr exakt wirkende Geländekarte ist ein Meter zwanzig breit und stimmt nicht mit der Luftbildkarte überein. Der Namenlose Berg zum Beispiel sieht auf der Luftaufnahme rund aus, auf meiner Zeichnung aber oval, was viel eleganter wirkt und vielleicht sogar der Realität näher kommt. Doch das ist nebensächlich. Für die *Kosten-Nutzen-Analyse* habe ich zwanzig Seiten Kästchenpapier mit Berechnungen angefüllt, die zwar schon einen Sinn haben, es wäre aber überflüssig und zu kompliziert, ihn hier zu erklären. Schließlich gibt es noch fünf Seiten *Schlußfolgerungen und Empfehlungen*, die die Chamuca auf der Schreibmaschine des Hotels getippt hat. Hierin führe ich unanfechtbar den Beweis, daß die Mine zwar sehr reich an Mineralien, ein Abbau kleineren Umfangs aber nicht rentabel ist.

Es ist acht Uhr abends, ich sitze im Innenhof des Hotels, wo ich während der letzten drei Tage ununterbrochen gearbeitet habe. Da wir die einzigen Gäste sind, hat mir Doña Petra, die Chefin, erlaubt, die Tischtennisplatte zu benutzen. Es wimmelt von Moskitos. Gleich fahren wir mit dem Safari nach Muérdago. Die Chamuca wird an der Plaza de Armas auf mich warten, und ich bringe meinem Onkel das Gutachten, woraufhin er mir laut Vertrag vierzigtausend Pesos aushändigen muß. Morgen werden die Chamuca und ich dann zur Halbmondbucht fahren, wo wir schon ein Zimmer im *Hotel Aurora* reserviert haben.

9

Ich möchte hier das einzige Bemerkenswerte erzählen, das mir in meinem Leben zugestoßen ist: Nachdem ich fünfzig Jahre lang ein gewöhnlicher Apotheker gewesen war, wurde ich über Nacht zum Detektiv. Ich kann nicht behaupten, daß ich meine Aufgabe glorreich gemeistert hätte, aber immerhin stellte ich mich geschickter an als diejenigen, die von Amts wegen mit dem Fall zu tun hatten, dessen Lösung ich finden sollte.

Ich will gleich zu Anfang festhalten, daß ich die Straftaten indirekt mit herbeigeführt habe, über die ich später dann Nachforschungen anstellen sollte. Hätte ich an jenem Abend, an dem ich gerade die Apotheke abschloß, als Marcos González mich begrüßte und ich ihn wiedererkannte, einfach «schönen Abend und auf Wiedersehen» gesagt, dann wäre er möglicherweise seiner Wege gegangen, und alles wäre gut verlaufen.

Doch es sollte anders kommen, weil Marcos mich so sehr an seine Tante Leonor Alcántara erinnerte, eine Frau, die ich mein Leben lang sehr bewundert und geschätzt habe. Er sah sehr erschöpft aus an jenem Abend und trug einen Bart, einen Poncho sowie sehr seltsame Schuhe, die, wie er mir später erklärte, «Gauchostiefel» genannt wurden. Dennoch ähnelte er Leonor so sehr, daß ich sofort große Sympathie für ihn empfand.

Als er mir erzählte, er sei bei Ramóns Haus gewesen, Amalia habe ihn aber nicht hereingelassen, zögerte ich nicht eine Sekunde, ihn einzuladen, bei mir zu übernachten. Das war ein spontanes Angebot, und ich glaube, ich habe in der damaligen Situation richtig gehandelt, denn man hätte ein Hellseher sein müssen, um zu ahnen, was dieser Schritt für Folgen haben sollte.

Als Marcos mir die Geschichte von der Mine erzählte, glaubte ich ihm aufs Wort. Ja, ich glaubte ihm nicht nur, sondern sein Vorschlag schien mir auch eine ideale Ablenkung für Ramón zu sein. Daher nahm ich Marcos am folgenden Tag mit zu seinem Onkel, unterstützte sein Vorhaben und unterzeichnete sogar den Vertrag als Zeuge, den die beiden miteinander abschlossen. All dies tat ich und bereue es nicht; denn ich verfolgte nur die besten Absichten. Daß mein Vorgehen verhängnisvolle Konsequenzen nach sich zog, ist nun nicht mehr zu ändern.

Einen Tag, nachdem ich Onkel und Neffen zusammengeführt hatte, bemerkte ich, daß mir das Spartein ausgegangen war, eine in jeder Apotheke unerläßliche Substanz, die nur bei Doktor Ballesteros in Cuévano erhältlich ist. Mir blieb also keine andere Wahl, als in unsere Hauptstadt zu fahren. Als ich meine Besorgung erledigt hatte und Ballesteros' Apotheke verließ, sah ich Marcos. Ich wollte erst nach ihm rufen, aber wir waren ein ganzes Stück voneinander entfernt, und Marcos schien es eilig zu haben. Er war gerade aus dem *Flor de Cuévano* gekommen, überquerte jetzt den Platz der Verfassung, warf etwas in einen Abfalleimer und ging nach links hinüber, als wolle er in die Calle del Triunfo de Bustos.

Irgend etwas an seinem Verhalten muß mir verdächtig vorgekommen sein, denn ich tat etwas, das sonst nicht meine Art ist: Ich überprüfte, was Marcos in den Eimer geworfen hatte. Glücklicherweise war der Behälter oben offen, und ich mußte keinen Deckel wegschieben, das hätte ich nicht über mich gebracht. Ich fand fünf verschiedene Zeitungen aus Mexico City, die allesamt neu waren.

Während ich mich auf den Weg zum Busbahnhof machte, wollte mir die Frage nicht aus dem Kopf gehen, wozu jemand fünf Zeitungen vom gleichen Tag kaufen könnte. Entweder sucht derjenige Arbeit, dachte ich, oder er will ein Haus kaufen, oder aber er ist an einer ganz bestimmten Nachricht interessiert. Ich ging zu einem Kiosk und kaufte den *Excélsior*, *El Universal*, *El Sol de México*, *La Prensa* und *El Heraldo* und suchte während der Rückfahrt nach Muérdago die Neuigkeit, die Marcos interessiert haben mochte. Auslandsnachrichten, Klatschspalten und redaktionelle Teile ließ ich außer acht. Folgendes blieb übrig: In Acapulco hatte eine Zusammenkunft von Bankiers stattgefunden; ein ehemaliger Staatsdiener wurde verdächtigt, hundertzehn Millionen Pesos unterschlagen zu haben; eine Frau hatte ihre Vermieterin erstochen, eine andere ihren Sohn mißhandelt, und auf Seite 18 des *Excélsior* stand schließlich noch, daß am Vortag einige Terroristen von der Polizei geschnappt worden waren. Einem von ihnen, der den Decknamen «El Negro» trug, war die Flucht geglückt.

Ich schnitt die Nachricht mit dem Taschenmesser aus, und als ich in Muérdago aus dem Bus stieg, machte ich genau das gleiche wie Marcos in Cuévano, ich warf fünf Zeitungen neuesten Datums in den Abfalleimer.

Es war zehn nach drei. Ich hatte Hunger und wußte, daß meine Frau auf mich wartete, trotzdem ging ich erst noch bei Ramón vorbei, in der Hoffnung, ihn noch vor seiner Siesta zu erwischen. Ich wußte zwar in diesem Moment noch nicht, was ich Ramón im einzelnen sagen wollte, aber ich hatte jedenfalls das Bedürfnis, mit ihm über Marcos zu sprechen. Als wir uns im Büro eingeschlossen hatten, verblüffte er mich gleich mit einer Frage: «Bist du nicht auch der Meinung, daß Marcos uns mit seiner Beryllium-Geschichte einen Bären aufgebunden hat?»

«Wie kommst du darauf?»

«Ich habe heute morgen entdeckt, daß Marcos gerade einundsechzig Pesos bei sich trug.»

«Und was folgerst du daraus?»

«Was ich daraus folgere? Wenn er mir einen Handel vorschlägt, bei dem es um mehrere Millionen geht, und ich damit einverstanden bin, ihm für seine Arbeit fünfzigtausend Pesos Honorar zu zahlen, wäre es doch die natürlichste Sache der Welt zu sagen: ‹Onkel, gib mir einen Vorschuß von fünftausend, ich habe nicht mal mehr genug fürs Benzin.› Wenn er das nicht getan hat, kann an seinem Vorschlag nur etwas faul sein, und er will nicht daran rühren, damit ich nicht merke, was er vorhat.»

Ich war ja in der Absicht gekommen, Ramón zu warnen, doch als ich sah, wie mißtrauisch er selbst schon war, kamen mir seine Verdächtigungen ungerecht vor.

«Es kann ihm doch auch einfach unangenehm gewesen sein, dich um Geld zu bitten», entgegnete ich.

An seiner Antwort erkannte ich, daß er sich seiner Einschätzung von Marcos genauso unsicher war wie ich: «Natürlich kann es ihm auch nur peinlich gewesen sein, deshalb habe ich ihm ja auch heute morgen tausend Pesos gegeben.»

«Du hast ihm tausend Pesos gegeben?»

«Die ich nie wiedersehen werde. Und nicht nur das, ich habe außerdem Fernando angewiesen, ihm den Safari zu leihen.»

«Und jetzt fürchtest du, keins von beidem zurückzubekommen.»

«Ich bin überzeugt davon. Es war sehr blöd von mir, denn er hätte Alfonsos Galaxy haben können, der zwar noch mehr wert ist, aber den großen Vorteil hat, daß er nicht mir gehört. Ich weiß nicht, was in mich gefahren ist, daß ich auf meine alten Tage plötzlich so großzügig werde.»

«Für jemanden, der verschwinden will», sagte ich, «ist Marcos nicht weit gefahren. Ich habe ihn vor einer Weile in Cuévano gesehen.»

Natürlich beruhigte diese Nachricht Ramón, dennoch sagte er: «Ich wette mit dir um tausend Pesos, daß ich die anderen tausend, Marcos und den Safari nie wieder zu Gesicht bekommen werde.»

Ich nahm die Wette, die ich zu verlieren glaubte, an und erzählte nichts davon, daß ich Marcos die neuesten Zeitungen in den Abfall stecken sah. Statt dessen fragte ich: «Wie nennen ihn seine Vettern doch gleich? ‹El Negro› oder so?»

«Seine Vettern und alle, die ihn kennen, nennen ihn ‹El Negro› aus dem einfachen Grund, weil er so dunkel ist.»

Ich verabschiedete mich und wollte schon gehen, als Ramón mich bat: «Sag Zenaida, sie soll Marcos, falls er zurückkommt, alles zu essen geben, was er möchte.»

Noch am gleichen Nachmittag kam Zenaida mit einem jener zusammengefalteten Zettel in die Apotheke, die Ramón mir jetzt immer schreibt. Seit Amalia und Lucero bei ihm wohnen, ruft er mich nicht mehr an, weil er überzeugt ist, daß Amalia an dem Apparat in ihrem Schlafzimmer mithört. Ich las: «Das Täubchen ist zurück und hat die Proben mitgebracht. Komm mit der Enzyklopädie, damit wir vergleichen können, ob es wirklich Kryolith ist.»

Wie gewöhnlich sagte Ramón nicht «bitte», und wie gewöhnlich gehorchte ich sofort. Ich vertraute meiner Gehilfin die Apotheke an und schleppte die zwei Bände der ‹*Enzyklopädie der Wissenschaften und Künste*› zum Haus meines Freundes. Er saß im Büro und studierte die Steine, die er vor sich auf dem Sekretär liegen hatte.

«Sperr die Tür zu», befahl er, und als ich gehorcht hatte: «Such den Eintrag ‹Kryolith›.» Dann in einem anderen Ton: «Ich wette hundert Pesos mit dir, daß diese Steine kein Kryolith sind.»

Ich schlug einen der Bände auf, fand den Eintrag, verglich die Abbildung mit den Steinen auf dem Sekretär und konstatierte: «Du bist mir tausendeinhundert Pesos schuldig.»

«Wieso tausendeinhundert?»

«Weil Marcos zurückgekommen ist und das hier Kryolith ist.»

«Moment mal. Marcos kam mitsamt dem Safari zurück, aber die tausend Pesos, die ich ihm heute morgen gab, habe ich nicht wiedergesehen. Also habe ich weder gewonnen noch verloren. Aber diese Steine sehen denen auf der Abbildung verdammt ähnlich, das stimmt.»

Er holte hundert Pesos aus der Tasche und gab sie mir. Es war das einzige Mal, daß ich erlebte, wie er eine verlorene Wette bezahlte. Ich merkte, wie glücklich er über Marcos' Rückkehr war.

«Fahr morgen nach Cuévano und bring diese Proben ins Labor, damit wir wissen, ob sie wirklich so viel Kryolith enthalten, wie der Junge behauptet», befahl er.

Es war mir lästig, gleich am nächsten Tag wieder nach Cuévano zu fahren, aber Ramón zeigte so viel Interesse an der Mine und wirkte so begeistert, daß ich versprach, ihm seinen Wunsch zu erfüllen.

«Ich habe schon wieder eine Dummheit begangen», gestand er dann.

«Was hast du denn diesmal gemacht?»

«Ich habe Marcos weitere neuntausend Pesos gegeben.»

«Aber das stand doch nicht im Vertrag?»

«Ich weiß. Doch laß mich erst fertig erzählen, das ist noch nicht alles: Ich habe ihm nicht nur neuntausend Pesos gegeben, ohne dazu verpflichtet zu sein, sondern ihm auch noch angeboten, er könne den Safari so lange benutzen, wie er ihn braucht. Schlimmer noch, ich versprach ihm einen Brief, in dem ich Ingenieur Requena um Meßgeräte bitten wollte, die Marcos angeblich benötigt. Sollte er also, wenn schon nicht heute, dann eben morgen, verschwinden, verliere ich zehntausend Pesos, einen Wagen in sehr gutem Zustand und Meßgeräte, die ein Vermögen wert sind.»

«Wenn du so wenig Vertrauen zu ihm hast, warum tust du dann all das für ihn?»

Er antwortete mit gesenktem Blick: «Ich glaube, es liegt daran, daß er mich an Leonor erinnert.»

Darauf wußte ich nichts zu entgegnen, weil ich die gleiche Schwäche für Marcos hatte.

Dann sagte Ramón: «Morgen mache ich mein Testament.»

«Das ist eine gute Idee», erwiderte ich, «jetzt, wo du in so guter Verfassung bist.»

Ich dachte, er würde mir sagen, was in dem Testament stehen sollte, doch ich wartete vergebens. Also erhob ich mich und packte die Proben wieder in den Zementsack.

«Ich muß wieder in die Apotheke zurückgehen», erklärte ich.

Ramón sagte mir auf Wiedersehen, ohne noch ein Wort über das Testament zu verlieren.

Am nächsten Tag suchte ich in Cuévano Carlitos Inastrillas auf, einen ehemaligen Schulkameraden, der jetzt Direktor des Bergamts ist. Ich fand, daß er sehr schlecht aussah, doch er empfing mich freundlich und fragte, welches Wunder mich zu ihm führe.

«Ich möchte dich fragen, ob es in Plan de Abajo eine Mine mit dem Namen ‹La Covadonga› gibt.»

Carlitos ließ den Leiter des Archivs rufen. Noch nie habe ich etwas in einer Behörde so schnell und gründlich in Erfahrung gebracht. Der Archivvorstand sagte, daß die Covadonga existiere und gerade erst eine «Bestätigung des Nichteintrags» ausgestellt worden sei.

«‹Bestätigung des Nichteintrags› bedeutet, daß niemand die Schürfrechte erworben hat», erklärte mir Carlitos, während der Leiter des Archivs die Akte holen ging. «Die Mine kann also wieder in Betrieb genommen werden.»

Als Carlitos die Akte in Händen hielt und der Archivvorstand sich zurückgezogen hatte, las er mir vor: «Die Covadonga befindet sich in der Gemeinde von Las Tuzas, bei der ehemaligen Hacienda El Calderón...»

Er hätte mir nichts Beruhigenderes sagen können: Es gab die Mine also tatsächlich, und sie befand sich überdies in einer Gegend, die Marcos gut kennen mußte, da seine Familie dort seit mehreren Generationen lebte. Auch hatte er tatsächlich, wie versprochen, die nötigen Schritte unternommen, das Zertifikat angefordert und erhalten.

«In der Mine wurden früher», las Carlitos weiter, «Manganerze gewonnen.»

Hätte ich in diesem Moment das Kryolith auch nur mit einem Wort erwähnt, dann hätte mir Carlitos sofort erklärt, daß Mangan und Beryllium niemals zusammen vorkommen. Doch ich sagte nichts, und so erfuhr ich von dieser mineralogischen Besonderheit erst, als es schon zu spät war.

Anschließend ging ich wieder zum Labor. Die Ergebnisse der Untersuchung waren zufriedenstellend. Eine Probe enthielt .12, die anderen vier .11. Das waren in jedem Fall mehr als die von Marcos ursprünglich geschätzten .08. Ich steckte den Umschlag mit den Ergebnissen in die Tasche und wollte gerade zahlen, als der Laborant sagte: «Wenn sie das nächste Mal Proben aus verschiedenen Minen bringen, würde ich ihnen empfehlen, sie getrennt abzugeben, um Verwechslungen zu vermeiden.»

Bevor ich noch recht verstanden hatte, was er damit meinte, fuhr er fort: «In diesem Fall ist es nicht weiter von Bedeutung, denn der Gehalt ist so gut wie gleich, aber das kommt nicht oft vor.»

Ich tat so, als zählte ich das Geld zur Sicherheit mehrmals nach, dann fragte ich: «Sie können also auf den ersten Blick erkennen, daß die Proben, die ich Ihnen brachte aus zwei verschiedenen Minen stammen?»

«Nicht mit dem bloßen Auge, aber unter dem Mikroskop war es eindeutig, denn die Kristallisationen sind ganz verschieden.»

Als ich wieder draußen in der Calle del Sol war, blieb ich stehen und starrte auf die Vorübergehenden, ohne sie zu sehen. Ich war sicher, daß Marcos nicht im Plural gesprochen hatte und weder von «Minen» noch von «Lagerstätten» die Rede gewesen war. Warum aber kamen dann die Proben, die er Ramón gebracht hatte, von verschiedenen Orten? War diese Unstimmigkeit ein weiteres schlechtes Zeichen?

Als ich Ramón wiedersah, erzählte ich ihm wieder nur die guten Nachrichten: daß die Covadonga existiere, sie sich im Gebiet des Calderón befinde, und daß die Ergebnisse der Analyse mehr als zufriedenstellend ausgefallen seien. Er war glücklich, daß Marcos zurückgekommen war, und als er meine Neuigkeiten hörte, steigerte sich seine Stimmung noch mehr.

«Langsam glaube ich, daß Marcos vertrauenswürdig ist», sagte er, «ich glaube, ich werde allmählich senil.»

Ich wollte ihm schon gestehen, daß Marcos fünf Zeitungen gleichen Datums gekauft und nach dem Lesen gleich in einen Abfalleimer geworfen hatte, daß außerdem jemand mit dem Decknamen El Negro von der Polizei gesucht wurde und daß die Mineralproben, die ich ins Labor gebracht hatte, aus verschiedenen Minen stammten. – Doch es war einfacher, den Mund zu halten, und das tat ich denn auch.

Am nächsten Tag saß ich gerade auf einer Bank an der Plaza de Armas, als Paco vom Kasino sich zu mir gesellte und sagte: «Ich wette mit dir um tausend Pesos, daß der neue Neffe aus Mexico City Ramóns Alleinerbe ist.»

Zwei Schuhputzer und einige Mädchen, die auf der Nachbarbank saßen, konnten uns hören.

«Nicht so laut», wies ich ihn zurecht, «Ramóns Testament soll doch geheim bleiben.»

«Ich sage ja gar nichts, ich wette nur. Nimmst du die Wette an oder nicht?»

Ich ging zu Ramón und erzählte ihm, worüber Paco mit aller Welt Wetten abschloß.

«Hat er nicht vielleicht sehen können, was du geschrieben hast?»

Ramón brach in schallendes Gelächter aus, verriet mir aber nicht, was in dem Testament stand. Dieser Mangel an Vertrauen ärgerte mich so sehr, daß ich mehrere Tage nicht mehr zu ihm ging, wenn ich auch über die Familie auf dem laufenden blieb. Am Montag sagte Jacinta beim Abendessen: «Zenaida hat mir erzählt, daß Marcos' Frau gekommen ist.»

«Welche Frau? Marcos ist doch nicht verheiratet.»

«Zenaida sagt, sie sei jung und sehr groß und habe schwarze Augen.»

Das ging endgültig zuweit. Ich beschloß, Marcos nicht mehr zu trauen.

Am nächsten Abend berichtete Jacinta: «Zenaida sagt, daß Marcos und seine Frau jetzt bei einem Bergwerk leben.»

Am Donnerstagabend kam Zenaida mit einem von Ramóns zusammengefalteten Zettelchen in die Apotheke, und ich las: «Komm sofort.» Da ich immer noch auf Ramón böse war, ließ ich mir Zeit und war erst eine halbe Stunde später bei ihm.

Ramón saß auf der Galerie und wartete. «Warum hast du so lang gebraucht?» begrüßte er mich.

Er war so unruhig, wie ein Gelähmter nur sein kann.

«Ich dachte, du würdest noch schlafen», entschuldigte ich mich.

«Glaubst du vielleicht, ich kann schlafen, wo ich seit heute früh auf Marcos warte?»

Marcos sollte ihm an diesem Vormittag die Kosten-Nutzen-Analyse bringen.

«Ich hatte den Scheck über vierzigtausend Pesos schon bereit, doch er hat sich nicht blicken lassen.»

«Vielleicht kommt er noch.»

«Das glaube ich nicht. Als er mit seiner Frau von hier wegging, um, wie er behauptete, bei der Mine zu leben, hatte er nicht vor, jemals wiederzukommen. Das ist sehr dumm von ihm, denn wäre er nur noch ein halbes Jahr oder so hiergeblieben, dann hätte ich einen ordentlichen Mann aus ihm gemacht und vielleicht sogar einen Millionär. Doch das einzige, was er im Kopf hatte, war, mir einen Wagen und zehntausend Pesos zu klauen.»

Obwohl ich genau wie er glaubte, daß Marcos ein für allemal verschwunden war, versuchte ich ihm einzureden, Marcos habe doch möglicherweise nur länger als erwartet für die Arbeit gebraucht oder auch unterwegs eine Panne gehabt. Doch er war nicht zu beruhigen, so daß ich ihm schließlich versprach: «Morgen suche ich so lange nach Marcos, bis ich ihn finde, und dann bringe ich ihn zu dir.»

Als ich mich von Ramón verabschiedete, war es sieben Uhr.

Ich hatte beschlossen, frühzeitig aufzubrechen und das Taxi für sechs Uhr bestellt. Um halb sieben erreichten wir das Schild mit der Aufschrift: *Hotel Calderón, Thermalbäder, zehn Kilometer.* Kurz darauf mußte der Fahrer anhalten, weil uns auf dem schmalen Weg eine Maultierherde entgegenkam. Ich kurbelte das Fenster herunter und fragte den Eselstreiber: «Hier gibt es doch irgendwo eine alte Mine?»

«Fahren Sie immer geradeaus bis zu dem großen Schlammloch. Dort zweigt der Weg in die Richtung ab, wo die Sonne untergeht.»

Wir folgten seiner Beschreibung und kamen tatsächlich zu einem Ort, wo es eine alte Mine gab. Und wieder geschah, was mir in den letzten Tagen schon mehrmals widerfahren war: Ich hatte ja bereits gewußt, daß es in der Nähe des Calderón ein altes Bergwerk geben mußte, doch als ich es mit eigenen Augen sah, war ich plötzlich wieder von Marcos' Ehrlichkeit überzeugt. Das war Unsinn, ich weiß, aber mir ging es einfach so.

Ich stieg aus und sah mir das verfallene Haus, das dort stand, näher an. Hier kann Marcos doch nicht leben, dachte ich, und erst recht nicht, wenn seine Frau dabei ist. Große Teile des Dachs waren eingestürzt, doch in einem der Fenster hatte jemand einen Schutzwall aus Steinen aufgeschichtet, und auf dem Boden waren Spuren zu erkennen, die arme Leute zu hinterlassen pflegen: Erdnußschalen und ausgekaute Zukkerrohrstücke. Ich ging zum Auto zurück und wies den Fahrer an: «Bringen Sie mich zum Hotel.»

Das Hotel hatte sich sehr verändert, seit ich das letzte Mal, vor siebenundvierzig Jahren, dort gewesen war. Es gab sogar ein Schild *Ladies Bar*. Der Fahrer stellte den Wagen unter einigen Mesquitbäumen ab, und ich überquerte die Veranda und ging durch die Eingangshalle bis zur Rezeption. Weit und breit war niemand zu sehen, daher öffnete ich einfach das Gästebuch, das auf der Empfangstheke lag, und blätterte bis zu den Eintragungen der letzten Tage. Wie vermutet, war Marcos' Name nicht eingetragen. Zuletzt hatten «Angel Valdés und Frau» hier übernachtet. Sie waren dienstags angekommen, das heißt am selben Tag, an dem Marcos Muérdago verlassen hatte.

Als am Ende des Gangs eine Tür quietschte, schlug ich beinahe vor Schreck das Buch zu. Eine Frau in Pantoffeln schlurfte langsam auf mich zu und musterte mich mißtrauisch: «Was wollen Sie?» fragte sie.

Sie hatte das aufgeschlagene Gästebuch bemerkt. An einem Rest Tortilla in ihrem Mundwinkel erkannte ich, daß ich sie beim Frühstück gestört hatte. Ich nahm einen Zwanzig-Peso-Schein aus der Brieftasche und legte ihn auf die Theke. Als der Blick der Frau auf dem Schein ruhte, antwortete ich: «Ich bin auf der Suche nach Freunden von mir und möchte, daß Sie mir dabei behilflich sind.»

Sie wandte den Blick von dem Schein ab, sah zu dem Gästebuch hinüber, dann zu mir und dann wieder auf den Schein.

«Ich weiß nicht, ob ich Ihnen helfen kann, Señor.»

«Ich suche einen dreißig Jahre alten Mann, der Marcos heißt und mit seiner Frau unterwegs ist.»

«Den kenne ich nicht, Señor.»

«Er ist dunkel und hat lockige Haare. Seine Frau ist angeblich schlank und hat sehr schöne Augen.»

«Nein. Ich habe sie noch nie gesehen.»

Ich holte noch einen Zwanziger aus der Brieftasche und legte ihn zu dem ersten auf die Theke.

«Er trägt einen Santa Marta-Poncho.»

«Ah, dann weiß ich, von wem Sie sprechen. Sie meinen das Paar von Zimmer 106.»

Ich überreichte ihr die beiden Scheine und bat: «Sagen Sie bitte dem Herrn, daß José Lara ihn sprechen möchte.»

«Das kann ich wirklich nicht, Señor.»

Ich zog einen weiteren Zwanziger heraus. Mit einem traurigen Blick auf das Geld fügte sie hinzu: «Sie sind gestern abend weggefahren.»

Ich glaubte ihr nicht. «Wollen Sie diese zwanzig Pesos?» fragte ich. «Sie bekommen Sie auch, wenn Sie mir beweisen können, daß diese beiden nicht mehr da sind, denn ich muß sie dringend sehen.»

Sie ging hinter die Theke, öffnete ein Schubfach und zeigte mir die Rechnung von Zimmer 106, die um halb neun Uhr abends bezahlt worden war. Ich händigte ihr das Geld aus.

Für vierzig Pesos durfte ich Zimmer 106 besichtigen, wo ich nichts von Bedeutung fand; in Ruhe sah ich die Hotelrechnung durch: Zwei Telefonanrufe interessierten mich. Einmal war am Vortag bei Ramón angerufen worden, und zwar um halb sechs Uhr abends, das heißt, bevor ich zu ihm ging. Das andere Gespräch hatte ebenfalls am Vortag stattgefunden – eine Verbindung mit einer Nummer in der Gegend von Ticomán.

Es kostete mich nochmals zwanzig Pesos, die beiden Telefonbelege in meine Brieftasche stecken zu dürfen.

«Jetzt verbinden Sie mich mit Muérdago», wies ich die Frau an und gab ihr die Nummer von Ramón.

Amalia war am Apparat.

«Ich bin's, José Lara. Guten Tag, Amalia. Ich möchte gern mit Ramón sprechen.»

«Mein Onkel Ramón ist heute nacht gestorben.»

10

Ramón und ich kannten uns von klein auf, wurden aber erst richtige Freunde, als wir beide zum Studium nach Cuévano zogen, wo wir zufällig in der gleichen Pension wohnten. Ramón war damals ein schlanker junger Mann, der die steifen Kragen und die alten Kaschmiranzüge seines Bruders, des Tugendhaften, auftragen mußte – welcher sie wiederum von Don Enrique, dem Vater, geerbt hatte, der in ganz Muérdago für seine Eleganz, aber auch für seinen Geiz bekannt war.

Jeden Montag schickte Don Enrique seinen in Cuévano studierenden Söhnen eine Postanweisung über sechs Pesos für ihre persönlichen Ausgaben. Diese Summe reichte dem Tugendhaften vollauf, denn er war ein Musterknabe, doch für Ramón waren sechs Pesos nur ein Tropfen auf den heißen Stein. Deshalb dachte er sich ein Geschäft aus, zu dem weder geistige noch sonstige Anstrengungen nötig waren, und auch kein Kapital. Er gab seinen Vater, der natürlich nichts von der Sache ahnte, als Bürgen an und besorgte sich so einen Verkaufsraum, den er «das Lagerhaus» nannte. Dann gewann er durch bloße Versprechungen einen Mann mit bestem Leumund zum Geschäftsführer. Er selbst war «Zwischenhändler»: Alles, was jedermann brauchen konnte und was nicht schlecht wurde, von der

Kohle bis zum Brennholz, ja sogar Paraffinkerzen, nahm er «in Kommission». Ansonsten brauchte er nur noch täglich zum Lagerhaus zu gehen und sich die Einnahmen mit dem Geschäftsführer zu teilen.

Wir verbrachten ein angenehmes Studentendasein, Ramón dank des Lagerhauses und ich dank seiner Großzügigkeit. Wochentags trafen wir uns nach den Vorlesungen mit Freunden in der *Aula*, einer Kneipe in der Calle del Sol, gegenüber der Universität. Jedesmal, wenn Ramón eine Runde ausgab, holte er sich die Zeche anschließend beim Siebzehnundvier wieder zurück. Abends spielten wir Billard, und pünktlich jeden Samstag gingen wir zu Señora Aurelia ins Malaquitas-Gäßchen, wo sich das einzige feinere Bordell von Cuévano befand. Sonntags wiederum besuchten wir die Elf-Uhr-Messe der Pfarrkirche und spielten anschließend so lange bei Doktor Miranda Tennis, bis er uns zum Mittagessen einlud. Seine drei Töchter verliebten sich in Ramón, und mit der Zeit wurde er der Freier Margaritas, der ältesten.

Offiziell studierten wir Jura, doch wir waren nur selten in der Uni. Neben den schon erwähnten Beschäftigungen fanden wir es außerdem unterhaltsamer, am Tepozanes-Wehr zu schwimmen, einen Stierkampf mit den Kühen im Corral del Palito auszutragen oder uns einfach in den Park am Platz der Verfassung zu setzen und die vorbeigehenden Leute zu betrachten. Und dort saßen wir auch, als eines Tages der Tugendhafte vorbeikam.

«Du ziehst den Namen unserer Familie in den Schmutz», beschimpfte er Ramón.

Ramón brach in schallendes Gelächter aus, als er merkte, daß der Tugendhafte ihm nichts weiter zum Vorwurf machte als das Schwänzen der Veranstaltung zum Römischen Recht.

Wie zu erwarten war, flogen wir im dritten Jahr von der Uni und kehrten nach Muérdago, unserer Heimatstadt, zurück. Ramón mußte für seinen Vater die Verwaltung der Mancuerna übernehmen und ich in der Apotheke La Fe arbeiten, die meiner Mutter gehörte. Obwohl wir nicht mehr so viel Zeit für Vergnügungen hatten wie zuvor, sahen Ramón und ich uns doch weiterhin täglich. Wir wurden Mitglieder des Kasinos und spielten jeden Abend Billard. Pünktlich jeden Samstag um fünf Uhr nahmen wir den Zug nach Cuévano, quartierten uns im *Hotel Palacio* ein und gingen abends zu Señora Aurelia ins Malaquitas-Gäßchen. Sonntags besuchten wir die Elf-Uhr-Messe und spielten so lange Tennis bei den Mirandas, bis der Doktor uns wie üblich zum Mittagessen einlud. Margarita vollbrachte ein ums andere Mal Wunder in der Küche, und jedesmal gestand mir Ramón auf der Rückfahrt nach Muérdago, während er den Sonnenuntergang über den Bergen betrachtete: «Ich habe Margarita sehr gern und werde sie heiraten, bloß jetzt noch nicht.»

So vergingen drei Jahre.

Eines Samstag abends empfing uns Doña Aurelia ganz begeistert: «Ich habe etwas, das wie geschaffen für euch ist, Jungs!» Als wir wissen wollten, was sie meinte, erklärte sie: «Ein Mädchen, das gerade erst aus dem heißen Hochland hergekommen ist.»

Wir nahmen diese Neuigkeit mit einiger Zurückhaltung auf, weil Doña Aurelia uns schon mehrere Vogelscheuchen präsentiert hatte. Doch als sie an diesem Abend die Perlschnüre vor dem Empfangszimmer beiseite nahm, erblickten wir eine große und wohlgestaltete Frau, die trotz ihres einfachen Kleids sehr elegant aussah. Sie war Mulattin und hatte honiggoldene Augen. Doña Aurelia bat uns, Platz zu nehmen. Die Neue beteiligte sich kaum an der Unterhaltung und hielt den Blick gesenkt. Sie sagte nur, sie heiße Estela und komme nicht von der Küste, sondern aus der Gegend des Calderón, die sehr einsam und für ihre Quellen berühmt sei. Doña Aurelia machte Konversation, bis Ramón sie unterbrach und mich fragte: «Wer geht mit ihr, du oder ich?»

Wir warfen eine Münze um Estela, und Ramón gewann.

Später kehrte ich allein zum Hotel zurück und legte mich schlafen. Im Morgengrauen wachte ich auf. Ramón saß auf seinem Bett und zog sich die Schuhe aus. Als er sah, daß ich nicht schlief, meinte er: «Sie ist sehr symphatisch.»

Der Sonntag begann wie gewöhnlich mit der Messe um elf Uhr. Wir spielten Tennis. Doktor Miranda lud uns zum Essen ein, und Margarita hatte wieder gezaubert. Doch als wir mit den Koffern zum Bahnhof liefen, blieb Ramón plötzlich stehen und bat mich: «Tu mir einen Gefallen. Wenn du nach Muérdago kommst, geh zu meiner Mutter und richte ihr aus, daß ein Schulkamerad von uns gestorben ist und ich die Totenwache halten muß. Sage ihr, daß ich mit dem Zug morgen früh um acht zurückkomme.»

Ich versprach, seinen Auftrag auszuführen, er begleitete mich zum Bahnhof, und bevor wir uns voneinander verabschiedeten, erfanden wir noch den Namen des Toten: «Gabriel Gonzaga». Dann rannte er geradezu über den Bahnhofsvorplatz zurück, Richtung Malaquitas-Gäßchen.

Damit begann die bewegteste Zeit in Ramóns Leben. Neben unseren samstäglichen Ausflügen verbrachte er noch weitere zwei oder drei Nächte in der Woche in Cuévano und kam mit dem Acht-Uhr-Zug nach Muérdago zurück, wo ihn bereits der Stallknecht mit den Pferden erwartete, um zur Mancuerna hinüberzureiten.

Diese Unternehmungen blieben nicht unbemerkt. Einige Gerüchte müssen die Runde gemacht haben und Doktor Miranda zu Ohren gekommen sein. Eines Sonntags lud er uns nicht zum Essen ein. Margarita fiel beinahe in Ohnmacht. Wir verabschiedeten uns sehr höflich und aßen im *Hotel Palacio* zu Mittag.

Erst als der Käse und die kandierten Früchte serviert wurden, brach Ramón das Schweigen: «Ich weiß, was ich mache, ich nehme sie mit nach Muérdago.»

«Margarita?»

«Nein. Leonor.»

«Wer ist Leonor?»

«Estela. Ihr richtiger Name ist Leonor Alcántara.»

«Willst du sie heiraten?»

«Nein. Ich werde Margarita heiraten.»

Während der folgenden Tage half ich ihm bei der Suche nach einer Unterkunft. Im San José-Viertel fanden wir ein Häuschen, das Ramón geeignet schien. Es stand in der Nähe der Ziegelei.

«Diese Ecke steht während der Regenzeit immer unter Wasser», gab ich ihm zu bedenken.

«Ich weiß», sagte er. «Aber dafür kennt mich hier keiner.»

Er kaufte das Haus, ließ die Maler kommen, fließend Wasser verlegen und eine Toilette einrichten. Ich fragte ihn, warum er nicht gleich auch einen Badeofen und eine Wanne installierte.

«Das wäre eine unnötige Ausgabe», klärte er mich auf. «Denn ich werde weiter zu Hause wohnen, und Leonor badet seit eh und je in einem Waschzuber.»

Seit Leonor in Muérdago lebte, fuhr Ramón immer seltener nach Cuévano, und einmal erklärte er mir: «Margarita habe ich sehr gern, und eines Tages werde ich sie heiraten. Ich bin nur kaum in Cuévano, weil der Tennisplatz ein Loch hat.»

Bis schließlich die Verlobung gelöst wurde: Wir hatten uns, nachdem wir mehrere Wochen nicht mehr in Cuévano gewesen waren, einen Ruck gegeben und fuhren eines Sonntag morgens wieder hin. Als wir zur Elf-Uhr-Messe in die Pfarrkirche kamen, sahen wir einen verwitweten Berg-Ingenieur und Vater von drei Kindern in dem Meßbuch lesen, das Margarita Miranda in Händen hielt. Daraufhin drehte Ramón sich nach mir um und sagte: «Ich wüßte nicht, wozu ich mir noch den ganzen Sermon anhören sollte.»

Wir verließen die Kirche während des Offertoriums. Von jenem Tag an spielten wir nie mehr Tennis bei den Mirandas und gingen auch nie mehr in die Kirche.

Als Ramóns Vater, Don Enrique, starb, vermachte er das Haus in der Calle de la Sonaja dem Tugendhaften, der inzwischen verheiratet war und Kinder hatte. Ramón mußte zu Leonor in das winzige Haus im San José-Viertel ziehen, das im August unter Wasser stand. Dort lebte er mehrere Jahre, bis er mir eines Tages anvertraute: «In gewisser Hinsicht ist mein Leben gescheitert. Jetzt bin ich schon dreiunddreißig und habe immer noch kein Badezimmer.»

Er mußte ganz Muérdago durchqueren, um im Kasino ins russische Dampfbad zu gehen.

Ramón erwähnte Leonor nie namentlich, und wenn er von ihr sprach, dann so indirekt, wie irgend möglich. Er sagte zum Beispiel: «Man bügelt meine Hemden ganz anständig zu Hause.» Oder: «Vom Spaghettikochen verstehen sie nichts.»

Bei einem Ausflug nach Pedrones ließ er mich einmal ein sehr feines Parfum auswählen. «Du mußt dich doch mit solchen Sachen auskennen als Apotheker.» Für wen das Parfum bestimmt war, verriet er mir nicht. Später sah ich auf dem Kalender, daß am nächsten Tag der Namenstag der heiligen Leonor war.

So bekam ich Leonor während der ersten fünfzehn Jahre, die sie in Muérdago wohnte, nur dreimal zu Gesicht.

Das eine Mal begegnete ich ihr am Eulenberg. Sie beugte sich über einen Stand mit Nopalfrüchten, um die besten auszuwählen. Da ich gerade die Gasse hinunterkam, hatte ich Gelegenheit, ihre Figur zu bewundern, bevor ich überhaupt merkte, daß es Leonor war. Sicherlich wurde ich rot, denn sie mußte lachen, als sie mich sah. «Guten Tag, Pepe», sagte sie, als sie mit dem Korb über dem Arm an mir vorbeikam.

Ein andermal benötigte ich dringend eine Unterschrift Ramóns für eine Bürgschaft und wußte, daß er um diese Zeit bei Leonor im San José-Viertel sein mußte. Die Angelegenheit war so wichtig, daß ich ihn dort aufsuchte. Leonor öffnete und freute sich, mich zu sehen.

«Komm herein», sagte sie.

Sie duzt mich seit jenem Abend, als wir sie bei Señora Aurelia kennenlernten. Nachdem sie mich ins Besuchszimmer geführt hatte, ging sie Ramón holen. Er erschien kurz darauf mit sehr ernster Miene, in Hemdsärmeln.

Während wir über die Papiere sprachen, die er unterzeichnen sollte, kam Leonor mit einem Tablett herein, über das eine schneeweiße Serviette gebreitet war, und stellte eine Flasche Meskal, zwei Gläser und einige mit Langusten belegte Appetithappen auf den Tisch. Ramón und ich bedienten uns, während wir so taten, als wären wir in unsere Bürgschaftsangelegenheiten vertieft, als bediente uns nur der Kasinokellner und als äßen wir alle Tage Langusten.

Zum drittenmal sah ich sie eines Morgens, da sie in die Apotheke gelaufen kam und ohne zu grüßen klagte: «Ramón geht es sehr schlecht.»

«Was ist mit ihm?»

«Er hat hier Schmerzen», erwiderte sie und legte die Hand an ihre Leiste.

Wir nahmen Canalejas mit zu dem kleinen Häuschen im San José-Viertel. Er untersuchte Ramón und diagnostizierte eine akute Blinddarmentzündung. Daraufhin brachten wir Ramón nach Pedrones, wo sie damals das einzige moderne Krankenhaus von Plan de Abajo hatten. Die Ordensschwester an der Pforte wollte Leonor nicht mit hineinlassen, weil Ramón angegeben hatte, er sei unverheiratet. Angesichts dieser Notlage sagte Ramón: «Also gut. Dann heiraten wir eben.»

Die Ehe wurde in einem Gang vor dem Operationssaal geschlossen. Canalejas und ich dienten gleichzeitig als Trauzeugen für den standesamtlichen und als Brautführer für den kirchlichen Teil der Zeremonie. Die Operation verlief erfolgreich, und während seiner Rekonvaleszenz genoß Ramón als reicher Patient und jüngst bekehrter Sünder die doppelte Fürsorge der Schwestern. Nach seiner Entlassung kehrte er wieder in das Haus im San José-Viertel zurück, und die beiden lebten miteinander genau wie zuvor.

«Ich weiß auch nicht warum», gestand mir Ramón eines Tages, «aber ich finde es peinlicher, verheiratet zu sein als in wilder Ehe zu leben.»

Als die Landreform auch in Plan de Abajo bevorstand, bot Ramón dem Tugendhaften an, ihm seinen Teil der Mancuerna abzukaufen. Der Tugendhafte verkaufte für dreiundzwanzigtausend Pesos und glaubte, ein Bombengeschäft gemacht zu haben. Doch als die Jahre ins Land gingen, ohne daß die Mancuerna geteilt wurde, verübelte er es Ramón und behauptete, sein Bruder und die Regierung hätten sich gegen ihn verschworen, um ihm seinen Besitz für ein paar Centavos abzunehmen. Dieser Stachel in seinem Fleisch und das untadelige Leben, welches er zu führen vorgab, brachten ihn sehr früh ins Grab. Selten ist mir ein so scheinheiliger Mensch begegnet. Obwohl er doch nie ein Glas getrunken hatte, stellte Canalejas als Todesursache eine Leberschrumpfung fest. Und seltsamerweise hinterließ der Tugendhafte trotz seiner an Geiz grenzenden Sparsamkeit nichts als Schulden. Ramón griff der Familie unter die Arme, indem er das Haus in der Calle de la Sonaja für fünfzehntausend Pesos kaufte. Er bezahlte den Umzug, damit das Haus unverzüglich geräumt werden konnte, und lebte von nun an darin mit Leonor, welche die ehrbaren Bürger «die Frau, die Ramón im San José-Viertel untergebracht hatte», nannten. Schon damals war Zenaida ihre Haushälterin.

Ramón beseitigte alle Spuren, die die Familie des Tugendhaften in dem Haus hinterlassen hatte – er veranstaltete mit einigen violetten Vorhängen und einem Gottesbild ein Freudenfeuer –, und stellte alles wieder so her, wie es zu Zeiten seiner Eltern gewesen war. Diejenigen, die gehofft hatten, Ramón würde ein Fest veranstalten, um seine Gattin der feinen Gesellschaft von Muérdago vorzustellen, warteten vergeblich. Die einzigen, die eingeladen wurden, waren Canalejas, Zorilla und ich. Das Essen war hervorragend, und Leonor betrat das Zimmer nur, um die Abfolge der Speisen zu überwachen.

Als wir eines Abends auf der Plaza de Armas Margarita Miranda mit Mann und Stiefkindern an uns vorbeigehen sahen, sagte Ramón: «Vor diesem Schicksal hat mich Doña Aurelia bewahrt.»

Sein Glück dauerte bis zu jenem Morgen, an dem Leonor, die scheinbar nie auch nur über einen Kopfschmerz geklagt hatte, tot zu Boden fiel, wie sie gerade das Tischtuch ausbreiten wollte.

11

Ich war gerade im Eßzimmer, um meinem Onkel seine Schokolade zu bringen, als ich den Türklopfer hörte», erzählte Amalia.

Seit dem letzten Todesfall mußte sie zugenommen haben, denn das schwarze Kleid war ihr zu eng. Erstaunt betrachtete ich ihr Gesicht, das ich noch nie ungeschminkt gesehen hatte. Ihre Augen wirkten ohne Lidschatten rot und verquollen, gerade so, als habe sie um Ramón geweint, was unwahrscheinlich war. Wir saßen auf den unbequemen Stühlen im Wohnzimmer, und sie erzählte uns, mir und den anderen, die gerade gekommen waren, was sich in den letzten Stunden vor Ramón Tarragonas Tod zugetragen hatte. In dem nur selten benutzten Raum war es dunkel und roch nach moderigem Brokat. Einige Frauen aus der Nachbarschaft, unter ihnen auch meine Frau, hatten zusammen mit Zenaida den Toten im Schlafzimmer aufgebahrt. Man wartete auf den Sarg. Da Alfonso in ganz Muérdago nichts gefunden hatte, was ihm würdig schien, Ramońs sterbliche Überreste aufzunehmen, hatte er telefonisch das teuerste Exemplar von Pedrones bestellt.

«Ich dachte», fuhr Amalia in ihrer Erzählung fort, «‹hoffentlich ist es Marcos›, denn ich wußte, daß mein

Onkel ihn den ganzen Tag sehnsüchtig erwartet hatte. ‹Ich werde nachsehen, wer es ist›, sagte ich, denn Zenaida machte gerade eine Besorgung. Als ich auf den Gang hinaustrat, sah ich, daß Lucero bereits geöffnet hatte und in der Vorhalle mit Marcos sprach. ‹Gott sei Dank bist du endlich gekommen!› begrüßte ich ihn. ‹Der Onkel wartet schon seit heute morgen auf dich.› Marcos hielt zusammengerollte Pläne und einen Stoß Papier in der Hand. ‹Ich bin gerade erst mit der Arbeit fertig geworden›, entschuldigte er sich. Ich schickte ihn gleich ins Eßzimmer. Mein Onkel stellte sofort die Schokolade weg. ‹Bitte iß fertig zu Abend›, sagte ich. ‹Nichts da, von wegen Abendessen! Schieb mich in mein Büro!› befahl er. ‹Wenigstens ein Glas Milch›, bat ich. ‹Bringt uns den Cognac!› entgegnete er. Das war so üblich. Nach dem Abendessen saßen mein Onkel und Marcos immer noch eine Weile im Büro beisammen und unterhielten sich. Lucero oder ich brachten ihnen eine Flasche Cognac für Marcos und eine Flasche Mineralwasser für meinen Onkel, der keinen Alkohol trinken durfte. Ich war gestern abend so verärgert, wie starrköpfig mein Onkel das Abendessen verweigert hatte, daß ich alles Nötige auf ein Tablett stellte, es aber Lucero hineintragen ließ. Kaum hatte sie das Zimmer verlassen, sperrte Marcos die Tür von innen ab. Wir zwei Frauen setzten uns schweigend auf die Galerie. Die Moskitos kamen scharenweise. Es muß etwa zehn Uhr gewesen sein, als Zenaida zurückkehrte. ‹Wollt ihr nicht zu Abend essen?› fragte sie, und ich antwortete: ‹Doch, wärm uns irgend etwas auf.› Sie machte uns eine Kleinigkeit, und wir aßen gerade, als die Tür zum Büro geöffnet und gleich wieder geschlossen wurde. Wir hörten Marcos' Schritte auf dem Gang, und während er an der Eßzimmertür vorbeiging, sagte er, ohne einzutreten: ‹Gute Nacht.› – ‹Wieso gute Nacht?› fragte ich. ‹Willst du nicht mit uns zu Abend essen?› Ich sagte ihm, daß es Linsen gab, denn ich weiß, daß er sie gern mag. ‹Ich bin sehr in Eile›, antwortete er. ‹Ich kann keine Minute länger bleiben.› Er kam ins Eßzimmer, drückte jeder von uns einen Kuß auf die Wange und verschwand. Lucero und ich schauten nach, ob mein Onkel etwas benötigte. Er saß an seinem Sekretär und schrieb. ‹Kann man irgend etwas für dich tun, Onkel?› fragte ich. ‹Jetzt noch nicht›, erwiderte er, ‹aber wenn ich diesen Brief geschrieben habe, soll Zenaida ihn sofort zum Briefkasten bringen.› Lucero und ich gingen ins Eßzimmer zurück und beendeten unser Abendessen. Als mein Onkel ‹Zenaida!› rief, liefen wir alle drei ins Büro. Der Brief war verschlossen und frankiert. Mein Onkel händigte ihn Zenaida aus und befahl ihr, ihn gleich einwerfen zu gehen. Die Anschrift konnte ich nicht erkennen. Außerdem gab er ihr einen kleinen Zettel an Sie mit, Don Pepe.»

«Den habe ich nie bekommen», sagte ich.

«‹Möchtest du nicht wenigstens jetzt zu Abend essen?› fragte ich meinen Onkel. ‹Nein›, erwiderte er, ‹ich will mich hinlegen.› Zenaida verließ das Haus, während Lucero und ich meinem Onkel beim zu Bett gehen halfen. Wie ich ihn in den Kissen liegen sah, fand ich, daß er erschöpft wirkte. ‹Fühlst du dich nicht gut?› fragte ich. ‹Ich bin sehr müde›, antwortete er. ‹Na, dann schlaf gut›, meinte ich. ‹Ihr auch›, sagte er und fügte mit einem Blick auf die Uhr hinzu: ‹Es ist schon zwanzig nach elf.› Ich löschte das Licht, und wir verließen das Zimmer.»

Am nächsten Morgen, erzählte Amalia weiter, hatte Zenaida Ramón wie immer um sieben Uhr eine Tasse Kräutertee ans Bett bringen wollen, den er vor dem Aufstehen zu trinken pflegte. Sie klopfte mehrmals vergeblich und stieß schließlich, weil sie merkte, daß etwas Ernstes passiert sein mußte, die angelehnte Tür auf. Ramón lag tot im Bett. Er war bereits starr. Canalejas, der schon seit längerer Zeit mit Ramóns Ableben gerechnet hatte, gab auf dem Totenschein einen Infarkt als Todesursache an.

Die Söhne des Tugendhaften trugen Schwarz, und ihre Gattinnen weinten. Der Gringo hatte eine Krawatte angelegt. Als Amalia ihre Erzählung beendet hatte, knieten wir alle nieder und beteten einen Rosenkranz. Noch nie war er mir so lang vorgekommen: Nach den fünf Geheimnissen, dem Vaterunser, drei Ave-Marias und dem Salve hängte Amalia ein De Profundis an, ein besonderes Gebet für diejenigen, die im Schlaf gestorben sind, und ein weiteres, in dem die Jungfrau Maria um Fürsorge für diejenigen angerufen wird, denen die Absolution nicht erteilt werden konnte. Danach folgte eine Marienlitanei. Wir waren schon beim dritten «Virgo Veneranda», als ich eine Hand auf meiner Schulter fühlte. Neben mir stand Canalejas. Er gab mir ein Zeichen, ihm zu folgen. Ich erhob mich nur mit Mühe, da ich das Knien nicht mehr gewohnt war, und ging mit hinaus. Vor der Tür blieb er stehen und sagte leise zu mir: «Ich möchte, daß du dir den Leichnam ansiehst und mir sagst, was du davon hältst.»

Wir hatten den Gang noch nicht durchquert, als ich Lucero und Zenaida über den Patio kommen sah. Lucero trug eine Kaffeekanne und Zenaida, die zum Zeichen ihrer Trauer den Rebozo über dem Kopf trug, das Tablett mit den Tassen. Als Lucero mich sah, ging sie zu mir hinüber, stellte die Kaffeekanne auf einem Tisch ab und umarmte mich. Sie begann in meinen Armen zu weinen, dann faßte sie sich wieder. Ich gab ihr mein Taschentuch, sie wischte sich die Tränen ab, lächelte, nahm wieder die Kaffeekanne zur Hand und ging weiter Richtung Wohnzimmer. Canalejas wartete an der Schwelle zu Ramóns Zimmer auf mich. Wir gingen gemeinsam hinein.

Ramón lag in ein Leichentuch gehüllt auf seinem Bett. Seine Haut hatte eine bleierne Blässe. Zwischen seinen Lippen sah ein Zahn hervor, und die Bartstoppeln in seinem Gesicht, die ihm niemand abrasiert hatte, bildeten eine Art silbrige Aureole. Da bemerkte ich einige winzige, bläuliche Flecke an seinem unteren Lippenrand: das klassische Symptom der Vergiftung durch eine Überdosis Zafiawasser.

Der wissenschaftliche Name des Zafiawassers ist *Arandula vertiginosa*. Es handelt sich um eine Pflanze mit einer weißlichen, rübenförmigen Wurzel. Sie treibt dunkle Blätter, die sich kreisförmig über den Boden ausbreiten. Die Blüten sind purpurrot wie auch die Frucht, die in Größe und Form der Traubenkirsche gleicht. Die Pflanze verströmt einen üblen Geruch. Ihr indianischer Name ist *Nenepixtle.* Sie ist ein Nachtschattengewächs und häufig an Bachufern zu finden.

Um Zafiawasser herzustellen, wird die Frucht der Pflanze entkernt, an der Sonne getrocknet und anschließend mit einem Mörser in feines Pulver zerrieben. Dieses wird dann zu gleichen Teilen mit einer zehnprozentigen Acidum tremicum-Lösung gemischt, um eines der vielseitigsten und wirksamsten Heilmittel zu erhalten – das jedoch ganz genau dosiert werden muß. Ein Tropfen Zafiawasser auf ein halbes Glas Flüssigkeit hilft, nach dem Essen eingenommen, bei zuviel Magensäure. Durch die Einnahme von zwei Tropfen um elf Uhr früh wird der Appetit angeregt. Fünf Tropfen sind ein starkes Aphrodisiakum, täglich zehn Tropfen ein gutes Herztonikum und verlängern das Leben. Eine Dosis von dreißig Tropfen ist dagegen bereits lebensgefährlich, und zwei Suppenlöffel Zafiawasser bedeuten den sicheren Tod. Eine weitere Besonderheit dieser Substanz ist, daß sie keine Gewöhnung hervorruft, man sie also von einem Tag auf den anderen absetzen kann, ohne daß der Patient Beschwerden bekäme. Andererseits aber schützt auch die Einnahme kleinerer Mengen über einen langen Zeitraum nicht vor den Gefahren einer Überdosis.

Canalejas und ich sahen einander einen Moment lang schweigend an, bevor die gegenseitigen Vorwürfe begannen.

«Du bist schuld», sagte ich.

«Nein, du», erwiderte er.

«Du hast ihm das Zafiawasser verschrieben», versetzte ich.

«Ja, natürlich, weil es ihm sehr guttat. Aber du hast es angefertigt. Könntest du dich nicht vielleicht in den Mengen geirrt haben?»

«Ich irre mich nie in den Mengen und erst recht nicht bei einer Medizin für meinen besten Freund.»

«Aber du wußtest, daß es sich um eine gefährliche Arznei handelt, die nur in genauer Dosierung eingenommen werden darf.»

«Ja, natürlich, und deshalb habe ich auch die Rezepte mit deiner Unterschrift sorgfältig verwahrt.»

«Du weißt genau, Pepe, daß du der einzige Apotheker in ganz Muérdago bist, der Zafiawasser zuzubereiten versteht, die anderen sind Scharlatane.»

«Und ich weiß außerdem, daß du der einzige Arzt bist, der es verschreibt, die anderen sind Quacksalber.»

«Stimmt. Wie du siehst, sitzen wir gemeinsam in der Klemme: Ramón ist tot, und es sieht ganz so aus, als hätten wir beide ihn umgebracht. Kannst du mir vielleicht sagen, was wir jetzt tun sollen?»

«Nichts kann ich», antwortete ich. «Denn seit wir dieses Zimmer betreten haben, hackst du nur noch auf mir herum, und ich komme überhaupt nicht zum Nachdenken.»

Daraufhin war er Gott sei Dank erst einmal ruhig, und wir betrachteten schweigend die bläulichen Flecke, die an Ramóns Unterlippe zunehmend deutlicher zutage traten.

«Vergangenen Dienstag», sagte ich schließlich, «habe ich zum letztenmal Zafiawasser angefertigt, die Flasche muß noch so gut wie voll sein. Es dürften nur zwei Rationen, also zwanzig Tropfen, fehlen.»

Wir verließen gemeinsam das Zimmer und gingen, wie um wiedergutzumachen, daß wir uns beinahe zerstritten hatten, Arm in Arm über die Galerie. Es kamen bereits die ersten Kränze, und die Trauergemeinde begann sich zu formieren – alles Leute, die Ramón zu Lebzeiten nicht gern gesehen hätte. Als wir im Wohnzimmer angelangt waren, nahmen wir Amalia möglichst unauffällig beiseite, und Canalejas fragte sie: «Hör zu, Amalia, Ramón mußte doch jeden Morgen ein Medikament einnehmen. Kannst du dich noch erinnern, wo er es aufbewahrte?»

«Natürlich erinnere ich mich, ich habe es ihm ja immer gegeben.»

Sie ging mit uns ins Arbeitszimmer, öffnete den Rolloschreibtisch, dann eines der kleinen Schubfächer in seinem Aufbau und nahm die kleine blaue Flasche mit dem Zafiawasser heraus. Sie konnte es nicht fassen: «Gestern früh war sie doch noch beinahe voll!» rief sie.

Die kleine blaue Flasche war, wie zu erwarten, leer. Doch ich hatte noch etwas Beunruhigenderes, womit ich nicht gerechnet hatte, bemerkt: In der Schublade, die Amalia geöffnet hatte, lagen auch einige Fotos, und das oberste trug die Widmung: «für Estela».

Amalia hatte unterdessen ihre eigenen Vermutungen angestellt: «Glauben Sie, daß mein Onkel?... Wäre er dazu imstande? Nein, das ist ganz ausgeschlossen. Sollte er, als er den Brief schrieb, die Medizin ausgetrunken haben?... Nein, das ist unmöglich. Er kann sich nicht das Leben genommen haben, er war doch glücklich!»

«Nicht doch, Amalia», sagte ich. «Für derartige

Schlußfolgerungen ist es noch zu früh. Wir wissen nur, daß diese Flasche gestern noch beinahe voll war und heute leer ist. Nun muß in Ruhe bedacht werden, was dies zu bedeuten hat.»

«Könntest du fürs erste nicht noch einen Rosenkranz beten?» schlug Canalejas vor.

Amalia stieß beim Hinausgehen vor Aufregung gegen die Möbel, doch wenig später hörten wir sie ruhig rezitieren: «Im Namen des Vaters, des Sohnes und des Heiligen Geistes...» und so weiter.

«Glaubst du, daß Ramón sich umgebracht hat?» fragte Canalejas.

«Schwer zu sagen, bevor wir nicht den Inhalt des Briefes kennen, den er schrieb.»

«Ich muß es aber jetzt gleich wissen», entgegnete Canalejas. «Ich habe angegeben, daß Ramón eines natürlichen Todes gestorben ist. Meinst du, ich muß meine Aussage widerrufen und eine Obduktion anordnen?»

Das war eine schwierige Entscheidung. Falls Ramón sich tatsächlich umgebracht hatte, war es besser, dies nicht bekannt werden zu lassen, um einen Skandal zu vermeiden. Einiges sprach dafür, die Leiche in Frieden zu begraben, als habe es sich um einen natürlichen Tod gehandelt.

«Eins scheint klar zu sein», sagte ich. «Ob Ramón das Zafiawasser nun absichtlich oder aus Versehen getrunken hat, jedenfalls muß er es in diesem Büro getan haben.»

Wir sahen uns um, ob es nicht noch eine Spur gäbe. Die Pläne und Berechnungen, die Marcos gebracht hatte, lagen auf dem Tischchen, und es roch nach Zigaretten. Die Flaschen und die Aschenbecher jedoch waren entfernt worden.

«Glaubst du, daß man Zafiawasser pur trinken kann?» fragte ich Canalejas.

«Nicht in der Menge, die Ramón zu sich genommen hat. Er hätte sich übergeben müssen.»

«Das heißt, er mußte es mit etwas mischen, wie zum Beispiel mit...»

«...mit Mineralwasser, das ihm Lucero brachte, wie Amalia erzählte.»

«Sehen wir uns mal in der Küche um», schlug ich vor.

Auf der Galerie begegneten uns vier Männer mit einem riesigen Kranz, auf dem in Buchstaben aus Margeriten stand: «Vereinigung der Landwirte». Alfonso zeigte den Männern, wo sie den Kranz aufstellen sollten. Als wir am Wohnzimmer vorbeikamen, hörte ich Amalia wieder «Virgo Veneranda» beten. In der Küche trafen wir Zenaida, die gerade Tassen spülte. Wir mußten ihr erst unser Beileid aussprechen, bevor wir ihr die Frage stellen konnten, die uns interessierte.

«Zenaida, als Ramón sich gestern abend mit Señor Marcos unterhielt, hat Lucero ihnen doch etwas zu trinken gebracht. Könnten Sie uns sagen, welches Glas von Ramón war?»

Zenaida wies auf ein Glas, das bereits im Geschirrschrank stand. Canalejas hielt es sich unter die Nase und gab mir durch ein Zeichen zu verstehen, daß es nach gar nichts roch.

«Sie haben es abgewaschen?» fragte ich.

«Nein, Don Pepe, ich wasche nur schmutzige Gläser, und dieses war sauber. Don Ramón hat letzte nacht kein Mineralwasser getrunken. Und um ehrlich zu sein, Don Pepe, er hat abends nie Mineralwasser getrunken. Die Flasche, die Doña Amalia oder Señorita Lucero ihm brachten, war immer genauso voll wie vorher. Deshalb habe ich Don Ramóns Glas auch nicht gespült. Es war ganz sauber.»

In diesem Moment begriff ich endlich, was mir längst hätte klar sein sollen: Ramón machte abends das gleiche wie mittags, er trank heimlich Alkohol.

«Sehen wir uns noch einmal im Büro um», sagte ich zu Canalejas.

Wir verließen die Küche. In diesem Moment kamen gerade einige Landarbeiter von der Mancuerna und eine Delegation aus dem Kasino zur Haustür herein. Der Kranz vom Verband der Landwirte wurde inzwischen völlig von demjenigen, den die Regierung von Plan de Abajo gesandt hatte, in den Schatten gestellt. Als wir wieder im Büro waren, steuerte ich geradewegs auf den Tresor zu und begann, am Zahlenschloß zu drehen. Da ich die Kombination auswendig konnte, gelang es mir mühelos, den Geldschrank zu öffnen. Ich nahm die drei Gläser heraus, und wir rochen beide so lange an ihnen, bis wir keinerlei Zweifel mehr hatten: Alle drei waren sie schon eine ganze Weile nicht mehr abgespült worden. Zwei rochen etwas nach Meskal, das dritte, eindeutig, nach Zafiawasser. Dann holten wir die Meskalflasche aus dem Tresor, rochen an ihr und befanden, daß sie nach Meskal roch.

«Gehen wir noch einmal in die Küche», sagte ich.

Wir machten uns sofort wieder auf den Weg. Auf der Galerie standen sehr viele Leute.

«Sagen Sie, Zenaida, wo ist die Flasche, die Señorita Lucero gestern ins Büro brachte?»

«Ich habe sie weggeworfen.»

«Zenaida», bat Canalejas, «könnten sie uns einen Gefallen tun und sie wieder aus dem Abfall holen?»

Zenaida sah uns ungläubig an.

«Wir müssen die Flasche sehen, Zenaida», drängte ich.

«Aber sie ist doch leer!»

«Das ist gleichgültig, Zenaida, der Doktor und ich müssen sie uns ansehen.»

«Also gut, weil Sie es sind, Don Pepe», sagte Zenaida, holte eine Cognacflasche der Marke Martell aus dem Abfall und wollte zum Abwaschbecken, um sie zu reinigen. Doch Canalejas kam ihr zuvor. Er nahm sie ihr schnell aus der Hand, schraubte den Drehverschluß ab und roch ausgiebig an der Flasche. Er sah ziemlich lächerlich aus, wie jemand, der auf ein neues Laster verfallen war. Als er genug geschnüffelt hatte, reichte er mir mit triumphierender Miene die Cognacflasche.

«Riech mal.»

Ich nahm die Flasche, merkte aber gleichzeitig, daß auch Kaffeesatz im Abfall war. Es schien mir unerläßlich, Zenaida zu erklären: «Wir müssen unbedingt wissen, wonach diese Flasche riecht.»

Doch die Frage erübrigte sich. Sie verbreitete den unverwechselbaren, üblen Geruch von Zafiawasser.

«Um wieviel Uhr haben Sie diese Flasche aus dem Büro geholt, Zenaida?» fragte ich.

«Nicht ich habe sie geholt, sondern Señora Amalia, nachdem Señor Marcos gegangen war. Sie ließ sie zusammen mit dem schmutzigen Aschenbecher im Eßzimmer stehen, und ich nahm sie in die Küche mit, als ich das Essen serviert hatte.»

Canalejas und ich verließen die Küche mit der leeren Flasche und versöhnten uns im Wirtschaftshof.

«Du kanntest Ramón besser als ich», sagte Canalejas, «was hältst du von der ganzen Sache?»

Ich sagte ihm, was ich vermutete: «Ramón hat sich nicht umgebracht, das Zafiawasser war im Cognac, und er glaubte, puren Cognac zu trinken.»

«Das heißt, jemand kippte Zafiawasser in den Cognac, ohne daß Ramón es merkte.»

«Genau.»

«Das heißt also, ich muß die Obduktion anordnen.»

«Ich glaube, es wäre besser.»

«Meinst du, wir sollten der Familie vorher unseren Verdacht mitteilen?»

«Das mußt du entscheiden, du bist der Arzt.»

Canalejas faßte seinen Entschluß: «Also, dann rufen wir sie zusammen.»

Wir gingen Richtung Wohnzimmer. Ich beneidete ihn keineswegs um seine Aufgabe.

«Das Unangenehme an der Sache ist nur», sagte er, «daß aller Wahrscheinlichkeit nach einer der Anwesenden das Zafiawasser in den Cognac gemischt hat.»

«So ist es», sagte ich, während mir etwas ganz anderes durch den Kopf ging, das mir seit einer Weile keine Ruhe mehr ließ: Marcos hatte seit mehreren Tagen gewußt, wo das Zafiawasser aufbewahrt wurde, denn er hatte die Fotos mit der Widmung für Estela gesehen, die in der gleichen Schublade lagen.

Hatte ich Canalejas keineswegs beneidet, so bewunderte ich ihn geradezu, als ich sah, wie geschickt er sich seiner Aufgabe entledigte. Ohne daß die Trauergäste etwas davon merkten, ließ er die Kinder des Tugendhaften und den Gringo ins Büro kommen. Dann sperrte er die Tür ab. Er zeigte das kleine blaue Fläschchen mit dem Etikett meiner Apotheke und erklärte, woran seiner und meiner Meinung nach Ramón gestorben war.

«Mein Onkel vergiftet?» rief Gerardo fassungslos.

Alfonso schnellte aus seinem Sitz hoch, Fernando dagegen mußte sich auf Amalias Armlehne setzen. Der Gringo zog sich nur die Socken hoch. Amalia wollte nicht glauben, daß Ramón trotz strengem Verbot den Cognac angerührt haben sollte. Ich mußte ihr beichten, daß ich mittags immer mit ihm zusammen Meskal getrunken hatte, und also nichts dagegen sprach, daß er sich abends mit Marcos einen Cognac genehmigte.

«Dann haben mich also Marcos und mein Onkel betrogen!» rief Amalia aus.

«Marcos hat uns alle betrogen», schaltete sich Alfonso ein. «Er behauptete, beratender Berg-Ingenieur zu sein und ein Büro in der Calle de Palma zu haben. Alles gelogen: In der Calle de Palma gibt es kein einziges mineralogisches Beratungsbüro. Er sagte, er fahre einen Kleintransporter von International. Eine weitere Lüge. Es existiert kein Fahrzeug dieses Typs, das unter dem Namen Marcos González registriert wäre. Er gab vor, für die Compañía Minera El Monte als Gutachter tätig gewesen zu sein. Und auch das ist nicht wahr. Dieses Unternehmen hat nie einen freiberuflichen Experten mit Namen González beschäftigt. Wir alle waren dabei, wie er diese Behauptungen aufstellte, doch ich habe mir die Mühe gemacht, sie zu notieren und durch die Detektive unserer Kreditabteilung überprüfen zu lassen. Das Ergebnis zeigt, daß Marcos nach Muérdago kam, um uns zu betrügen, und er hat uns betrogen.»

Ich hätte die Sache mit den Kryolithproben anfügen können, doch ich sagte nichts.

Jemand klopfte an die Tür. Ich öffnete. Es war Zenaida.

«Vor der Haustür steht ein Herr, der mit Don Ramón sprechen möchte.»

«Sagen Sie ihm, daß er nicht mit Ramón sprechen kann, weil er gestorben ist.»

«Das habe ich schon, doch er wollte nicht gehen, er antwortete, dann müsse er mit jemandem aus der Familie sprechen, es sei sehr dringend. Er hat mir seine Karte gegeben.»

Die Karte trug im Prägedruck den Staatsadler von Mexiko. Sie lautete auf den Namen Francisco Santana Esponda, und in einer Ecke stand: INSPEKTOR. ABTEILUNG FÜR INNERE SICHERHEIT.

Alfonso kam zu mir herüber. «Was gibt es?» fragte er.

«Die Polizei ist schon da», sagte ich und reichte ihm die Karte.

Inspektor Santana Esponda trug einen Gabardineanzug und hielt eine Aktentasche in der Hand. Er hatte einen Goldzahn.

«Einen schönen guten Tag», sagte er, als er das Büro

betrat. «Entschuldigen Sie die Störung. Ich werde Sie nicht lange aufhalten.»

Er legte die Aktentasche auf das Tischchen, entnahm ihr mehrere Abzüge desselben Fotos und verteilte sie an die Anwesenden.

«Ich möchte nur wissen, ob Sie diese Person kennen.»

Ich betrachtete die Aufnahme, eine etwas unscharfe Vergrößerung. Das Foto zeigte einen bärtigen Mann und eine Frau, beide in Badeanzügen, Bier trinkend. Es war Marcos.

Der Gringo sagte als erster: «Das ist Marcos.»

«Ist er ein Verwandter von Ihnen?»

«Er ist der Vetter meiner Frau und ihrer Brüder.»

«Angeheiratet», präzisierte Gerardo, während er das Bild zurückgab, «ein angeheirateter Vetter.»

«Es ist meine Pflicht, Ihnen mitzuteilen, daß wir über stichhaltige Beweise für seine Beteiligung an der Brandstiftung im Globo verfügen.»

«Oh, wie schrecklich!» rief Amalia aus.

«Sie kamen genau in dem Moment, Herr Inspektor», sagte Alfonso, «als ich meine Geschwister, den Doktor, Don Pepe und meinen Schwager darüber ins Bild setzte, daß Marcos González ein Betrüger ist.»

«Wissen Sie, wo ich ihn finden könnte?» fragte Santana.

Ich blieb stumm, die Tarragonas sahen von einem zum anderen, schließlich erhob sich der Gringo.

«Ich weiß, wo Marcos ist», meinte er. «Wenn Sie wollen, Herr Inspektor, bringe ich sie gleich hin.»

12

Die Totenwache für Ramón, die so feierlich und förmlich begonnen hatte, wurde bald zu einem der größten Skandale in der Geschichte von Muérdago. Die Ambulanz, die den Verstorbenen zur Obduktion bringen sollte, und der Leichenwagen, der den telefonisch georderten, eleganten Sarg liefern wollte, kamen beide genau im gleichen Moment in der Calle de la Sonaja an und parkten nebeneinander. Auf der überfüllten Galerie wurden die Schaulustigen zur Seite gedrängt, um den Sarg vorbeizulassen, den sie ehrfürchtig bestaunten, weil er perlgrau war und silberne Griffe hatte. Und gleich darauf mußten sie der Tragbahre mit dem Leichnam Platz machen, zu dessen Totenwache sie gekommen waren. Ramón war deutlich zu erkennen. Der Amtsarzt hatte das Leichentuch aufgemacht, und der Körper war nur notdürftig mit einem alten Laken zugedeckt. Zwei berüchtigte «Leichenmänner» des städtischen Krankenhauses trugen die Bahre. Eine Woge der Neugier lief durch die Menge.

Ich sah, wie Lucero, der wir nichts von alldem erzählt hatten, ohnmächtig wurde, als sie die Totenbahre in der Vorhalle bemerkte und begriff, daß der Leichnam Ramóns abtransportiert wurde. Ich wollte ihr zu Hilfe eilen, doch bis ich zu ihr vorgedrungen war, hatten ihr bereits einige Señoras Kampfer unter die Nase gehalten.

Amalia, die nichts von der Ohnmacht ihrer Tochter gemerkt hatte, sagte auf der Galerie zu mehreren Leuten: «Vielen Dank, daß Sie uns in dieser traurigen Stunde beistehen wollten. Doktor Canalejas möchte etwas klären und hat daher die Obduktion meines Onkels angeordnet. Sobald wir wissen, wann die Beerdigung stattfinden wird, geben wir Ihnen Bescheid.»

Paco vom Kasino kam zu mir herüber und meinte: «Sag mal, Pepe, täusche ich mich oder hat der neue Neffe Ramón umgebracht und ist jetzt auf und davon?»

Ich tat so, als hätte ich nichts gehört und ging ins Büro. Alfonso telefonierte, und Gerardo wühlte in den Schubfächern des Sekretärs. Er zuckte zusammen, als er mich sah. «Ich suche Streichhölzer», rechtfertigte er sich schnell.

Ich machte es mir in einem Sessel bequem und hörte, wie Alfonso sagte: «...unter sehr verdächtigen Umständen... ich möchte Sie dringend ersuchen, sich dieser Sache anzunehmen. Sie wissen ja, was für eine führende Rolle mein Onkel in der Öffentlichkeit spielte.»

Während ich dort saß, sprach Alfonso mit dem Gouverneur, dem Stadtpräsidenten, dem Notar, dem Polizeichef und dem Direktor der Sol de Abajo. Bald bat er um moralische Unterstützung, bald um Erwähnung, bald einfach nur darum, es mit der Verfassung oder einer Vorschrift nicht so genau zu nehmen. Gerardo fand in der Zwischenzeit einen Tausender und ließ ihn schnell in seiner Tasche verschwinden, weil er dachte, ich hätte nichts gemerkt.

«Um drei Uhr kommt Majorro, um unsere Aussagen zu Protokoll zu nehmen», sagte Alfonso.

Er wählte wieder eine Nummer und ersuchte den Kommandanten des Militärbezirks um seine Hilfe.

«Wozu brauchst du den Militärkommandanten?» fragte ich ihn, als er wieder eingehängt hatte.

«Wahrscheinlich werden wir ihn nicht benötigen», erwiderte er, «aber diese Leute fühlen sich immer geschmeichelt, wenn jemand wie ich um ihre Unterstützung bittet.»

Gerardo hatte inzwischen Ramóns Uhr gefunden, doch Alfonso gebot ihm Einhalt. «Gerardo, wir kennen alle diese Uhr. Leg sie dorthin zurück, wo du sie gefunden hast.»

Dann kam Fernando ins Zimmer. Er war außer sich. «Das verstehe ich nicht», sagte er. «Gerade habe ich erfahren, daß Marcos den Safari heute nacht bei einer Garage abgegeben hat, damit sie ihn waschen und mir zurückbringen. Sogar das Trinkgeld ist schon bezahlt.»

«Fehlt auch kein Teil?» fragte Alfonso.

«Er ist angeblich in einem tadellosen Zustand. Ich verstehe das einfach nicht.»

Die drei Brüder waren fassungslos.

Ich erhob mich und ging hinaus. Die Galerie war beinahe menschenleer. Die Leute, die noch vor kurzem keinerlei Anstalten machten zu gehen, waren alle Punkt zwei Uhr verschwunden. Ich konnte mir lebhaft vorstellen, daß die Bars im Zentrum von Menschen in Trauerkleidung wimmelten, die ähnliche Vermutungen anstellten wie Paco vom Kasino. Ich ging an den Kränzen vorbei ins Wohnzimmer. Jemand hatte die Fenster geöffnet, um zu lüften. Ich trat auf den einen Balkon. Auf der Straße sah es so aus, als hätte sich eine Menschenmenge nach einem Unfall oder einer Schlägerei gerade erst verlaufen: An der Ecke stand noch der Maisgebäckverkäufer mit seinem Tablett; drei Landarbeiter von der Mancuerna saßen auf der Bordsteinkante. Die Señoritas von gegenüber unterhielten sich auf ihrem Balkon, und vor der Tür des «Mascota», einem Kramladen, diskutierte die Besitzerin mit mehreren Frauen aus der Nachbarschaft. Gerade deutete sie mit den Händen an, wie sich der tote Körper unter dem Laken abgezeichnet hatte. – Plötzlich merkte ich, daß jemand ins Wohnzimmer gekommen war. Ich wandte mich um und sah, wie Lucero einige Tassen abräumte. Sie war leichenblaß.

«Lucero, du siehst sehr erschöpft aus», sagte ich. «Warum legst du dich nicht ein wenig hin?»

«Ich beschäftige mich lieber, um auf andere Gedanken zu kommen.»

Das leuchtete mir ein. Ich half ihr, die Tassen einzusammeln.

Zenaida hatte unterdessen einen Stapel belegte Brote gemacht und ins Eßzimmer gestellt. Wir saßen schweigend beim Essen, als Majorro mit seinem Protokollanten im Auftrag der Staatsanwaltschaft erschien und sich häuslich im Wohnzimmer einrichtete. Amalia ließ er als erste rufen, dann folgte Lucero. Anschließend gingen die Söhne des Tugendhaften einer nach dem anderen hinein. Wie ich dann als sechster an die Reihe kam, hatte ich das Kreuzworträtsel in *Fuensanta* schon beinahe zu Ende gelöst.

«Guten Tag, Don Pepe», sagte Majorro, als ich ins Wohnzimmer kam. «Nehmen Sie bitte Platz.»

Majorro hatte den Kristalleuchter angemacht, der so viel Strom verbrauchte. Ich setzte mich auf einen der harten Stühle.

«Wären Sie so freundlich, mir Ihre Personalien anzugeben, damit mein Kollege sie aufnehmen kann.»

Ich gehorchte, dann begann Majorro: «Wie ich erfahren habe, waren Sie es, der den Gesuchten in dieses Haus gebracht hat.»

Ich verstand, daß er mit «der Gesuchte» Marcos meinte.

«Ich wäre Ihnen dankbar, wenn Sie mir erklären könnten, was Sie zu diesem Schritt veranlaßte», fuhr Majorro fort.

Offensichtlich hatte Amalia ihm erzählt, daß sie Marcos nicht hineingelassen hatte, als er zum erstenmal vor der Tür stand.

Ich sagte, mir sei es ganz normal vorgekommen, daß Marcos seinen Onkel besuchen wollte, und daher hätte ich ihn eingeladen, bei mir zu übernachten, um ihn am nächsten Tag zu Ramón mitzunehmen.

«Kam es Ihnen nicht verdächtig vor, daß sich der Gesuchte am Morgen den Bart abnahm, um sein Aussehen zu verändern?»

«Nein, Señor Majorro, ich war davon sehr angetan, denn mit Bart sah er äußerst ungepflegt aus.»

«Ich möchte Sie bitten, Don Pepe, mich mit ‹Herr Inspektor› anzusprechen.»

«In Ordnung, Herr Inspektor.»

«Anderen Aussagen zufolge brachte der Betreffende einen Poncho und ein Buch mit. Ein Botanikbuch, wie es scheint. Haben Sie dieses Buch bemerkt?»

«Selbstverständlich, Herr Inspektor, ich habe es Marcos geschenkt. Es heißt ‹*Der Heilpflanzengarten*›, und der Autor ist Doktor Pantoja.»

«Wie kamen Sie dazu, Don Pepe, einer Person, die sie seit vielen Jahren nicht mehr gesehen hatten, dieses Buch zu überreichen?»

«Ich hielt Marcos für einen intelligenten jungen Mann und dachte, er könnte damit vielleicht etwas anfangen. Besonders interessiert an Botanik schien er allerdings nicht.»

Majorro war mit dieser Antwort sehr zufrieden.

«Gut», sagte er und fügte dann deutlicher werdend hinzu: «Können Sie mir sagen, ob in diesem Buch auch von Zafiawasser die Rede ist?»

Ich merkte, daß ich Marcos unabsichtlich durch meine Aussage belastet hatte. Es blieb mir nichts anderes übrig, als die Wahrheit zu sagen.

«Ja. Im ‹*Heilpflanzengarten*› gibt es ein ganzes Kapitel über Zafiawasser, in dem steht, wie es zubereitet wird, wie es dosiert wird und welche Wirkungen es hat.»

Majorro machte sich zusätzlich zu dem, was sein Assistent aufnahm, noch eine eigene Notiz.

«Vielen Dank, Don Pepe», verabschiedete er mich.

Ich konnte gehen.

Es begann bereits dunkel zu werden, als ich nach Hause kam. Meine Frau, die lange vor mir heimgegangen war, dachte, ich müßte sterben vor Hunger, und hatte mir ein richtiges Essen gemacht. Als sie mir einen Teller voll Makkaroni vorsetzte, merkte ich, daß mir meine unbedachte Antwort beim Verhör den Appetit verdorben hatte.

Während ich noch unschlüssig die Makkaroni betrachtete, sagte Jacinta: «Ich habe am Eingang zwischen den Blumentöpfen diesen Zettel gefunden.»

Sie gab mir eines der Briefchen, die mir Ramón regelmäßig durch Zenaida zu schicken pflegte. Als ich den kleinen Zettel sah, wurde mir Ramóns Tod viel schmerzlicher bewußt als beim Anblick des Leichnams. Mir wurde klar, daß dies die letzte Botschaft war, die mir Ramón senden sollte. Ich faltete das Papier auseinander und las: «Das Täubchen ist gekommen, wenn auch mit einiger Verspätung. Ich habe alles, was noch zu tun war, erledigt. Mach dir keine Umstände wegen dem, worum ich dich bat. Ramón.»

Da begriff ich, was geschehen war: Zenaida war so spät vorbeigekommen, daß wir schon schliefen und sie vergeblich läutete, oder aber sie hatte sich gar nicht mehr getraut zu klingeln und deshalb den kleinen Zettel unter der Tür durchgeschoben. Er geriet zwischen die Blumentöpfe, und ich verließ am Morgen das Haus, ohne ihn zu bemerken. Andernfalls hätte ich mir den Ausflug zum Calderón sparen können.

Heute, einige Monate später, während ich diese Zeilen schreibe, bin ich froh, das Papier nicht entdeckt zu haben, denn es war gut, daß ich zum Calderón fuhr.

«Ich kann nichts essen», sagte ich und schob die Makkaroni beiseite.

«Diese traurigen Anlässe haben es in sich», meinte Jacinta. «Manch einen machen sie hungrig, und anderen nehmen sie den Appetit.»

Als ich das Eßzimmer verließ, begann sie die Makkaroni zu essen, die sie für mich aufgewärmt hatte. Ich ging in den Patio, um nach meinen Pflanzen zu sehen. Vor dem Louisianamoos blieb ich stehen. Es verströmt in der Nacht einen starken Duft, der dem der Weinraute ähnlich ist. Ich dachte an Marcos, den ‹*Heilpflanzengarten*›, Inspektor Santana und die Fotos, die er uns gezeigt hatte. Marcos hatte mir mehrmals Anlaß zu Mißtrauen gegeben, aber wie ein Terrorist hatte er nicht auf mich gewirkt und erst recht nicht wie ein Giftmörder. Ich kam zu dem Schluß, daß sich an diesem Tag bereits mehr als genug ereignet hatte und es das beste war, einfach früher zu Bett zu gehen.

Ich war schon im Schlafzimmer und zog mich gerade aus, als ich die zwei Belege fand, die ich im *Hotel Calderón* eingesteckt hatte. Mit dem Anruf um halb sechs Uhr konnte etwas nicht stimmen. Jemand mußte abgenommen haben, denn das Gespräch hatte vier Minuten gedauert. Wahrscheinlich hatte Marcos Bescheid geben wollen, daß er später käme, und höchstwahrscheinlich hatte es niemand Ramón ausgerichtet, obwohl sie alle wußten, daß er schon den ganzen Tag auf Marcos wartete.

Ich nahm die andere Rechnung zur Hand, ging zum Telefon und wählte die Nummer. Eine Männerstimme antwortete: «Halbmondbucht, Hotel Aurora.»

Ich hängte ohne ein Wort ein, ging ins Schlafzimmer zurück und steckte die beiden Belege zusammen mit Ramóns Zettel in die Nachttischschublade. Dann legte ich mich aufs Bett und verschränkte die Arme hinter dem Kopf, um nachzudenken. Wenig später kam Jacinta herein, zog sich aus und legte sich an meine Seite.

«Ich verstehe überhaupt nichts mehr», sagte ich, während ich das Licht ausmachte.

«Was meinst du damit?» fragte Jacinta.

Am nächsten Morgen goß ich gerade die Begonien, als ich den Türklopfer hörte. Es war erst Viertel nach acht. Jacinta war gerade in der Küche, um das Frühstück zu machen. Ich öffnete. Santana und Majorro standen vor der Tür. Sie entschuldigten sich, daß sie so früh störten.

«Kommen Sie herein», sagte ich. «Haben Sie schon gefrühstückt?»

«Wir wollen Ihnen keine Umstände machen, Don Pepe», sagte Majorro.

Ich bat Jacinta, eine größere Portion Rühreier mit Würstchen zuzubereiten.

«Sehen Sie nur, Inspektor», schwärmte Majorro, der Hobbydichter ist, «was Don Pepe für ein hübsches Haus hat. Wenn ich hier lebte, schriebe ich wie Amado Nervo.»

Santana, der immer noch seine Aktentasche in der Hand hielt, wirkte ungeduldig, sagte aber nichts, bis wir fertig gefrühstückt hatten und Jacinta mit den schmutzigen Tellern hinausgegangen war. Dann begann er: «Don Pepe, gestern haben Sie weder mir noch Inspektor Majorro gegenüber das Calderón erwähnt.»

Ich versuchte Zeit zu gewinnen, indem ich einige Krümel von meinem Hemd entfernte; Majorro hustete, räusperte sich und spuckte in sein Taschentuch; Santana aber legte eine Telefonabrechnung auf den Tisch, die haargenau wie die beiden anderen aussah, die ich in der Nachttischschublade verwahrt hatte. Sie bewies, daß ich um acht Uhr morgens vom *Hotel Calderón* aus in der Calle de la Sonaja angerufen hatte.

«Ich habe weder Ihnen noch Inspektor Majorro gegenüber das Calderón erwähnt», antwortete ich, «weil keiner von Ihnen sich danach erkundigt hat.»

«Aber Sie wußten, Don Pepe, daß ich Marcos González Alcántara, alias El Negro, suchte.»

«Ja, Herr Inspektor, und außerdem war ich dabei, als Señor Jim Henry Ihnen den Vorschlag machte, Sie zu ihm zu bringen. Ich hätte Ihnen das nicht anbieten können, weil ich nicht weiß, wo Marcos González ist.»

«Können Sie uns jetzt vielleicht verraten, Don Pepe, warum Sie den Betreffenden im Calderón gesucht haben?» fragte Majorro.

Ich sagte ihnen die Wahrheit, doch was ich erzählte, kam mir selber in diesem Moment wenig überzeugend vor – besonders die Sache mit dem Briefchen, in dem Ramón mir mitgeteilt hätte, ich brauchte Marcos nicht mehr zu suchen, das ich aber übersehen haben wollte. Als ich meinen Bericht beendet hatte, trumpfte Santana mit selbstgefälliger Miene auf: «Ich glaube, ich habe mehr Glück gehabt als Sie, Don Pepe.»

«Haben Sie Marcos gefunden?» fragte ich.

«Das bleibt noch abzuwarten», erwiderte er.

Majorro fügte hinzu: «Inspektor Santana hat etwas

entdeckt, das wir Sie zu identifizieren bitten. Würde es Ihnen etwas ausmachen, uns zu begleiten, Don Pepe? Es wird nicht mehr als zwei oder drei Stunden in Anspruch nehmen.»

«Gehen wir, wohin Sie wollen», antwortete ich und stand auf. Ich willigte ein, weil mir nicht viel anderes übrigblieb, aber auch, weil ich sehr neugierig war, was Santana gefunden haben könnte.

Santana hatte ein großes, heruntergekommenes Auto. Er fuhr sehr schnell und unvorsichtig. An der eingeschlagenen Richtung erkannte ich, daß wir, wie vermutet, zum Calderón unterwegs waren. Ich saß zwischen den beiden. Nachdem wir eine Weile geschwiegen hatten, beschloß ich, Konversation zu machen.

«Zu wem gehört Ihre Behörde eigentlich genau, Herr Inspektor?» fragte ich Santana.

Mit einer langen und bürokratischen Erklärung gab er mir zu verstehen, daß die Abteilung für Innere Sicherheit praktisch die rechte Hand des Präsidenten der Republik war.

«Erzählen Sie uns doch von einigen Fällen, mit deren Untersuchung Sie beauftragt wurden», bat ich.

Er gab allerlei zum besten, unter anderem die Geschichte des Kassenführers eines staatlichen Unternehmens, der eines Tages mit fünfzigtausend Pesos durchgebrannt war. Der Diebstahl hatte sich in Los Mochis ereignet, und Santana schnappte den Kassenwart acht Tage später glücklich in Tuxtla Gutiérrez.

«Als ich ihn am Kragen hatte, bot er mir fünftausend Pesos an. ‹Entschuldigen Sie›, antwortete ich, ‹aber ich bin da etwas anspruchsvoller.› Ich war beinahe beleidigt. Jetzt sitzt der Kerl im Kittchen. Sie haben ihm fünf Jahre gegeben, wegen Veruntreuung von Staatsgeldern. Das Interessante an diesem Fall ist, Don Pepe, daß eine Woche zuvor mehr als eine Million Pesos durch die Hände dieses Mannes gegangen sind. Er rührte sie nicht an. Statt dessen verschwand er acht Tage später mit den fünfzigtausend Pesos, die in der Kasse waren. Er hatte anscheinend mit einer Frau Probleme und mußte schleunigst das Feld räumen. ‹Wenn Sie mit der Million abgehauen wären›, sagte ich zu ihm, als ich ihn festnahm, ‹wäre selbst der Herrgott machtlos gewesen.› Denn welcher Kriminalbeamte, Don Pepe, kann schon fünfhunderttausend Pesos widerstehen, verstehen Sie?»

«Ja, ja, ich verstehe», erwiderte ich.

«Die Leute erwarten, daß die Polizei nicht korrupt ist, was die sich einbilden! Wir sind ja schließlich auch nur Menschen», kommentierte Majorro.

Statt zum Hotel zu fahren, bog Santana in den Weg ein, der zum Bergwerk führt. Vor dem Eingang des halbverfallenen Hauses saß ein Polizeibeamter, der aufstand, als er uns sah, sich die Mütze ins Gesicht zog und seine Uniform zurechtrückte. Es war der Beißer, ein Polizist, den jeder in Muérdago kennt. Er hat das Gesicht voller Pickel, ist dick und geistig angeblich etwas zurückgeblieben. Aus einem Radio erschallte ein Mariachi-Lied. Er nahm Haltung an, stellte aber nicht das Radio ab.

«Keine Neuigkeiten, Herr Inspektor», sagte er zu Majorro.

«Wenn Sie uns bitte hier entlang folgen, Don Pepe», wandte sich Santana an mich.

Er bog in einen Pfad ein, ich ging hinterher, und Majorro machte den letzten. Der Weg stieg ziemlich steil an, und als wir auf der ersten Anhöhe angekommen waren, blieben wir stehen, um Atem zu schöpfen. Ich sah, daß der Beißer unten begonnen hatte, ein Stück Zuckerrohr zu schälen. Der Gesang Pedro Infantes hallte in den Bergen wider. Dann gingen wir weiter. Der Pfad war unberechenbar. Bald führte er auf gleichbleibender Höhe am Hang entlang, bald stieg er plötzlich steil an, um dann wieder ohne erkennbares Motiv unvermutet bergab zu führen. Ich merkte, daß die Flora des Calderón reicher ist, als es auf den ersten Blick den Anschein hat. Außer den Akazien und den Myrtillenkakteen, von denen es jede Menge gibt, findet man auch noch Süßholz und Schwarzholz, einige Baumwinden, Kandelaberkakteen, kleine San Antonio-Opuntien und Wandergras. Die Farbe des Bodens änderte sich ständig. Erst war er weißlich, dann wieder rötlich und schließlich bläulichgrau. Plötzlich, als es eine Steigung hinaufging, hörte ich ein Geräusch, das weder mit dem Keuchen meines Atems noch dem Pochen des Bluts in meinen Schläfen zusammenfiel. Zuerst wußte ich nicht, woher es kam, doch dann wurde mir klar, daß es das sprudelnde Wasser des Dampftopfs sein mußte. Ein Polizist und ein Landarbeiter, die unter einem Akazienstrauch Karten spielten, erhoben sich, als sie uns näher kommen sahen. Santana wandte sich in einer Biegung nach mir um und sagte: «Seien Sie vorsichtig.»

Aus dem Loch stieg eine Dampfwolke auf. Der Boden war glitschig. Wir gingen um den Topf herum bis zu der Stelle, wo der Bach austritt. Dort blieb Santana stehen, der Polizist und der Landarbeiter kamen zu uns herüber, und der Arbeiter gab uns die Hand. Santana wartete, bis ich mir die Brille geputzt hatte, die von dem Dampf ganz beschlagen war. Als ich sie wieder aufgesetzt hatte, sagte er: «Schauen Sie», und zeigte auf das Bachbett.

Ich brauchte einen Moment, bevor ich erkannte, was Santana mir zeigen wollte. Auf dem Grund, der von grünlichen Algen überzogen war, ließen sich zwei seltsame kaffeebraune Gegenstände ausmachen.

«Können Sie es sehen?» fragte Santana.

«Ja.»

«Kennen Sie dieses Schuhwerk?»

«Es sind Marcos' Gauchostiefel», sagte ich, ohne zu zögern.

«Haben Sie gehört, Inspektor?» wandte sich Santana triumphierend an Majorro, der gerade angekommen und noch ganz außer Atem war. Als dieser bestätigend genickt hatte, wandte sich Santana wieder mir zu: «Don Pepe, wir erachten dies als eine formelle Erklärung gegenüber der Staatsanwaltschaft.»

«Aber, was hat das zu bedeuten?» fragte ich.

Santana und Majorro nahmen mich beiseite, damit der Polizist und der Landarbeiter nichts hörten.

«Der da», sagte Santana und wies auf den Landarbeiter, «kommt aus der Gegend des Calderón und wird der Colorado genannt. Er war es, der die Stiefel gefunden hat. Er sagt, die Leiche ist im Dampftopf.»

«Welche Leiche?» fragte ich.

«Die von Marcos González, alias El Negro», antwortete Majorro.

«Anscheinend ist Marcos González Donnerstag nacht zum Dampftopf zurückgekommen», erklärte mir Santana. «Wir wissen nicht, ob er sich absichtlich hineingestürzt hat oder ob er ausgerutscht und hineingefallen ist. Jedenfalls handelt es sich jetzt nur noch darum, die Leiche rauszufischen, und der Fall ist erledigt.»

Er schien sehr zufrieden.

«Du wirst beim Notar Zorilla erwartet», begrüßte mich Jacinta, als ich nach Hause kam.

«Was ist denn los?» fragte ich.

«Es scheint, als wolle der Notar Ramóns Testament verlesen, es aber nicht öffnen, ehe du anwesend bist.»

Also ging ich nur schnell ins Bad, um mich zu erleichtern. Während ich pinkelte, wiederholte ich laut, was Santana gesagt hatte: «Wir müssen nur noch die Leiche rausfischen, und der Fall ist erledigt.»

Es kam mir alles äußerst eigenartig vor.

Zorilla erwartete mich im Vorzimmer.

«Paco vom Kasino und Canalejas sind auch da, weil sie Zeugen waren, als Ramón sein Testament verfaßte», erklärte er mir.

«Und ich, wozu muß ich anwesend sein?»

«Ramón sagte mir, daß du der Testamentsvollstrecker bist.»

Als ich hineinging, warfen mir die Anwesenden übel

gelaunte Blicke zu, weil sie eine Stunde lang auf mich hatten warten müssen. Um den Tisch herum saßen die vier Kinder des Tugendhaften. Von den Ehegatten war allein der Gringo eingeladen worden. Er hatte sich eine Zigarre angezündet und das ganze Zimmer mit seinem Qualm verpestet. Außerdem war noch Lucero da, weil von den Großneffen und -nichten Ramóns nur sie volljährig war.

Ich setzte mich zwischen Lucero und den Gringo. Zorilla schloß die Tür und nahm am oberen Tischende Platz.

«Unsere heutige Zusammenkunft ist ganz im Sinne des Gesetzgebers», begann er.

«Natürlich, Herr Notar», fiel ihm Gerardo, der Richter ist, ins Wort.

«Wenn jemand unter Umständen stirbt, die annehmen lassen, es handle sich nicht um einen natürlichen Tod, kann der Notar entscheiden, ob er das Testament sofort eröffnen oder die Ergebnisse der Untersuchungen abwarten will. Ich habe mich in diesem Fall entschlossen, das Testament jetzt gleich zu eröffnen, da dieses Dokument, das wir jetzt verlesen werden, möglicherweise den Schlüssel zu dem Rätsel enthält, welches die Behörden bisher vergeblich zu lösen versuchen. Gibt es irgendwelche Einwände gegen die Eröffnung des Testaments?»

«Ich habe keine», erklärte Gerardo.

«Die Entscheidung, die Sie gefällt haben, kommt mir sehr vernünftig vor, Herr Notar», sagte Alfonso. «Seid ihr nicht auch der Meinung, Kinder?» fragte er mit einem Blick in die Runde.

«Ja», sagten die möglichen Erben einstimmig, bis auf Lucero.

Offensichtlich konnten es die Tarragonas kaum noch erwarten zu erfahren, was Ramón ihnen vererbt hatte.

«Ich möchte wissen», schaltete ich mich ein, «ob der weitere mögliche Erbe ebenfalls eingeladen wurde, oder ob man sich zumindest darum bemüht hat.»

Niemand antwortete. Alfonso sah mich an, als traue er seinen Ohren nicht.

«‹Der weitere mögliche Erbe›, wen meinen Sie damit?» fragte er.

«Marcos.»

Erst in diesem Moment schien sich Alfonso wieder an diese beinahe vergessene Figur zu erinnern.

«Ah! Aber Marcos ist doch kein möglicher Erbe! Hat jemand meinen Onkel sagen hören, daß er Marcos etwas vermachen wolle? Ich nicht.»

«Ich auch nicht», sagte Amalia.

«Er war ein Neffe Ramóns», insistierte ich.

«Ja, aber angeheiratet», betonte Gerardo.

«Er ist der Alleinerbe», erklärte Paco vom Kasino. «Ich habe fünfzehntausend Pesos gewettet, daß Ramón dem Jungen alles vermacht hat.»

Nun wurde es sehr still.

«Jedenfalls wurde die Person, von der du soeben sprachst, nicht eingeladen», sagte schließlich Zorilla, «und ich habe auch keinerlei Anstrengungen in diese Richtung unternommen.»

«Das wollte ich wissen», sagte ich und tat, als gäbe ich mich mit dieser Auskunft zufrieden.

Zorilla ließ Canalejas und Paco vom Kasino in aller Förmlichkeit ihre Unterschriften auf dem Umschlag identifizieren und bestätigen, daß das Siegel nicht beschädigt worden war. Erst nachdem diese Präliminarien abgewickelt waren, erbrach er das Siegel, öffnete den Umschlag und entnahm den darin enthaltenen Bogen, um ihn zu verlesen: «Zum Testamentsvollstrecker, Bevollmächtigten und Beauftragten, welcher über die richtige Verteilung meiner Güter wachen soll, ernenne ich meinen langjährigen Freund José Lara und verfüge, daß er für die damit verbundene Mühe hunderttausend Pesos bekommt...»

«Das Testament beginnt sehr gut», sagte Gerardo. «Don Pepe genießt unser aller Vertrauen.»

«...Meiner Haushälterin Zenaida, die mir und meiner Frau Leonor während so vieler Jahre treu gedient hat, vermache ich das Haus im San José-Viertel und zweihunderttausend Pesos, um ihr einen sorglosen Lebensabend zu ermöglichen...»

«Sehr richtig, sehr richtig», sagte Amalia. «Ich freue mich, daß mein Onkel an Zenaida gedacht hat!»

«...Meiner Großnichte Lucero, der ich die wenigen Freuden verdanke, die mir auf meine alten Tage noch beschieden waren, weil sie mit mir Schach spielte, vermache ich eine Millionen hunderttausend Pesos, die sich auf meinem Konto bei der Banco de la Lonja befinden...»

«Noch morgen gehst du zur Bank, Lucero», sagte Alfonso, «und läßt das Geld überschreiben, damit du keine Steuern zahlen mußt.»

Lucero begann zu weinen.

«...Meiner Nichte Amalia, die in mein Haus zog, um mich aufopfernd zu pflegen, und noch besorgter um meine Gesundheit war als mein Arzt, hinterlasse ich den Kristalleuchter im Wohnzimmer...»

Es entstand eine Pause.

«Und was noch?» fragte der Gringo.

«Sonst nichts», sagte Zorilla und las weiter. «...Meinem Neffen Alfonso hinterlasse ich die Schreibtischunterlage...»

«Das ist ja lächerlich!» sagte Alfonso.

«...und meinem Neffen Gerardo den Sekretär, der ihm so gefällt...»

«Aber ich habe ja nicht einmal den Platz dazu, ihn irgendwo hinzustellen!» protestierte dieser.

«...Meinem Neffen Fernando hinterlasse ich den Sattel, der im Pferdestall der Mancuerna hängt...»

«Warum denn den Sattel, ich reite doch nicht, wenn ich ein Auto habe!»

«...Meinem angeheirateten Neffen James Henry hinterlasse ich den Aschenbecher mit meinen Initialen...»

Der Gringo sagte etwas auf amerikanisch, das ich nicht verstand.

«...Meinem Neffen Marcos hinterlasse ich meinen Anteil an der Covadonga-Mine, die er entdeckt hat und die er abbauen will...»

«Das kann nicht sein!» rief Paco vom Kasino. «Da liegt ein Irrtum vor!»

«...Den Rest meines Vermögens, das sich auf etwa siebzehneinhalb Millionen Pesos beläuft», las Zorilla weiter, «stifte ich dem Kasino von Muérdago...»

An diesem Punkt erhoben sich Gerardo und Fernando, und Alfonso öffnete die Tür. Ich beugte mich zu Lucero hinüber, die aufgehört hatte zu weinen, und fragte sie: «Kannst du mir sagen, ob Marcos seine Gauchostiefel anhatte, als er das letzte Mal in die Calle de la Sonaja kam?»

«Nein», sagte sie, ohne zu zögern, «er hatte sich neue Schuhe gekauft.»

«Was stand in dem Testament?» wollte Jacinta wissen, als ich nach Hause kam.

«Lauter dummes Zeug.»

Ich hängte den Hut an den Haken und ging geradewegs ins Schlafzimmer, öffnete die Nachttischschublade, nahm eine der Rechnungen heraus, ging zum Telefon und wählte die Nummer. Die gleiche Männerstimme antwortete: «Halbmondbucht, Hotel Aurora.»

«Sagen Sie mir bitte, wie ich zu Ihnen komme.»

13

Wer mit dem Bus von Muérdago nach Ticomán fahren will, muß zweimal umsteigen und ist zwölf Stunden lang unterwegs. Man verliert vier Stunden mit Warten in Mezcala, bekommt erst um sechs Uhr abends etwas zu Mittagessen und kann erst um Mitternacht zu Abend essen.

Als ich endlich am Busbahnhof von Ticomán ausstieg, war es drückend heiß. Ich mußte meine Weste ausziehen, obwohl ich meinen luftigsten Anzug anhatte; und kaum trat ich auf die Straße hinaus, wurde es mir so heiß, daß ich auch noch das Jackett ausziehen mußte. Es war halb acht Uhr morgens. Ich ging Richtung Hafen. Ein leichter Nebelschleier hing über dem Meer. In der Bucht lagen zwei Krabbenkutter vor Anker, und in der Ferne sah ich Pelikane vorbeifliegen. Ich trat auf die Mole hinaus und fragte den Mann, der dort Fische putzte, nach dem Motorboot zur Halbmondbucht.

«Dieses da», sagte er und zeigte auf ein Boot mit Sonnendach und Bänken, das den Namen ‹Lupita› trug. «Es fährt um neun Uhr ab.»

Das entsprach den Angaben, die mir der Chef des *Hotel Aurora* am Telefon gemacht hatte. Ich ging zum Ufer zurück und in ein Restaurant, das *Die Königin von Ticomán* hieß und bereits geöffnet war. Nachdem ich mir etwas zum Frühstücken bestellt hatte, blieb ich bis neun Uhr dort, denn die Atmosphäre war angenehm und es gab eine Klimaanlage. Die ‹Lupita› lief schließlich um zehn Uhr aus. Außer mir fuhr noch eine vierköpfige Familie mit, die den Tag am Strand verbringen wollte.

«Heute ist mein freier Tag», erklärte mir der Vater, der Bäcker war.

Ich muß verdächtig ausgesehen haben: ein Alter in Weste, Jackett, Hut und Krawatte, aber ohne Badehose.

«Bleiben Sie am Strand?» fragte mich der Bootsführer.

«Ich bin auf der Suche nach Freunden von mir», antwortete ich.

Ich beschrieb ihm Marcos und seine Frau so gut ich konnte, doch er erinnerte sich nicht an sie.

«Es fahren so viele mit!» sagte er. «Kaum ein Tag vergeht, ohne daß ich jemanden zum *Hotel Aurora* mitnehme.»

Wir brauchten eine Stunde, um die Bucht zu durchqueren und in die kleine Nachbarbucht zu gelangen. Zunächst entfernten sich die Berge ein wenig, dann rückten sie wieder näher. Das Meer war unbewegt. Endlich stellte sich der kleine Junge, der dem Fahrer zur Hand ging, auf die Bugspitze, sprang mit dem Seil ins Wasser und zog so lange, bis das Boot auf Grund stieß. Barfuß wateten wir zum Ufer.

Die Bucht hatte tatsächlich die Form eines Halbmondes und war von Kokospalmen gesäumt. Ich sah einige Fischerhütten, zwei morsche Kähne, ein paar Netze, einen Jungen, der eine Angel auswarf, und zwei Hunde.

«Das *Hotel Aurora* ist dort drüben», sagte der Bootsführer.

Auf einem Hügel lag ein Gebäude mit einer Bruchsteinfassade.

«Wann fahren Sie wieder zum Hafen zurück?» fragte ich.

«Um drei.»

Ich folgte einem mit Disteln überwachsenen Pfad. Der Flamboyant blühte. Als ich an der Veranda ankam, waren meine Kleider naß vor Schweiß. Ich betrat die Eingangshalle und ging zur Rezeption. Das *Aurora* hatte den gleichen roten Fliesenfußboden wie das *Calderón*.

«Hatten Sie nicht hier angerufen?» fragte der Mann hinter der Theke.

Da er am Telefon gesagt hatte, er sei der Hotelchef, gab ich ihm hundert Pesos.

Genau wie im *Calderón* hatte ich keine Schwierigkeiten, an Informationen heranzukommen, doch ich bekam auch wieder die gleiche negative Auskunft, daß Marcos nicht im Hotel sei. Der Geschäftsführer konnte mir nur sagen, daß jemand am Donnerstag angerufen und telefonisch ein Zimmer für «Angel Valdés und Frau» reserviert hatte. Dann sei aber niemand erschienen.

«Sind Sie sicher?» fragte ich.

Für weitere hundert Pesos ließ er mich das Gästebuch einsehen. Es gab nicht viel zu überprüfen. Seit vergangenem Freitag waren keine neuen Gäste angekommen. Ich begriff, daß der Bootsführer übertrieben hatte und das *Hotel Aurora* kein besseres Geschäft machte als das *Calderón*. Ich begriff auch, daß meine Reise, die schlaflose Nacht und die zweihundert Pesos, die ich dem Geschäftsführer gegeben hatte, umsonst gewesen waren.

«Dann geben Sie mir ein Bier», bat ich.

Er wollte es mich nicht bezahlen lassen. Ich setzte mich in einen der Liegestühle auf der Veranda, trank das Bier und schlief ein. Als ich erwachte, lag ein graues Motorboot in der Bucht.

«Und dieses Boot?» fragte ich den Geschäftsführer.

«Das gehört der Regierung.»

«Geben Sie mir einen Meskal.»

Eine kühle Brise war aufgekommen. Ich zog meine Weste wieder an und, bevor ich an Bord der ‹Lupita› ging, mein Jackett. Die Rückfahrt verlief ganz anders als die Hinfahrt. Es war starker Wellengang, und der Bäckersfrau wurde es so übel, daß sie sich übergab. Nach uns verließ auch das Boot der Regierung die Halbmondbucht, und als wir in Ticomán ankamen, lag es bereits im Hafen.

Der Himmel hatte sich bezogen, es begann zu nieseln und wurde kalt. Da es erst halb fünf Uhr war und der Bus nach Muérdago nicht vor sechs Uhr abfuhr, setzte ich mich wieder in die *Königin von Ticomán*. Ich wurde hungrig und bestellte mir etwas zu essen.

Um zwanzig Minuten vor sechs hatte ich schon den zweiten Kaffee getrunken, hatte gezahlt und wollte gerade gehen. In diesem Moment sah ich auf der Straße eine Frau, die sich einen Poncho übergezogen hatte, um sich vor dem Nieselregen zu schützen. Es war Marcos' Poncho.

Ich verließ das Restaurant und lief hinter ihr her. «Hören Sie, Señorita», sagte ich.

Erschreckt drehte sie sich um. Sie war sehr hübsch, und nicht nur das, sie sah auch genauso aus wie die Frau auf dem Foto, das uns Santana gezeigt hatte. Da mir keine Zeit blieb, irgendwelche Lügen zu erfinden, sagte ich geradeheraus: «Ich suche Marcos.»

An ihrem Gesichtsausdruck sah ich, daß sie einen Marcos kannte. Ich ließ ihr keine Zeit, dies zu leugnen.

«Ich heiße José Lara und bin ein Freund von Marcos. Ich muß ihn dringend sprechen.»

Sie musterte mich mißtrauisch. Ich muß ihr einen ehrlichen Eindruck gemacht haben, denn schließlich antwortete sie: «Marcos ist in der Klinik.»

«Was ist mit ihm?»

«Er hatte eine starke Vergiftung und schwebt noch immer in Gefahr.»

Erst in diesem Moment dachte ich an die Möglichkeit, daß Marcos und Ramón beide von dem Cognac getrunken hatten.

«Bringen Sie mich zu ihm», bat ich die Frau. «Ich muß ihn unbedingt sehen.»

Unterwegs erzählte sie mir, daß Marcos eingeschlafen war, sobald der Bus Mezcala verlassen hatte. Und erst als sie ihn bei der Ankunft in Ticomán wecken wollte, habe sie gemerkt, daß er im Sterben lag.

«Ich mußte ihn ins Marinehospital bringen. Im Kreiskrankenhaus weigerten sie sich, ihn aufzunehmen, weil sie nicht über die nötigen Apparate verfügten, um ihn zu behandeln. Heute haben sie ihm nun eine Blutwäsche gemacht.»

«Was sagte der Arzt?»

«Daß Marcos sich mit einer unbekannten Substanz beim Essen oder Trinken vergiftete. Er hätte ebensogut umkommen können, weil der Arzt nicht wußte, welches Gegengift er spritzen sollte.»

«Hatte er bläuliche Flecken am unteren Lippenrand?» fragte ich.

Sie sah mich verwundert an. «Woher wissen Sie das?»

«Ein Freund von mir starb an der gleichen Sache.»

Ich mußte dem Wachhabenden meine Personalien und fünfzig Pesos geben, um mit ins Marinehospital hineingelassen zu werden. Er führte mich zu einem Krankensaal, in dem Marcos als einziger Patient lag. Marcos war nicht wiederzuerkennen. Er war abgemagert und hatte eine grünliche Farbe angenommen. Er schlief, wirkte aber wie tot. Seine Frau ging zu seinem Bett und berührte ihn an der Schulter, damit er aufwachte.

«Hier ist ein Herr, der mit dir sprechen möchte.»

Marcos erkannte mich und lächelte schwach.

«Wie fühlst du dich?» fragte ich.

«Etwas besser», sagte er mit einer heiseren, rauhen Stimme.

«Es gibt einiges zu erzählen. Wann ist es dir lieber, jetzt gleich, oder soll ich morgen wiederkommen?»

«Jetzt gleich.»

Ich war so froh, ihn endlich gefunden zu haben! Wer

hätte ahnen können, daß schon der nächste Augenblick der beschämendste meines Lebens sein sollte. Ich hörte, wie die Tür geöffnet wurde, und als ich mich umwandte, sah ich Santana und Majorro hineinkommen, gefolgt von mehreren Polizisten.

Marcos wurde in einer Ambulanz mit Arzt und Eskorte nach Muérdago gebracht. Seine Frau und ich fuhren in Santanas Wagen mit. Ich saß vorn, zwischen Santana und Majorro, sie hinten, neben einem Polizisten. Während dem ersten Teil der Reise sprachen wir kein Wort. Doch als wir an einer Raststätte anhielten und wir drei vorn Sitzenden ausstiegen, nahm Santana meinen Arm und sagte:

«Seien Sie doch nicht böse mit mir, Don Pepe, das könnte ich nicht ertragen!»

«Sie haben versucht, mich zu betrügen», erwiderte ich. «Aber ich habe die Geschichte, daß Marcos in den Dampftopf gefallen sei, nie geglaubt. ‹Wir müssen nur noch die Leiche rausfischen›, haben Sie behauptet. Alles gelogen!»

«Zugegeben, Don Pepe. Verzeihen Sie uns. Aber immerhin wußten Inspektor Majorro und ich, daß sie im *Hotel Calderón* zwei Zettelchen mitgenommen hatten, die sie uns vorenthalten haben.»

Da ich von dieser Angelegenheit nicht sprechen wollte, ging ich schlecht gelaunt davon. Sie folgten mir.

«Ich möchte Sie nur darauf aufmerksam machen, Don Pepe», sagte Majorro, «daß nicht ich es war, sondern der Inspektor, der sie unbedingt vorgestern morgen aufsuchen wollte. Stimmt's, Inspektor?»

«Ja, das war meine Idee. Aber seien Sie doch nicht schlechter Laune, Don Pepe, wo dank Ihnen alles so hervorragend gelaufen ist. Jetzt kann der Inspektor seine Akte schließen und ich die meine. Lassen Sie uns ein Gläschen trinken auf den Sieg der Gerechtigkeit.»

Ich sah sie so verächtlich an, wie ich nur konnte. Diese schäbigen Beamtenseelen, die nur das Schließen ihrer Akten im Kopf haben, dachte ich.

«Nein, danke!» entgegnete ich scharf.

Sie gingen ins Restaurant und bestellten gebratenes Spanferkel, während ich vor dem Eingang auf und ab spazierte. Schließlich hatte ich solchen Hunger und Durst, daß ich das Restaurant betrat und zur Theke ging, um ein Sandwich und ein Bier zu bestellen.

«Setzen Sie sich zu uns, Don Pepe», rief Majorro zu mir herüber.

«Nein, danke!» wiederholte ich. Dann sagte ich zu der Kellnerin: «Geben Sie mir gleich zwei Sandwichs und zwei Bier.»

Als ich das Gewünschte bekommen hatte, nahm ich ein Bier und ein Sandwich mit hinaus und brachte sie Marcos' Frau, die allein im Fond des Wagens saß. Der Polizist war ebenfalls zum Abendessen gegangen und hatte ihr Handschellen um die Knöchel gelegt. Trotzig sah sie in die entgegengesetzte Richtung zum Fenster hinaus, während ich näher kam.

«Ich wollte Ihnen nur dies bringen», sagte ich.

Sie wandte den Kopf, betrachtete geringschätzig das Bier, das Sandwich und dann mich – ich spürte es in der Dunkelheit. «Nein, danke!» lautete die Antwort.

Ich ging zum Restaurant zurück, setzte mich zu den beiden anderen und ließ mich zu Tequila und gebratenem Spanferkel einladen.

Die Glocken läuteten gerade zur Frühmesse, als ich um sechs Uhr wieder glücklich zu Hause war. Während ich das Schlafzimmer betrat, erwachte Jacinta.

«Wie ist es dir ergangen?» fragte sie.

«Schlecht», antwortete ich. «Das einzige, was ich in Ticomán erreicht habe, war, mich gründlich zu blamieren.»

Dann legte ich mich ins Bett und schlief wie ein Stein. Als ich aufwachte, wurde es gerade wieder Nacht. Jacinta war ins Zimmer gekommen und hatte das Licht angemacht.

«Notar Zorilla wartet im Wohnzimmer», sagte sie. «Er ist schon zum drittenmal hier.»

«Und was will er?»

«Mit dir sprechen, sobald du wieder wach bist.»

«Bin gleich soweit.»

Ich gab ihr den Schlüssel der Vitrine für Zorilla mit, damit er sich schon etwas zu trinken einschenken konnte. Dann wusch ich mir das Gesicht, zog Morgenrock und Pantoffeln an und ging ins Wohnzimmer. Zorilla wippte nervös mit dem Fuß. Als er mich bemerkte, erhob er sich und rief: «Pepe, ich bin so froh, daß ich dich treffe.»

«Was ist denn los?»

«Ich habe heute morgen einen Brief von Ramón bekommen.»

«Einen Brief von Ramón?»

Er holte einen Umschlag aus der Tasche und überreichte ihn mir. Am Stempel erkannte ich, daß es derjenige war, den Ramón Donnerstag nacht schrieb und den Zenaida anschließend gleich zum Briefkasten hatte bringen müssen. In dem ersten Umschlag befand sich ein Brief und ein weiteres, verschlossenes Kuvert.

«Lies den Brief», bat Zorilla.

> Lieber Pablo Zorilla,
> ich möchte Dich um einen großen Gefallen bitten. Ergänze das Testament, das ich neulich verfaßte, durch beiliegende Verfügung und annuliere die Klauseln, welche nicht im Sinne dieser Verfügung sind. Glaube nicht, daß ich mich schlecht fühle. Ich möchte nur, daß alles seine Ordnung hat. Entschuldige, daß ich Dir so viele Umstände mache.
>
> Ramón Tarragona.

«Ist das gültig?» fragte ich.

«Ich brauche zwei Zeugen.»

«Jacinta!»

Als Jacinta gekommen war, öffnete Zorilla das zweite Kuvert und las:

«‹Nach einem langen Gespräch mit meinem Neffen Marcos González Alcántara, an dem ich jeden Tag mehr Gefallen finde und der mir ein ordentlicher Mann zu sein scheint, habe ich beschlossen, meinen Letzten Willen (vgl. Testament vom… usw.) zu ändern und ihm all das zu hinterlassen, was ich ursprünglich dem Kasino vermacht hatte.›»

«Also, ehrlich gesagt», erklärte Zorilla, während er die Brille wieder absetzte, «dieses zweite Testament scheint mir wesentlich vernünftiger als das erste, denn es war doch wohl übertrieben, dem Kasino siebzehneinhalb Millionen zu hinterlassen.»

«Sicherlich», bekräftigte Jacinta. «Es ist doch natürlicher, sie einem Verwandten zu vererben.»

«Wißt ihr denn, wo Marcos ist?» fragte ich. «Im Gefängnis. Er wird unter anderem verdächtigt, Ramón vergiftet zu haben.»

«Oh, welcher Undank!» rief Jacinta aus. «Wie schrecklich!»

«Wenn seine Schuld bewiesen wird», machte Zorilla mich aufmerksam, «ist das zweite Testament automatisch ungültig.»

Doch in diesem Moment interessierte mich die Frage, ob das zweite Testament nun gültig war oder nicht, relativ wenig. Viel beunruhigender war, daß dieser Brief das einzige Motiv dafür lieferte, daß Marcos Ramón umgebracht haben könnte.

«Bleibe ich Testamentsvollstrecker?» fragte ich.

«So bestimmte es das erste Testament», sagte Zorilla, «und nichts in der Verfügung steht dem entgegen.»

Als ich am nächsten Morgen zum Gefängnis ging, sagte mir der Beißer, daß es Marcos «ein ganzes Stück besser» gehe. Er sei aus der Krankenabteilung entlassen worden, in der er tags zuvor hatte bleiben müssen, und sei jetzt in einer der Zellen untergebracht. Ich zeigte dem Beißer einen Passierschein, den mir Majorro besorgt hatte. Er studierte ihn eingehend, gab aber durch nichts zu erkennen, daß er verstand, worum es sich handelte.

«Das ist ein Passierschein», erklärte ich. «Es heißt darin, daß ich berechtigt bin, das Gefängnis zu betreten und den Gefangenen zu besuchen.»

«So ist es», erwiderte der Beißer, rührte sich aber nicht von der Stelle.

Wir waren allein in der Wachstube. Ich holte zwanzig Pesos aus der Tasche und gab sie ihm.

«Hier entlang, Don Pepe», sagte der Beißer und nahm die Schlüssel vom Haken.

Wir gingen über den Hof und durch einen Gang, an der Ausnüchterungszelle vorbei. Der Beißer öffnete die nächste Tür und ließ mich in eine feuchte, dunkle Zelle eintreten, deren Toilette einen üblen Geruch verbreitete. Marcos lag, mit dem Poncho zugedeckt, auf einer Pritsche. Seltsamerweise freute er sich, mich zu sehen.

«Guten Tag, Don Pepe», rief er und richtete sich auf.

Der Beißer sammelte das schmutzige Geschirr ein, das am Boden stand, und ließ uns allein. Ich setzte mich neben Marcos auf die Pritsche.

«Das Essen im Gefängnis ist ungenießbar», erklärte er mir. «Deshalb habe ich mir etwas aus dem *Hotel Universal* kommen lassen, aber der dicke Polizist, der gerade hier war, hat unterwegs die Hälfte aufgegessen.»

Ich versprach, daß Jacinta ihm einen Proviantkorb bringen würde, und kam dann unverzüglich auf das zu sprechen, was mich beschäftigte.

«Weißt du, daß Ramón gestorben ist?» fragte ich.

«Man hat es mir erzählt.»

«Und daß er vergiftet wurde?»

«Das weiß ich auch.»

«Du und er, ihr habt miteinander Cognac getrunken.»

«Das taten wir jeden Abend. Am Donnerstag trank mein Onkel mehr als ich, weil nur noch wenig in der Flasche war. Deshalb bekam ich zwei Gläser Cognac, ließ meinem Onkel den Rest und nahm den Meskal.»

«Es hat dir das Leben gerettet, denn der Cognac war vergiftet.»

«So etwas habe ich mir schon gedacht.»

«Du wußtest, wo die Medizin aufbewahrt wurde.»

«Ja, aber ich wußte nicht, daß sie giftig ist.»

«Aber in dem Buch ‹*Der Heilpflanzengarten*›, das ich dir gegeben hatte, steht, daß Zafiawasser in hoher Dosis tödlich ist.»

«Diesen Teil habe ich nie gelesen.»

«Aber du hattest das Buch. Jemand hat es bei dir gesehen und es zu Protokoll gegeben.»

«Wollen Sie damit sagen, daß ich verdächtigt werde, meinen Onkel vergiftet zu haben?»

«Genau.»

«Ich bin aber doch selbst auch vergiftet worden! Dafür kann ich mir ja ein ärztliches Attest geben lassen!»

«Es wäre glaubhafter, wenn du an der Vergiftung gestorben wärest und nicht nur, wie es der Fall ist, ein bißchen abbekommen hättest.»

«Aber wozu sollte ich meinen Onkel denn vergiftet

haben? Was hätte ich davon? Noch dazu, wo er mir in der gleichen Nacht einen Scheck über vierzigtausend Pesos gegeben hat.»

«Weißt du, daß Ramón in eben dieser Nacht – einige kleinere Anstandsschenkungen ausgenommen – dich durch ein zweites Testament zum Alleinerben ernannt hat?»

Marcos vergrub sein Gesicht in beiden Händen.

«Begreifst du jetzt, in was für einer schwierigen Lage du dich befindest?»

«Don Pepe, ich habe meinen Onkel nicht umgebracht.»

«Ich weiß, aber du warst an dem Brand im Globo beteiligt, und das macht dich sehr verdächtig.»

«Auch mit dem Brand im Globo habe ich nichts zu tun.»

«Willst du damit sagen, daß du gleich wegen zwei Verbrechen angeklagt werden sollst, von denen du keines begangen hast? Das ist ja unglaublich!»

Er zuckte mit den Achseln und meinte fatalistisch: «Ich bin aus einem gottverlassenen Rancho, mein Vater war ein armes Schwein, mich nennen sie den Negro, und kaum habe ich mal Glück und beerbe meinen Onkel, werde ich verdächtigt, ihn ermordet zu haben. Das Große Los habe ich einfach nicht gezogen. Aber die größte Niete bin ich selber, weil ich es meinen Verwandten schriftlich gegeben habe, daß ich Ihnen vier Fünftel des Erbes überlasse.»

«Was sagst du da?» fragte ich. «Das mußt du mir erklären.»

Als ich Alfonso zu sprechen wünschte, ließ er mich sofort in sein Privatbüro bitten. Er stand schon an der Tür und streckte mir die Arme entgegen.

«Don Pepe», rief er, als ich das Zimmer betreten wollte, «ich habe bereits erfahren, daß allein durch Ihr Verdienst dieser Schuft nun hinter Schloß und Riegel sitzt.»

Ich konnte mich seiner Umarmung nicht entziehen. Als er mich wieder losgelassen hatte und wir uns setzten, sagte ich: «Ich weiß nicht, ob dir Zorilla schon von dem Brief erzählt hat, den er bekommen hat.»

«Was für einen Brief bekam Zorilla?»

«Denjenigen, den Ramón geschrieben hatte.»

Offensichtlich wußte er von nichts. Ich teilte ihm mit, daß Ramón ein zweites Testament verfaßte hatte und was es beinhaltete.

Er begann über das ganze Gesicht zu strahlen. «Dann ist der Anteil an dem Erbe, den meine Geschwister und ich bekommen, sehr viel größer», sagte er. «Wir haben nämlich mit Marcos eine Vereinbarung unterzeichnet, derzufolge, unabhängig von dem jeweiligen Einzelanteilen, das Erbe von uns vier und meinem Vetter zusammengezählt und in fünf gleiche Teile geteilt wird.»

«Soso», erwiderte ich. «Das Traurige an der Sache ist nur, daß Majorro und Santana alles daran setzen, Marcos die Vergiftung Ramóns anzulasten. Wenn er aber für schuldig befunden wird, ist das zweite Testament ungültig.»

Ich bewunderte die Schnelligkeit, mit der er die neue Sachlage erkannte.

«Wir werden nicht zulassen, daß zwei Polizisten nach ihrem eigenen Gutdünken verfahren.»

«Natürlich nicht.»

«Marcos ist zweifelsohne ein Halunke, aber ein Mörder ist er nicht.»

«Der Meinung bin ich auch.»

«Ich bin ohnedies der Überzeugung, Don Pepe, daß mein Onkel nicht umgebracht wurde, sondern er sich selbst das Leben nahm.»

«Er war ein sehr kranker Mann.»

«Von der Krankheit an sich einmal ganz abgesehen, denken Sie nur an die ständige Erniedrigung, die es bedeutet, in den kleinsten Dingen des alltäglichen Lebens von fremder Hilfe abzuhängen.»

«Das muß unerträglich gewesen sein.»

«Ich denke doch, Gott unser Herr wird in diesem besonderen Fall Nachsicht walten lassen.»

«Ich habe hier noch eine Botschaft», sagte ich, «welche Ramón mir Donnerstag abend geschickt hat, die ich aber erst am Freitag las, als er bereits tot war. Ich weiß nicht, wie ich sie interpretieren soll.»

Ich gab ihm den kleinen Zettel, den Zenaida zwischen die Blumentöpfe gesteckt hatte.

«‹Das Täubchen ist gekommen, wenn auch mit einiger Verspätung›», las Alfonso. «Glauben Sie, daß mein Onkel damit die Taube des Heiligen Geistes meinte?»

«Möglich.»

«‹Ich habe alles, was noch zu tun war, erledigt.› Das scheint mir ganz eindeutig. Dies ist die Botschaft eines Mannes, der wußte, daß er sterben würde, ja es sind die

Worte eines Selbstmörders. Meinen Sie nicht auch, Don Pepe?»

«Man könnte es so auslegen.»

«‹Mach dir keine Umstände wegen dem, worum ich dich bat.› Dies ist mir nicht ganz klar.»

«Das gehört nicht hierher.»

«Hören Sie, Don Pepe, ich habe hier in der Bank eine sehr diskrete junge Dame, die mit einer außerordentlichen Geschicklichkeit fremde Handschriften nachzuahmen weiß. Was meinen Sie, sollten wir ihr dieses Zettelchen geben, damit sie dort in die Ecke, wo noch Platz ist, so etwas wie ‹Macht niemanden für meinen Tod verantwortlich› schreibt?»

«Ich denke, das ist nicht nötig», antwortete ich, nahm ihm das Papier aus der Hand und steckte es in die Tasche. «Hauptsache du und ich sind der Überzeugung, daß Ramón selbst Hand an sich legte.»

«Darin sind wir uns völlig einig, Don Pepe.»

«Als Testamentsvollstrecker», fuhr ich fort, «muß ich dich noch etwas fragen: Seid ihr, deine Brüder und du, in der Lage, die dreieinhalb Millionen, die Marcos aus dem Erbe zustehen, im voraus in bar zu bezahlen?»

«Halten Sie dies für unbedingt notwendig, um diese Angelegenheit zu bereinigen?»

«Unbedingt.»

«In diesem Fall, Don Pepe, kann Marcos jederzeit über das Geld verfügen. Diese Bank steht ihm zu Diensten.»

Ich verließ die Banco de la Lonja. Statt durch die Arkaden geradewegs nach Hause zu gehen, machte ich einen Umweg über die Calle de la Sonaja. Ich sah noch, wie der Gringo die Haustür zuschlug, in seinen Wagen stieg, die Autotür hinter sich zuknallte und mit Vollgas davonfuhr.

Als Zenaida mir die Tür öffnete, bemerkte ich: «Señor Jim scheint wütend zu sein.»

«Er hat im Abfall einige Porträts gefunden, die Señorita Lucero von Marcos gezeichnet hat», vertraute sie mir an.

«Im Abfall?»

«Sie hatte sie in Stücke gerissen und weggeworfen. Als ich den Papierkorb aus der Kofferkammer mitnahm, um ihn ausleeren zu gehen, begegnete mir Don Jim im Patio und fragte: ‹Was hast du da?› – ‹Nichts weiter›, antwortete ich. Er holte die Fetzen heraus, betrachtete sie und verließ das Haus, ohne ein Wort zu sagen, aber rot vor Wut.»

Amalia und Lucero waren jede in ihrem Zimmer und packten Koffer. Sie kamen auf die Galerie heraus, als Zenaida ihnen mitteilte, daß ich zu Besuch gekommen sei.

«Es macht mich ganz traurig, dieses Haus verlassen zu müssen», klagte Amalia, die offensichtlich noch nichts von dem zweiten Testament wußte.

«Möchten Sie nicht einen Kaffee, Don Pepe?» fragte Lucero.

«Nein, vielen Dank. Ich wollte nur kurz guten Tag sagen und erzählen, daß Marcos im Gefängnis ist.»

«Wir haben davon gehört», entgegnete Amalia kühl.

Lucero sagte nichts.

«Das Essen, das er dort bekommt, scheint sehr schlecht zu sein», fuhr ich fort. «Meine Frau wird ihm einen Proviantkorb bringen. Wenn Sie ihr etwas mitgeben wollen?»

«Von mir bekommt er nichts», entgegnete Amalia.

«Ich glaube, von mir schon», sagte Lucero.

Dann verabschiedete ich mich.

Vor der Tür des Zimmers, das Inspektor Santana im *Hotel Universal* bezogen hatte, standen mehrere leere Flaschen und ein Tablett für zwei Personen mit Frühstücksresten. Am Türknauf hing ein Schild mit der Aufschrift: «Bitte nicht stören.» Nähertretend hörte ich Stimmen. Ich ging die Treppe hinunter zur Rezeption, nahm den Hörer des Telefons ab, das auf der Theke stand, und bat den Angestellten: «Verbinden Sie mich mit Zimmer 36.»

Es war halb ein Uhr mittags. Als Santana abhob, sagte ich: «Ich habe Ihnen und Inspektor Majorro einen Vorschlag zu machen, der Sie sicherlich interessieren wird.»

«Hat er mit Geld zu tun, Don Pepe?»

«Andernfalls würde ich Sie nicht anrufen. Können wir uns um eins in der Kasinobar treffen?»

«Um halb zwei.»

«Einverstanden», erwiderte ich und hängte ein.

Ich ging nach Hause zurück. Jacinta hatte den Schaukelstuhl in den Hof gestellt und stopfte Socken. Die Hände in den Taschen ging ich neben ihr auf und ab und tat so, als wolle ich ihr den neuesten Klatsch erzählen.

«Lucero soll Porträts von Marcos gemacht und sie jetzt zerrissen und weggeworfen haben», bemerkte ich beiläufig.

Dann blieb ich stehen und beobachtete meine Frau. Sie hob rasch die Augen, senkte sie dann gleich wieder und fuhr mit Stopfen fort. Ich wartete.

«Sie hatten miteinander zu tun», erklärte sie schließlich, ohne mich anzusehen.

Wenn Jacinta von zwei Leuten sagt, daß sie miteinander «zu tun» hatten, dann meint sie damit sexuelle Beziehungen.

«Woher weißt du das?» fragte ich.

«Ich sah sie eines Nachmittags von der Dachterrasse aus, in dem Zimmer neben dem Hühnerstall. Nur aus Zufall.» Sie errötete.

In der Kasinobar setzte ich mich an einen Tisch in einer abgeschiedenen Ecke, damit niemand hören könnte, was ich Santana und Majorro mitzuteilen hatte. Sie kamen um zwei Uhr. Ich wartete ab, bis Pedrito, der Kellner, die Bestellungen gebracht hatte.

«Ich spreche zu Ihnen in meiner Eigenschaft als Testamentsvollstrecker Ramón Tarragonas», begann ich.

Sie warfen mir einen respektvollen Blick zu.

«Meine Mandanten, die Erben, sähen es gern, wenn sein Ende nicht durch einen öffentlich geäußerten Mordverdacht ins Gerede käme. Sie möchten wissen, ob sich das irgendwie vermeiden ließe.»

«Inspektor Majorro hat das Wort», sagte Santana,

«denn der Tod des Señor Tarragona gehört nicht in meinen Zuständigkeitsbereich.»

«Es tut mir sehr leid, Don Pepe», erwiderte Majorro, «aber dafür ist es jetzt zu spät. Wir hätten das noch regeln können, als wir auf dem Weg von Ticomán nach Muérdago zum Abendessen haltmachten. Inzwischen habe ich die Sache schon aus der Hand gegeben. Meine Akten liegen bereits im Polizeipräsidium, und der Gefangene ist dem Untersuchungsrichter übergeben worden. Es fehlt also nur noch der Termin für die Verhandlung.»

«Wie schade», entgegnete ich und wandte mich an Santana. «Und Sie, Inspektor, sehen Sie keine Möglichkeit, die Globo-Geschichte zu einem Ende zu bringen, ohne Marcos González und seine Frau hineinzuziehen?»

«Daran ist überhaupt nicht zu denken, Don Pepe, das ist völlig unmöglich. Bedenken Sie, daß die Gefangennahme neulich das Ergebnis von monatelangen Nachforschungen war. Sie haben gar keine Ahnung, wieviel Anstrengungen es mich kostete, in die terroristische Zelle einzudringen, zu der diese beiden gehörten. Sie wissen ja, wie mißtrauisch die Kommunisten sind. Die bleiben ganz unter sich. Nur durch Zufall lernte ich ein Mitglied der Gruppe kennen, und als ich erfuhr, was das für Leute waren, bestand ich darauf, die Freunde des Mädchens kennenzulernen. Sie wollte mich zunächst nicht mit ihnen bekannt machen, nahm mich dann aber doch einmal mit. Ich hatte das Glück, daß ausgerechnet zu dieser Zusammenkunft – welche in der Wohnung eben dieser Revoluzzer stattfand, die jetzt hinter Gittern sitzen – der Rädelsführer kam, den wir seit langem suchten. Ein gewisser Evodio Alcocer. Ich dachte, damit sei der Fall erledigt. Von wegen. Zwei Leute entkamen. Ich mußte zuerst nach Cuévano fahren, dann nach Muérdago und schließlich nach Ticomán, bis wir sie endlich zu fassen bekamen, dank Ihrer Hilfe, Don Pepe. Stellen Sie sich doch einmal vor, was meine Vorgesetzten sagen würden, wenn ich jetzt mit leeren Händen nach Mexico City zurückkäme!»

«Ich sehe, wie die Dinge liegen», sagte ich und fügte nach einer Pause hinzu: «Ich werde meinen Mandanten mitteilen, daß es keinerlei Möglichkeit gibt zu erreichen, worum sie mich baten.»

«Es ist völlig ausgeschlossen», sagte Majorro.

«Wissen Sie übrigens, wieviel Sie für eine befriedigende Regelung zu zahlen bereit gewesen wären?» fragte ich. «Drei Millionen Pesos.»

«Einen Moment, Don Pepe», schaltete sich Santana ein. «Was würden die Mandanten denn unter einer befriedigenden Regelung verstehen?»

«Zweierlei. Als erstes ein Ermittlungsprotokoll, daß es sich bei Ramón Tarragonas Tod um einen Unfall handelte, und dann noch ein weiteres Ermittlungsprotokoll, daß die Personen, die im Zusammenhang mit dem Brand im Globo gesucht wurden, nirgends zu finden waren und vermutlich ertrunken sind.»

«Hätten Sie das doch gleich gesagt, Don Pepe», meinte Majorro. «Ich glaube, was den ersten Punkt, der mich angeht, betrifft, ließe sich schon eine Regelung finden, besonders in Anbetracht der Tatsache, daß genügend Geld für Kommissionen vorhanden ist. Sie wissen ja, wie das ist. Viele machen sonst Schwierigkeiten. Man muß ihnen etwas geben, um ihre Diskretion sicherzustellen. Und wie steht es mit Ihnen, Inspektor?»

«Ich sehe eine Reihe von Hindernissen», erwiderte Santana, «aber keines, das unüberwindbar wäre.»

Sie versprachen, die nötigen Papiere auszustellen und die Gefangenen in vierundzwanzig Stunden freizulassen. Ich meinerseits versprach, das Geld bereitzuhalten. Dann verabschiedete ich mich, während sie noch sitzen blieben, um die Operation bis in ihre Einzelheiten zu besprechen.

Zenaida brachte noch am gleichen Nachmittag die Geflügelpastete vorbei, die Lucero für Marcos gebacken hatte.

«Sie hat die gleiche Sauce verwendet wie für die Riedschnepfen», erklärte sie Jacinta, «nur, weil sie keine Schnepfen hatte, Hühnerbrust genommen.»

Als Zenaida gegangen war, bemerkte Jacinta, die Pastete betrachtend: «Man sieht, daß sie ihn immer noch liebt.»

«Bring sie Marcos doch gleich hin», schlug ich vor.

Als meine Frau vom Gefängnis zurückkam, sagte sie: «Ich habe sie dem dicken Polizisten am Eingang gegeben.»

«Das ist gut so», erwiderte ich.

Am nächsten Morgen rief mich Canalejas an. «Hast du noch mehr Zafiawasser gemischt?» wollte er wissen.

«Nein, und ich werde auch nie mehr welches anfertigen.»

«Ich wollte dir jedenfalls nur mitteilen, daß ein Polizist, den sie den Beißer nennen, mit einer starken Vergiftung im Krankenhaus liegt und blaue Punkte am unteren Lippenrand hat.»

«Das muß Zafiawasser von den Scharlatanen am Markt gewesen sein.»

Glücklicherweise war es kein gutes Zafiawasser, und der Beißer bekam zwar eine Glatze, blieb aber am Leben.

14

Mehrere Monate lang sah es so aus, als hätte die Geschichte, die ich erzählt habe, ein glückliches Ende genommen. Marcos und seine Frau ließen sich in Mezcala nieder und eröffneten dort mit der verbleibenden halben Million ein Spezialitätenrestaurant. Ich habe mir sagen lassen, daß man dort ganz gut ißt, besonders frisch gebackene Maispastete. Die vier Kinder des Tugendhaften teilten sich das restliche Erbe. Manche meinen, es sei gerecht zugegangen, andere, daß Alfonso seine Geschwister übervorteilt habe. Fernando behielt die Mancuerna, wie er es sich immer gewünscht hatte, Gerardo die Häuser im San Antonio-Viertel und Amalia das Haus der Tarragonas. Alfonso aber bekommt von ihnen allen Zinsen für die dreieinhalb Millionen, die bar ausgezahlt wurden, weil er es war, der sie bereitstellen ließ. Außerdem behielt er, was er das «Portefeuille» nennt, ein Bündel Aktien, dessen Wert nur er allein kennt. Amalia, der Gringo und Lucero blieben in der Calle de la Sonaja wohnen. Lucero legte die eine Million Pesos, die auf sie entfallen waren, in festverzinslichen Wertpapieren an. Zenaida entschied, daß sie genug gearbeitet hatte, und zog in das Haus im San José-Viertel, das ihr Ramón vermacht hatte. Ich erhielt pünktlich die mir zustehenden hunderttausend Pesos und stiftete sie meinerseits dem Kasino, als kleine Entschädigung für die siebzehneinhalb Millionen, die Ramón diesem ursprünglich vermacht hatte. Die Leute halten mich für verrückt, aber was sollen Jacinta und ich schon mit hunderttausend Pesos?

Im September war die testamentarische Bestandsaufnahme abgeschlossen und der Moment gekommen, die Eigentumsrechte zu überschreiben. Zorilla erklärte mir, daß Marcos nach Muérdago kommen müsse, um die Papiere zu unterzeichnen. Da ich seine Adresse hatte, setzte ich mich gleich mit ihm in Verbindung. Er war gern bereit zu erscheinen.

Wie das letzte Mal kam er am Abend, mit Bart und Poncho, nur nicht zu Fuß, sondern im eigenen Wagen. Die Señora war nicht mit dabei.

«Das Restaurant läuft gut, aber wir können es nicht unbeaufsichtigt lassen», erklärte er Jacinta, als sie sich nach seiner Frau erkundigte.

Diese Antwort schien mir zu nichtssagend, um glaubwürdig zu sein. Wenn er wirklich wollte, hätte er seine Frau einfach mitgebracht.

Marcos war guter Laune, als wir gemeinsam zu Abend aßen. Doch nach Tisch hatte er das Bedürfnis, sich ein Weilchen in der Stadt umzuschauen. Ich gab ihm die Schlüssel, damit er zurückkommen konnte, wann er wollte.

«Sicherlich hat es mit Lucero zu tun», sagte Jacinta, als Marcos verschwunden war.

Ich weiß nicht, warum ich über diese Bemerkung so aufgebracht war. «Und wennschon», rief ich, «was geht uns das an?»

Jacinta und ich legten uns wie gewöhnlich um elf Uhr schlafen und löschten das Licht. Doch wir konnten beide kein Auge zutun, bevor Marcos nicht wieder da war. Als wir schließlich die Haustür hörten, war es ein Uhr vorbei. Jacinta erklärte in der Dunkelheit: «In Muérdago schließt alles um elf Uhr, er muß also in einem Privathaus gewesen sein.»

Da ich hierauf nichts erwidern wollte, gab ich nur einen schlaftrunkenen Laut von mir. Eigentlich wollte ich noch nachsehen, ob mit Marcos alles in Ordnung war, doch dann sagte ich mir, er sei, wenn er sich jetzt noch vergiften ließe, selber schuld. Dann schlief ich ein.

Am nächsten Morgen erschien Marcos wohlbehalten und hungrig zum Frühstück. Meine Frau fragte ihn, ob er sich rasieren wolle, er verneinte, und wir lachten alle drei. Nach dem Essen blieben Marcos und ich noch am Tisch sitzen und unterhielten uns. Bemerkenswert war, daß wir weder über Ramón noch über den Tod, weder vom Geld noch vom Gefängnis und auch nicht über Gift sprachen. Um halb elf machten wir uns auf den Weg zu Zorillas Kanzlei, wo wir für elf Uhr bestellt worden waren.

Alle Erben waren pünktlich. Sie saßen mit ernsten Gesichtern um den Tisch herum, alle in Schwarz, bis auf Marcos, der immer noch seinen Poncho trug. Zorilla hatte schon alles geregelt und hielt die Papiere zur Unterzeichnung bereit. Er ließ die Dokumente nacheinander herumgehen und sagte jedem, wo er unterschreiben solle. Als er alle Unterschriften beisammen hatte, schloß Zorilla die Aktendeckel und sagte: «Das war's, meine Damen und Herren, vielen Dank.»

Da erhoben wir uns alle in einer spontanen Aufwallung, die Erben, Zeugen, der Testamentsvollstrecker und der Notar, und umarmten uns wie bei einer Hochzeit.

Alfonso sagte: «Ich möchte euch alle zu einem Festessen im Freien einladen, das ich vorbereitet habe, um diesen wunderschönen Akt der Brüderlichkeit zu feiern.»

Und das war ein Fehler.

Alfonso hatte das Calderón-Tal gewählt. Es war für alles gesorgt, und unter den Mesquitbäumen am Kühlteich waren Tische aufgestellt worden. Wir boten ein buntes Bild. Die Großneffen spielten Fußball; der Gringo holte ein Gewehr hervor und veranstaltete ein Zielschießen; die Söhne des Tugendhaften umgaben sich mit den Mariachi-Sängern, die Alfonso angeheuert hatte, und vergossen Tränen der Rührung. Alle aßen wir Pfefferfleisch und tranken dazu. Die Frauen wußten nicht, wo sie sich in ihren Trauerkleidern hinsetzen sollten, da es überall Ameisen gab. Das Fest dauerte viele Stunden. Plötzlich merkte ich, daß Marcos nirgends zu sehen war und Lucero auch nicht. Ich ging das Bachbett entlang, Richtung Dampftopf. Hinter mir hörte ich noch das Fußballkicken, den Gesang der Mariachis und die Schüsse, die der Gringo in regelmäßigen Abständen auf die Zielscheibe abgab. Die Sonne berührte schon den Horizont. Da sah ich plötzlich zwischen den Akaziensträuchern in einiger Entfernung Marcos' Poncho und wurde ruhiger. Der Poncho und ich gingen aufeinander zu, und erst als wir nur noch wenige Meter voneinander entfernt waren, merkte ich, daß nicht Marcos in dem Poncho steckte, sondern Lucero.

«Ich dachte, du bist Marcos», sagte ich.

Sie antwortete mit einem Lächeln: «Marcos hat mir seinen Poncho geschenkt», und ging weiter.

Sie sah glücklich und sehr schön aus. Da mir meine Sorge um Marcos keine Ruhe ließ, lief ich so lange weiter, bis ich eine zweite Gestalt im Akaziendickicht sah. Es war Marcos. In Hemdsärmeln, die Hände in den Hosentaschen, sah er auf den Bach hinunter und pfiff eine Melodie vor sich hin.

Als ich neben ihm anlangte, sagte ich einfach: «Ich bin froh, dich gefunden zu haben.»

Er sah mich an und lächelte. Dann zeigte er auf das Bachbett und schwindelte mich noch einmal an: «Das sind Berylliumsalze.»

Ich betrachtete die bläuliche Kruste, die sich auf dem Grund abgelagert hatte. Dann machten wir uns wie auf ein Zeichen hin schweigend auf den Rückweg. Ich weiß nicht, wie lange wir gingen, ohne zu merken, daß der Gesang der Mariachis, das Fußballkicken und die Schüsse verstummt waren. Ich erinnere mich noch, daß ich eine Grille zirpen hörte. Da durchschnitt der Schrei einer Frau die Stille. Marcos begann zu rennen, und ich lief hinterher. Ich wollte gerade, völlig außer Atem, aufgeben, als ich Amalia sah. Sie kniete, ein Taschentuch gegen den Mund gepreßt, neben einem unbestimmten Etwas am Boden. Mehrere Leute standen um sie herum.

Man erzählt sich, jemand habe drei Riedschnepfen vorbeifliegen sehen und zum Himmel gezeigt. Diejenigen, die sich in der Nähe des Gringo aufhielten, sagen, sie hätten ihn das Gewehr anlegen sehen und hätten geglaubt, er wolle er auf die Vögel schießen. Als der Schuß dann gekracht habe und die Schnepfen weiterflogen, hätten sie zu dem Gewehr hinübergeschaut und bemerkt, daß der Lauf in eine ganz andere Richtung wies. Und dann hätten sie den Körper, bekleidet mit dem Santa Marta-Poncho, entdeckt. Später hieß es, der Gringo habe, als man ihm sagte, «es ist Lucero», nur den Kopf geschüttelt. Er konnte es nicht glauben.

Die Originalausgabe erschien 1979
unter dem Titel «Dos crímenes»
bei Editorial Joaquin Mortiz, Mexico

Satz Sabon (Linotron 202)
Umschlagillustration Ceesepe
Umschlagtypographie Walter Hellmann